朝歌

ZHAO GE

罗毅祥 著

九州出版社
JIUZHOUPRESS

图书在版编目（CIP）数据

朝歌 / 罗毅祥著. -- 北京 : 九州出版社, 2014.7
ISBN 978-7-5108-3078-5

Ⅰ. ①朝… Ⅱ. ①罗… Ⅲ. ①长篇小说－中国－当代
Ⅳ. ①I247.7

中国版本图书馆CIP数据核字(2014)第147542号

朝歌

作　　者	罗毅祥　著
出版发行	九州出版社
出 版 人	黄宪华
地　　址	北京市西城区阜外大街甲35号 (100037)
发行电话	(010)68992190/3/5/6
网　　址	www.jiuzhoupress.com
电子信箱	jiuzhou@jiuzhoupress.com
印　　刷	北京华忠兴业印刷有限公司
开　　本	787毫米×1092毫米　16开
印　　张	14.75
字　　数	212千字
版　　次	2014年8月第1版
印　　次	2014年8月第1次印刷
书　　号	ISBN 978-7-5108-3078-5
定　　价	28.00元

（一）

我们常常会在不经意间去回忆一些日趋渐远阔别已久使自己的思维陷入纷繁复杂的凌乱的事情而不至于让自己的心处于一种烦躁或者抑郁之中，这种事情的回忆会让我们觉得近在咫尺、触手可及甚至仿佛它就发生在昨天。而事实上它们已经过去很久了。我们就算振臂高呼倾尽全力直至精疲力竭也只能勉强抓住它们残留的零星的碎片而无可奈何地看着它们远去最终消失在尽头再也不曾出现。整体的事件已大部分失真，就像多米诺骨牌似的传话一样，除了第一个人传达的信息真实可靠之外，后面的信息便渐渐丢失并偏离既定的轨道后导致信息的谬误与发起人的原信息相去甚远、大相径庭甚至风马牛不相及。这无疑是一件让人啼笑皆非的事情。但是我们也无力改变我们的头脑以至于强迫它记住生命中的点点滴滴也不去管它是不是让我们讨厌或者摒弃。与其如此，我们还不如精疲力竭地去抓住一些残留的碎片放进嘴中慢慢咀嚼或者缓缓展开那早已发旧甚至生霉的表面，然后不遗余力地将其一帧帧串联起来甚至倾尽想象抑或添油加醋哪怕画蛇添足也在所不惜。至少它能使我们的回忆大放异彩而不至于萎靡不振或者黯然失色。这种情况无疑是最糟糕的，而叙述者常常会以自己丰富的表情、夸张的手势、抑扬顿挫的音调而使周围的听众感受到这一阵又一阵跌宕起伏的震撼而不至于心猿意马或者呼呼大睡，那这样的叙述者无疑是成功的，即使唾沫横飞渴死在当场也不会有什么遗憾了。

为了补全一些东西我们不得不将回忆进行重新洗牌然后注入一些与原事件近似的东西从而填补那一角空白。这就像陈旧的围墙上早已被风侵蚀而缓缓剥落的涂料般，我们需要给它刷上新的材料以求让它焕然一新而不会继续剥蚀而最终颓圮地倒下那样无助、凄凉甚至万念俱灰。不，我们不会让自己曾经的一幅幅鲜活的画面涂上一层层厚厚的尘埃以至于不闻不问听之任之时间的欺凌、洗刷，最终被无情地扫荡一空后独留不悲不喜的尴尬。因为我们常常遇到这样的情况，与一个多年未见的朋友聊天时，对方往往会唾沫横飞滔滔不绝地絮叨着很久以前与自己共同经历过的事情，而作为听者的自己会感到十分陌生，心下便会暗暗思忖这些事情我怎么从来不曾经历过，会不会是他杜撰出来的以拉拢与自己的关系而故意设下的伏笔好让自己神不知鬼不觉甚至无可拒绝地钻进去后再换张脸谱一本正经地谈些正事。这种人我是佩服的，而且是由衷地心生一种惋惜之情，如果能写小说，他的小说一定能大卖特卖并不费多少精力便能腰缠万贯、富甲一方。而事实上，这种人毕竟是少数，因为这不仅需要强大的语言表达能力，还需要异常丰富的想象力和缜密的思维并且前后呼应无缝对接后才能完成，不然的话，只要听者稍微留心，便能轻易戳穿自己设下的骗局而不至于让这样的骗术横行无忌甚至泛滥成灾从而影响我们的生活和情绪。所以这样的结果在我看来大部分是因为自己不善回忆的习惯造成的，并不太可能是别人编织的幻梦或设下的陷阱来使自己痛不欲生或后悔莫及。

他们不需要编织这样的东西。编织的东西或者美好或者丑陋总之那都是在虚无缥缈的未来而非真实存在的过去。所以我们大可以放心地与其畅所欲言以获得心灵的慰藉和满心欢喜。那么此刻，我便能暂时抛却一些扰乱心灵的繁杂而去寻觅一些曾经温暖或者悲伤的那一片片早已剥蚀需要我重新调色的纷飞的零星的记忆。

那个时候展现在我眼前的是一根根直上云霄冒着滚滚黑烟的烟囱，对于居住在一座轻工业城市我的来说这无疑是一件大煞风景的事。因为那股股浓烟会污染我心目中渴求的洁净的蓝天，从而使我恼恨这被污浊的氤氲的天空是否还能接待我曾经心目中所期待的英雄的降临。虽然那个时候的老师或多或少会在书本上书本外讲述一些环境污染的实例以希求我们能够重视起来，甚至是改变这样一种境况。而事实上我们确实重视并且也放在了心上，但却无法付诸行动以达到拯救环境的目的，原因是我们那时太小了，以至于书包的重量稍微超载也能使我们瘦弱的身躯不堪重负而累得气喘吁吁，举步维艰。我那时也和所有的同学一样承受着这超越了年龄的书包的重量。这确实有些纳闷儿，特别是在现在想来，对于那个时候的小学生来说，是不是有些太过倒霉了，以至于我现在回想起来也顿感自己双肩在不由自主地颤抖和疼痛。

不过我很庆幸，我没有得传说中的肩周炎或者脊柱炎以及骨质增生之类的疾病，因为就在我们怨声载道强烈不满义愤填膺的时候，我们遇到了真正的关怀和体贴——减负。

实际上减负减去的并不是书包的重量，而是减去上课的时间以使老师早点下班、学生早点放学。书还是一样的多，书包还是一样的沉重。我不知道这算不算一种最正确的决策，总之，在减负之后，学生在放学的途中出事的频率有增无减。

但不可避免的，也即是另一种幸运吧，我们却是欢呼一片。当然，除了老师和一部分成绩好的学生。我相信老师是真诚地为了我们着想，因为上课时间的缩短无异于增加了老师的负担，他会加快讲课的进度或者不无悲哀地惋惜我们无法拥有更多的学习时间从而浪费生命，虚度年华。这种事情毕竟不是我们所能掌控的，我们虽然拥有了独立的人格和健全的四肢以及颇为聪明的大脑作为未来能伫立世间的强有力的铺垫,但是无奈这一切都尚处在发育的上升阶段，受人管教以至于生活中的大部分事情都不能自主而无能为力。这一切对我们来说无关紧要，我们也不曾想过要扭转教育主管部门的态度以求改变现状遂我心愿取消既定规则恢复曾经的上课时间。

我承认并且可以十分肯定地说，延长上课时间对于那些成绩不好的同学来说无异于一种煎熬，再生动形象一点，可以说几乎等同于受刑。可是我却幸运地被排除在这样的酷刑之外，像一个局外人一般，内心既痛苦又感欣慰。我痛苦的原因是因为老师痛苦。我们的班主任汪雅琴老师，很平静地宣布了“减负”的消息，脸上没有一丝笑容。不但没有笑容，甚至带着苍白的病容，眼神落寞，没有神采，作为好学生的我当然也高兴不起来。于是我也唉声叹气，眉头拧成一团,十分不满地瞧着我当时的好朋友何越。他似乎是全班最激动最狂热的一个，当班主任宣布这个消息的一刹那他便像猴子一样跳上了课桌，挥舞双臂，摇首狂欢。整个班级乃至整个年级都陷入了一阵疯狂和热烈之中不可自拔,忘乎所以,直震得教室里的地板如地震来袭般癫狂和颤抖。

我们那时候的心里非常简单，只要一道宣布“放假”或“不上课”之类的通知便能如获至宝般丧失理智以达到欢呼雀跃的最高境界。这是小学生固有的天性，在课堂上提升不出任何热情而到了下课或放学便能像百变金刚一样最大程度地释放和发挥热情以至于让各科老师瞠目结舌难以相信这就是课堂上那个一副病入膏肓无药可救的模样的学生。这种学生绝对是被老师或校级领导苦口婆心或危言耸听教育了不下千百次的学生,然而得到的结果却是一减一等于零，无济于事，没有任何作用。

颜龙当时就坐在我的前面。他被定义为“歪火药”也就是被无情地拉入了差生的范畴。我当时对差生并无特别的反感或嫌恶，原因是因为他们常常凭借自己的聪明制造出许多意想不到的花样来解除茶余饭后的寂寞以使我们的童年充盈着更多更有趣的欢乐。而这种欢乐，却不会被大方之家耻笑，所以我们对那些所谓“差生”的友情不会因此而逐日递减。

我和颜龙虽不是最好的朋友，但也算谈得玩得比较融洽。我记得我们玩得最和谐最开心的一段时间，是广西卫视正在播放我们当时心驰神往的电视连续剧《西游记后传》，我当时非常喜欢这部电视剧以至于每天晚上八点钟不论出现任何情况也会准时守在电视机前观看。那个时候我们会睡得很早，原因和我们尚未发育完全的生理结构有关，也和家庭环境有关。我不知道现在的小学生们晚上到底几点钟睡觉，反正在那个时候我们普遍都是八点多钟最迟九点钟就睡了。那个时候的睡眠特别多而且也很容易入睡，一天睡十多个小时也不会有任何不适。步入成年之后，却是再也没有这样的幸运能与梦神和睡神促膝长谈了。

《西游记后传》会一直放到十点钟。那个时候我是扛不住的，我本想坚持将它看完以求得到心理上的满足和愉悦，可无奈外婆不许，我也没法，只得退一步海阔天空，按时就寝。这样的话，每天便少看一集，心里着实有些不爽。不过第二天在课间时分大家都会进行讨论，我便在这讨论的间隙间将丢掉的剧集的内容给补全了。而颜龙就是这些人中讲得最好最精彩也是最吸引我耳膜的人。因为他就坐在我的前面，因此我可以说是近水楼台先得月，自然听得一清二楚也听得不亦乐乎。颜龙也非常喜欢看《西游记后传》，他不是在电视上看的，而是跑去租影碟看。那个时候影碟出租店多得密密匝匝，数不胜数，平均每条街都能达到三四家之多。我的小学时期，互联网尚未普及，影碟出租点无疑成为了人们茶余饭后或百无聊赖之际丰富精神文化生活的一项不可忽略的标志。而在互联网的脉络逐渐伸展延伸到城市的各个角落以使人们再也离不开它们时，影碟出租店却是再也找不到踪影了。它被岁月尘封，进入历史，永久雪藏在我们记忆的灵柩中了。

颜龙通过租影碟将《西游记后传》看了不下十遍，对里面的剧情和每一个细节都烂熟于胸，如数家珍。他在私下里讲的故事非常生动也非常详细，这让我着实纳闷。因为他在课堂上的发言细弱蚊蝇、战战兢兢、词不搭调、语不成句，有时候甚至是嗫嚅半天也说不出一句话或者干脆羞涩地低下头。往往这个时候，班主任汪雅琴总会先唉声叹气一番再苦口婆心地温柔地训斥一番最后摆摆手让他坐下。

班主任在课堂上提出的问题简单得不能再简单，只要认真听过课的人绝对能够轻轻松松地回答而获得全班雷鸣般的掌声。这实际上是一种盲目的崇拜和赞扬而并非一种讥诮的方式,至少在我看来,那时的小学生的心理状态就是这样，单纯胜过复杂，善良胜过狡诈。这是我亲身经历过的，也是我心中始终相信并且将永远铭记的。

有时候见他被班主任突然抽起来回答问题而回答不出来而陷入窘迫时，我心里着实有些不忍，便会在背后小声地告诉他。如果他大声说出来倒也可以赢得一片赞扬和掌声，但是不知道是被老师打击惯了还是因为底气不足或者别的什么原因，他回答问题时音量的分贝依然没有提高，还是小得只有前后桌才勉强听得见。当他坐下后我便会迫不及待地埋怨道：“我都给你说出来了，你怎么不说呢？”

“我说了啊，她在故意装聋！”颜龙白了班主任一眼后愤愤不平地说道。

“你咋不说大声点，声音那么小，谁听得见哦！”我依然不依不饶地埋怨。

“没必要。”颜龙满不在乎地摇摇头，神色间一片漠然。“她爱听就听，不听就算了。”

我无法继续接下去，更不能说一些冠冕堂皇的劝诫的话，这些道理他们听了不下千百次，有时或许会听进去一两次，但是次数一多，就变成了废话。如果好话变成了废话，不说也罢。所以，作为当时的好学生的我从来不会自作聪明地劝诫一些差生应该改掉他们的缺点从而抛弃顽劣的心态将全副精力投入到学习当中，以便对得起自己的父母、对得起老师、对得起自己的良心。这些话被老师一代代传承下来用于教育学生直到我们长大成人拥有了独立的思辨能力之后也仍然如汽车马达的轰鸣声一样时不时地在某一个时间段乍然奏响在我们的耳畔。“努力学习”这激励人心的箴言，这不可置疑的金科玉律，成了我们一生所遵守的人生准则和人生信条。一切看似井井有条、毫无瑕疵、和谐美满，于是我们就在这样的环境中被教导，像小树苗一样茁壮成长，最终期待成为祖国的栋梁。我们就像虔诚的信徒，每天盘膝佛前，伴着笃笃不绝的木鱼声，静静聆听着住持的禅言。于是我们都成了和尚和尼姑，每天只管念经打坐，其他的事情一概抛到脑后，只要上课认真考试考得好，你就是一个好和尚、好尼姑，反之，你就是二不挂五的“歪火药”，拖全班的后腿，丢全班的脸。于是这种人的出镜率很高，几乎每天都要受到班主任或各科老师的提名“称赞”，而且还被当作范本或教材，不过一切都是反的，他们只不过是被老师权且充做了威吓全班以树立自己高大、威严形象的一种手段，以满足自己的虚荣心和权力欲。

颜龙在无意识中隐隐生出的一种反抗和蔑视班主任的态度，无形当中给了学校相关领导一招有力的斫击。那些在校领导看来无疑幼稚可笑甚至不值一提不自量力的愚蠢或不安分的某些“坏学生”反应，无论如何已在大部分学生当中引起了共鸣甚至爆发了相当强大的反响，不仅在那些“坏学生”当中引起扩张，也在“好学生”当中激起了碰撞，引起了反思。于是有更多的“好学生”也纷纷加入这样的行列，开始表现出对老师和领导的种种不满。不过这种现象在小学生当中并不十分严重，至少在我的记忆中，在我所亲身经历的小学的六年里，我并没有经历过更多的或者更夸张的体验。原因有两个，第一个无非是我当时的学习成绩优异并且上课认真考试成绩令人瞩目，第二个原因就是我们的班主任汪雅琴是一个相貌姣好、性格比较温和的女老师，这种老师本身就是一种抚慰剂，如春天的霡霂一般滋润着学生特别是男孩子们的心田，只要她不做出过分欺压学生的事情，她保存在男生心目中的形象一直都是良好而持久的。即使有个别冥顽不化和极端叛逆的学生，那也是在少数，他们是属于遨游于规则之外甚至唾弃规则的独行侠或异端类，他们无法影响大众的价值抉择，更不能影响学生自主判断能力。还有一种人就属于盲目崇拜盲目迷信的教条主义者，他们不许你侮辱老师甚至指摘老师的种种不是，这种人一般在“好学生”中间产生，也有可能在“坏学生”中间产生。无论如何，这种学生是有的。所幸的是，拥有这种思想的学生人数也在少数，而大部分人则处于一种墙头草两边倒的状态，既不会盲目迷信地崇拜某位老师，也不会肆无忌惮莫名其妙地指责和斥骂老师以求得到周围的呼应或苟同。这种人毕竟占主流，而我就是趋于这种主流思想的人，即使我那个时候是受到各科老师表扬的好学生，是起到正确模范导向作用的人。

我不认为我能有什么作用，每当我受到表扬的时候嘴角就会不由自主地浮起一抹骄傲的笑，心下也会沾沾自喜并且会感到巨大的满足和一种无以言说的快慰。而这种感觉的获得我那时常常认为是自身的优势而非老师的传授和宣扬。

学校里，“好学生”的标准是好的学习成绩，因此，“好学生”不是包装或者宣扬出来的。他们是每一次考卷上分数切实的反应，老师不过是承载或者传递他们的获得的功劳罢了。这种观点我会长期持有，以至于什么教师节之类的活动我都不会因为心怀感激而去给老师送什么特别昂贵的礼物。我觉得没有必要也没有闲钱。说实话，学生自己做的贺卡对于老师来说根本不会在意，也不会放在心上，很可能在他们回家的半路上就将它们一股脑儿丢进了垃圾桶，而很多固执的学生还会傻傻地以为老师会将自己贺卡好好珍藏起来一辈子都不会丢掉。这种学生天真得有些可爱以至于我竟然无法狠下心来对他们冷嘲热讽。不过我依然会说一下，当我们静下来仔细揣摩揣摩就会明白。贺卡对于老师们来说至多只能算是一种徒有其表的形式主义的委婉的曲线称赞，这中间的形式主义占据了大部分内容以至于我们大多数人只能身不由己地盲目跟风，这种亦步亦趋的做法无非是心理上的趋之若鹜，为了减轻心理上倏忽衍生的罪愆便或多或少地做出一些近乎谄媚的举动。这种现象在时隔多年以后的我慢慢回想起来也仍然觉得不可思议。因为在那个时候，每逢教师节来临，好学生送给老师的礼物不甚珍贵也毫不新鲜更不值钱,大多都是贺卡之类的毫不起眼的小玩意儿。包括我在内，也只是随便买了一张贺卡再拿起笔恭敬而端庄又虔诚地写下了祝福老师感激老师之类的毫无新意的话。即使如此，在那些贺卡上依然倾注了我的真心实意的情愫而绝无半点矫揉造作。我以为老师会很感动。但实际情况却与预想截然不同。老师不仅没有感动反而让我们不要再送贺卡之类毫无用处的东西，也不想看贺卡上写的那些冠冕堂皇催人泪下的漂亮话。相比之下，那些差生就做得好得多，因为成绩差作文不好，所以他们也懒得写一些千篇一律的文字（最重要的一点是随便写一句话也会出现错别字和语病泛滥的情况，这种情况涉及面子问题，故他们不愿意书写），干脆直截了当代之以金钱所能换来的各种实用品而作为教师节的礼物敬献上去。有送月饼的，有送茶具的，有送酒的，有送土特产的，甚至还有送衣服的，林林总总，五花八门。当然，这不一定代表的是差生的心意，但至少代表了差生家长们的心意。他们讪笑着将一堆堆礼物堆到老师面前然后紧紧握住老师的手点头哈腰地说道：“我那孩子，不太听话，成绩也不好，还望老师多多关照，多多关照……”言下之意无须再阐释，就是希望老师能看到自己赠送的颇有价值的礼物上面多多重视一下自己的孩子。这种情况，老师也只能满脸微笑地顺水推舟地回答：“一定，一定……”

那老师在收了礼物之后是否会对这些差生格外关照呢？那倒不一定。因为差生毕竟是差生，他们并不会顾及老师的感受而改变自己，还是随心所欲地闯祸和违纪。或许老师可能会看在其父母恩惠的份上放过这些差生一两次，但是次数多了也依然不能容忍。这方面，班主任汪雅琴会公开对犯错的学生进行教诲和批评而很少给他们留情面。最有力的证明就是“偷钱门”事件。

那是一个炎热的夏季，在下体育课之后我们纷纷回到了在五楼的教室，将电风扇开得快到“嗡嗡”作响几欲掉下天花板的地步。男生们回到教室就迫不及待地挤在风扇下，或者一窝蜂涌到教室门口的饮水机前抢水喝。因为正值下课期间，教室里乱作一团，加上老师也没有来，我们便能暂时将尚未约束的天性进一步释放和拓展。吵闹声、喧嚣声不绝于耳，又热闹又让人心烦。

我们用装矿泉水的瓶子接饮水机里的冷水，待得“咕噜”、“咕噜”一阵狂饮之后便无情地将空瓶子掷在地上，然后大喝一声，气势如雷神下凡一般一脚踏在已经滴水不剩的空瓶上，然后尘土飞扬，抬脚一看，空瓶已被踩扁。

可是它的厄运还没有结束。另一个同学会突然在不经意间以迅雷不及掩耳之势蹿过来，效仿罗纳尔多挥出“黄金左脚”猛地一扫，空瓶受巨大的冲击力和惯性又向另一方向蹿去，携带着“吱吱”的声音，吓得刚进教室的女生们慌忙躲闪。

男生们这种疯狂持续了几分钟，如果老师不来或不发生意外那势必要等到很久以后才会渐渐终止这种近乎歇斯底里般的释放。恰在这个时候，有一个女生哭了。男生们处于好奇和天生的保护欲便不由自主地围在了那个女生的身边问长问短极尽呵护与关怀，实际上我觉得那个时候并没有什么呵护，更谈不上什么关怀，即使有那也是深藏心底绝不会表现出来。那个时候的男生和女生决然不会走在一起，即使有那也是人数略显壮观而非撇开众人单独并肩。一旦被众人捕捉到一点苗头那这个男生必然会无止尽地承受着来自全班的起哄和玩笑所带来的种种压力。通常，男生都会恼羞成怒以至于大动干戈将事情闹僵。而对于女生来说则也不好过，这种事天天被别人津津乐道挂在嘴边几乎当成了家常，又传进你的耳朵，只要是个人就忍受不了，除非你是李耳或释迦牟尼。所以，男生们会心下择选暗恋的对象然后深藏心底，时不时地用曲线的方式加以隐晦地述说，或者，完全相反，则完全不提任何女生的名字，甚至不关心任何女生的任何事，只关注男生应该关注的事情，这种男生无疑是心理素质最好的一类，不到最后关头又恰逢机缘巧合的话，你撬不开他的牙关，探听到他隐藏在心底深处的秘密。以至于当他有一天在万般无奈之下嗫喏地说出那个喜欢的女生的名字时，我感到瞠目结舌并且如遭雷击。因为他喜欢的那个女生也是我喜欢的，不仅是我和他喜欢着，还有很多潜伏在暗中的人，都悄悄喜欢着她。她俨然成了大众情人。

她的名字叫罗雪枚灵。人如其名，长得非常漂亮。声音婉转柔媚如鸟鸣啁啾，皮肤白皙如新生的羊乳，身材玲珑窈窕，一双眼睛勾魂摄魄直击人的心底。最美的是她的笑，只要她一笑起来，百花仿佛盛开，彤云不会再来，初雪刹那消融，春光接踵而来。

而此时坐在座位上暗自垂泪低声啜泣的人正是罗雪枚灵。大家纷纷询向她询问哭泣的原因，可是她没有理会众人，也没有回答。

我想试一试自己的魅力到底能不能构成我自信的基础。当时成绩优异的我无疑是全班的效仿楷模和绚烂的圭石，很多女生对我有好感甚至有倾倒的意向。我相信我上前去问的话，罗雪枚灵一定会回答我。于是我上前轻轻拍了拍她的后背，小声问道："你怎么了？"

她缓缓转过身，美丽的双眸中充盈着星星点点的泪水，在穿过透明玻璃窗的夏日阳光的倾泻照耀下，更显得哀婉、柔弱而娇美。

骤然间与她目光相触，我心下怦怦直跳，不敢再看她，只得将头低下或觑向别处。那时的我，风头虽盛，人缘虽好，可是面子却薄如蝉翼，一与女生说话就手足无措，忐忑不已甚至还会脸红。这导致很多女生在跟我说话后都会情不自禁难以自制地大怒道："我又不会吃了你，你为什么不敢看我？"

是啊，我为什么不敢看呢？我也说不出其中的原因，以至于我思忖了很多年也无法一窥究竟而获得满意的答案，最终只能勉强将之解释为那时的我性格太过内向导致了心理有着轻微的自卑或者自闭的阴影。

我只是有这样的臆想，但到底是不是有自卑和自闭却不敢妄作论断，因为我并没有到权威部门专业机构进行检测，也没有心理导师跟我进行深入的交谈。但心理的隐患有种不容忽视的力量，而这种力量一旦爆发，便会像火山喷发一样强大。不仅会给家庭带来毁灭性的打击，也会给社会造成难以估量的悲剧。所以，我想要告诉大家，心理健康比身体健康更加重要，身体不健康的人毁灭的只是一个人，而心理不健康的人毁灭的却是一群人，甚至影响到他周围的世界。

这又让我想起了几天前看过的一个新闻：厦门一高架桥上发生公交车爆炸事件，四十多人没有逃出生天，最终被活活烧死在车里，其中还有八名参加高考的学生。调查的结果，事故不是偶然而是人为，是一位仇视社会的无业游民所干。

看到这则新闻，我既痛心疾首又义愤填膺。我实在无法理解，一个仇视社会积怨已深的人，他为何会对这些老百姓下此毒手？他在下手之前有没有想过那些普普通通的人？他们当中也曾有人遭人歧视，被人贬低，生活同样艰苦，日子同样不顺，甚至一些人可能还不如他，但他们都能坦然接受，都没有被生活的重担压垮而丧失理智做出害人害己的举动。他们都能挺过来，都能坚强不屈地活下去，为什么偏偏只有他，自己不想活，还做出如此丧心病狂的事？！

特别是那八个参加高考的学生，正值生命最灿烂最瑰丽的季节，风华正茂，意气风发，谁曾想到，这归家的路途竟成了通往地狱的黄泉路。那个下午，大雨倾盆，我望着窗外滂沱的雨柱，瞧着网页上惨不忍睹的伤者的画面，我心如刀绞，泪水也如雨柱般汩汩而下，却没有任何办法更改这场罹难，只能默默祈祷，愿他们的灵魂在天堂永安。

芸芸众生，悲苦连天，都是一样的人，血泪从来不曾断流，悲剧从来不曾遏止，说也说不尽，道也道不完。我们暂时收住，回到我的故事中来。

罗雪枚灵呜咽着望着我说：“我的钱被偷了……”

我一听，大吃一惊，下意识地问道：“偷了多少？”

“十块……”

“你放在哪里的？”我继续问道。

“这儿。”罗雪枚灵朝着抽屉里面指了指，“上体育课我没有拿钱包去，我就放在抽屉里，可是没想到回来就发现钱包被打开了……要是被我妈妈知道了……她一定会生气打我的……”说罢，又梨花带雨地抽泣起来。

“哦……”我缓缓点了点头，话无所指地问道，“那是谁偷的呢？”

大家纷纷摇头，罗雪枚灵依然在瞧着我，我没有再看她，为了避嫌，我站起了身，朝我的好兄弟何越走去，因为我已看到了何越脸上的讪笑，还有和何越在一起的谢悠和陈兴。他们在远处指指点点，表情十分猥琐，看得我很窘迫，心中怒火冲天，恨不得将他们掀翻在地，狠狠教训一顿。无奈双手难敌六拳，我一个人怎么干得过他们三个？无奈之下，只能强忍下这口怒气，冷冷地问道:“你们笑什么?”

何越依然满脸堆笑,拉着我走到一旁,小声说道:“罗兄,艳福不浅啊!竟然被雪姐看重!哈哈,恭喜,恭喜!你知道,暗恋雪姐的人有多少吗?”旁边的陈兴和谢悠也在一旁附和道:“是啊,是啊,罗兄,可要好好珍惜啊……”

“去你的!胡说八道些什么?”我再也听不下去了,跳将起来,冷冷地呵斥道。

“哎呀,我说罗兄,你就接受了吧!雪姐那么漂亮,那么温柔……”

“住口!”我愤怒地打断了何越的讥诮和揶揄,“你再乱说,我打人啦!”

（二）

何越、谢悠、陈兴见我发怒，便讪讪地住了口，我连忙岔开话题道：“你们为什么就不帮她想一想，会是谁偷了她的钱呢？”

三人一听，也开始思索起来。

“上体育课的时候有没有人在教室里？”不知是谁突然问了一句。

我们循着声源望去，发现竟然是汪宇同学。

“都去了的啊，好像没有人在教室。”有人思忖着说道。

“放屁！”汪宇陡然间骂了一句，“郑丽不是说她脚痛请假留在教室吗？”

“对啊，郑丽在教室！”有人恍然大悟地说道。

“唐小容和李玉宁好像也没上……”不知有谁忽然补充道。

“哎呀，唐小容长水痘了，在医院，李玉宁感冒了，也没来。”又有人接道。

“那就只有了……”有人喃喃道。

“肯定是郑丽！”黄玉略一沉思立马肯定地说道。

“可是郑丽是班长，她怎么可能……”我疑惑地问着黄玉。

“哼，班长！”黄玉怒喝着说道，“你好好想想，她这个班长是怎么来的？根本就不是投票选举出来的，而是被汪雅琴指定的！就凭她那个成绩，她那个人缘，怎么可能当得了班长？”

听黄玉这么一说，再经过我仔细思忖后发现，这郑丽的班长职务确实有问题，不过疑问并没有消除。

“关键是你怎么能确定这钱一定是她偷的？”我问道。

“肯定是她，百分之百是她！”黄玉没有给出证据，而是凭着直觉坚持着自己的判断。

“郑丽来了！”不知是谁小声地提前发出了警报。于是我们不约而同心有灵犀般齐齐噤声，朝教室门口望去。

郑丽脸色铁青，瞧也没瞧我们一眼，步履匆匆地走了进来，径直走到了自己的座位上坐下后便将头埋在了臂弯中。也不知她在干什么。

周围的人又开始指指点点，对她发出了各种各样的议论之声：“这个女的好贱，偷了钱还在这里装可怜！……”“就是，就是，我以前还佩服她很有魄力，没想到，真没想到，她居然做出如此下贱的事！”“她怎么不去死呢？”“她是不是心理变态啊？”

“汪老师来了！汪老师来了！快回座位！快回座位！”袁小群急急忙忙地冲进了教室大声宣布道。

只听一阵桌椅响动声，上课铃响了，所有同学在极短的时间内回到了自己的座位上正襟危坐，静静地等待着班主任的到来。

当时，罗雪枚灵坐在我的前面，我看着她趴在桌上的孱弱而娇美的背影，心下一阵怜惜，我很想安慰她，可是却不知道说些什么。

约莫过了二十秒，班主任汪雅琴脸色如钢般走了进来，将语文书重重地摔在了讲台上，冷冷地望着大家，整整五分钟，没有说话。

暴风雨来临之前的宁静有一种最让人难以承受的沉闷和恐慌。教室里静得有些过分，连众人呼吸的声音都听得清清楚楚，与窗外知了的嘶鸣形成了强烈的对比。

“我听说。”班主任开口了，声音很平静，仿佛在讲一件没有任何波澜的故事。

“我们班出现了小偷。我从来不相信，在我所教的班、我所深爱的班级当中会出现这种让我既愤怒又痛心的事情。你们是我教的第二届学生，上一届学生很听话，六年来没有做过一件让我深感不耻的事情。而这样的荣光在今天终结了，它在我心中留下了一个永远也抹不去的污点。你们让我很失望，真的……”汪雅琴说到这里，忽然说不下去了，声音开始哽咽，眼泪簌簌而下。

这段话虽然没有明确指出什么，但是在我们听来，却像一把利剑一样斫过我们心上，因为一个班级同气连枝，共存共荣，当一段心照不宣的指责上升到一种高度，我们谁也逃避不了良心的谴责，它代表了一种集体的、大众的荣誉和利益、品德和尊严。而此刻，我们忽然发现，这些本来安然无恙的东西，在刹那间，陡然消失不见。我有些惶恐，有些不安，生怕这件事不胫而走，传到其他班上，导致我们整个班的荣誉在全年级乃至全校降到冰点而被大众嘲笑甚至作为有些心怀不轨的老师的反面教材。

这种事情如果一旦出现在名校或者校风和管理制度极其严格的学校，当然会关乎老师的面子问题。对于一个普通的小学校来说，这种事情虽并不怎么受人关注，但仍然有人不厌其烦地絮絮叨叨地四处散播。

这种失窃事件，我们班还是第一次发生，而其他几个班却是频频发生，早已屡见不鲜了。而且对那些惯偷们根本不用费心思去调查就知道是哪几个熟悉的面庞了。甚至他们那几个班的几个惯偷每周都会被校长点名批评，全校皆知。这种事在现在的我的心里想来至今仍然难以平息，我不知道为什么当时的那些老师能对此种现象姑息纵容到如此地步。殊不知小学教育是人生历程当中最重要最不可或缺的一个教育，老师的引导和只言片语都会对这些尚未形成思辨能力的学生造成巨大的影响，稍有不慎，便很容易误导学生走入歧途，贻误终身。不过后来我才明白，当时的老师们和校领导表面看起来严厉，其实内心里对他们都是非常宽容的，在对他们进行耐心细致的教育的同时，并用自己的言行感化他们，这样，他们就会像自己希望的那样，走上正轨，从此做个好学生。不知道这些学生以后的人生道路如何，但可以相信，不管他们在哪里，在做着什么，偶尔想起老师的时候，心里也会对老师产生尊敬之情和感激之心。

班主任叹了一口气，接过第一排同学递过来的纸巾擦了擦脸上的眼泪，平稳了一下澎湃的心境，继续说道："我希望那个同学主动站起来，向全班同学承认错误，如果你真心诚意地悔过，我们大家都会原谅你的。"说完，便静静地倚在讲台旁，等待着那个同学。

我们大家都把目光集中在郑丽的身上，看看她到底会不会主动站起来。而此刻的郑丽正低垂着头，半边长发遮住她的脸，看不清她的表情，只感觉隐隐约约、朦朦胧胧，似隔着一层窗纱般。

"如果还是没有人自愿站起来，咱们今天就不放学了，一直坐吧。"汪雅琴又说了一遍。

教室里开始有了微微的骚动，大家左顾右盼，盯了一会儿郑丽又盯盯其他人，然后便开始小声嘀咕。

"郑丽好贱哦，偷了别人的钱还不敢承认，还想赖过去！好不要脸！"坐在我旁边的马尾佳小声说道。

"你就那么确定是郑丽？"我也斜着不以为意地问道。

"绝对是她！郑丽从小就爱偷东西。"顿了顿，马尾佳补充道，"我和她以前是邻居，后来我们家搬走了。”

我心里一怔，信了九分，不觉间又朝郑丽的座位上瞟去，她依然低着头，看不到任何表情。而与郑丽同座的肖雨馨却仿佛蒙在鼓里，不知道大家的目光为何齐齐聚在她的身上，当然，她误以为大家都是在看她。

“敢做敢当！到底是谁嘛？勇敢点,站起来嘛！不要影响大家的时间嘛！”袁小林不耐烦地大声埋怨道。

“就是，站起来嘛！不要这么不要脸嘛！”有一部分人随即齐声附和道。

“我再给那个同学最后一次机会！”汪雅琴说道，“如果他还不主动站起来，我们就开始搜身检查！一旦查出来，后果自负！”

听到“搜身”两个字，我心里忽然感到一种说不出来的味道，虽然当时并不知道这种做法是一种侵权行为，但潜意识中也是颇为反感颇为烦闷的，真想在顷刻间逃离这种让人有些窒息的教室，去寻觅广袤无垠的空间，呼吸清新的空气，洗涤烦恼的心灵。

时间一分一秒地过去，就在汪雅琴下令要搜身的时候，只听一阵板凳拖出擦地的响声，有人站了起来，我们转头一看，正是郑丽。

虽然已经基本确定就是她，但当她真正站起来的时候，我的心依然“扑通”地剧烈抖动了一下，回想起她作为班长特有的威严和魄力，和我与她共同执掌班级时候的一些事情，心下着实对她有些惋惜和痛心。

我当过一段时间班长，那个时候我的风头最盛，几乎盖过了每一个人，连外班的人也略有所闻。不过因为我天生尚善的性格导致了我的气场无法释放出更多的能量促使在座的每一位心服口服，所以天生气场强大的郑丽便逐渐担起了重任，挑起了大梁，将我逐渐挤出权力之外最终使我变成了有名无实的摆设。不过那个时候我并不生气，因为她的能力有目共睹，非我所能企及，我心服口服，也愿个拱手承让，甚至于俯首称臣我也没有怨言。

郑丽长得不是很漂亮，但却有一种柔媚的气质。在大众的讲台上她的英气外泄，语气铿锵，能将闹嚷嚷的班级在刹那间镇压下去，即使有人与她叫板，她也能从容不迫地将其锐气挫尽而使其缴械投降后乖乖就范，这是一种女强人特有的气质，拥有这种气质的女人很容易在自己的事业中开拓新的领地，取得新的辉煌。而在台下，她便是一个开朗的女孩儿，笑容满面，魅力尽现，与台上的她判若两人，不明真相的人甚至会认为她有人格分裂。

这种特殊的气质像闺阃中遮掩锦帐的薄纱，看不真切却散射出一种无尽的氤氲的魅惑，使我在很长一段时间里竟然鬼迷心窍般地倾心于她。

这种倾心最后竟然转化成了语言，在一次我们几个一起走在回家的路上因为无聊而玩起的“真心话大冒险”中脸不红心不跳地说了出来。这无异于一种直截了当的表白方式，在我今日想来都感觉有些不可思议和浑身不自在。不可思议的原因是我从来不曾想过我会以这样的方式将这种莫名其妙的情感的趋向给诠释出来。前面说了，那时的我是一个面子比纸还薄的男孩儿，与女孩儿相比也是不遑多让，我怎么就能脸不红心不跳地说将出来呢？过了一段时间，我才发现问题的症结所在，原因是我根本就不喜欢她。

有一次，我和何越一起去吃烧烤，他陡然问我：“你真的喜欢郑丽啊？”

我迅速将一块冒着热气沾满辣椒的土豆塞进嘴里，皱着眉头，不耐烦地挥挥手道：“胡说八道！我怎么可能喜欢那只母狮？”这就是我迄今想起来也浑身不自在的原因。

于是我又开始思考自己当初为什么会产生这种言不由衷的表白和雾里看花般说不清道不明的情愫，我将零星的散乱的记忆的碎片一帧帧加以审阅和甄别，倾尽全力将之还原本真并将其涂上绚丽的色彩。

我终于看见了这样一幅画面：身材修长的她，穿上了一件我从来也不曾见过的紫蝶白底的过膝的连衣裙，与几个女生在操场的某一个阴凉的角落里尽情而自在地跳着橡皮筋。白皙的双腿灵活地穿梭在不断交错变化的橡皮筋中，口中数着轻快的节拍，笑容满面，秀发轻扬，连衣裙在风中摆动，上面碾印的紫色的蝴蝶几欲透体而出，飞上穹苍，阳光透过斑驳的树杪的罅隙倾泻在她的身上，她仿佛变成了天使，圣洁阳光，娇艳无双。

我脑中保留的就是这样一幅画面。这并非我的杜撰，而是真真实实存在过的。不过说来奇怪，那件紫蝶白底的连衣裙她只穿过一次，就再也没有穿过了。也许是我的记忆出现了断层，也许这一切都是我的臆想，但不管怎样，这幅动态的图画却是一直不会磨灭的。

关于郑丽偷窃的动机据她自己供述并非是因为见钱眼开而心生邪念，而是因为罗雪枚灵得罪过她，还在暗地里毁谤她，说她的坏话，故而怀恨在心，一直想找机会报复她。

班主任汪雅琴当着全班的面毫不留情地严厉训斥了她，还拿着一把满是粉笔灰的五寸长的木尺狠狠地抽了她十个手心。我看得出来，汪雅琴当时用尽了全力，不仅是声音刺耳让人的心禁不住一阵瑟缩，还可以从汪雅琴打完以后兀自喘着粗气看出来。

经此事件之后，郑丽便被撤除了班长一职，与我平起平坐的罗雪枚灵晋升为班长，享受着一些较为特殊的待遇：比如作业没有做完可以不用交，甚至上课偶尔交头接耳而不会被记下鼎鼎大名。这是做了四年学习委员的她从来不曾想过的意外殊荣，倏然而来的特权让她受宠若惊又心生惬意，她恣意享受着权力达到顶峰的快乐和随心所欲的自由，性格逐渐变得高傲而不把多数人置于眼中了。

可是郑丽也并非被贬得一无是处，在第二年的选举大会上，她近乎奇迹般地担任了纪律委员一职，这可以说是归功于她的运气勇气还有智谋。因为纪律委员是个冷门儿职位，男生几乎没有一人会去争夺这个职位，女生也无一人觊觎这个费力不讨好的职位。不过那一天有一个男生似乎是心血来潮突然走上讲台参与纪律委员的竞选。也不知他是当普通人当厌了还是确实有心想要提升自己的价值锻造自己的能力，总之，他参加了竞选。

这个男生名叫杨新，他身材颀长，比我高半个头，成绩差到吊车尾，小学六年来从没及过一次格，为此，班主任没少批评过他。甚至当面说他智力有问题或笨得出奇。但事实上他并不笨，只是在一种长期的教师严厉的训斥中逐渐丧失了对学习的兴趣，最终完全放弃了学习而提早进入社会浪荡江湖去开拓别样的人生。他在小学毕业后就没读书了，有一次打电话告诉我他在一个私人企业当保安头儿。我问他现在过得怎么样，比起在学校里如何。他说学校里是很单纯的地方，一旦到了社会上就身不由己了，“天天除了吃喝就是泡夜总会，什么样的人都有，大家都是戴着具的，没有人肯掏真心，完全没有一点感情，为了各自的利益虚伪地应酬，长此以往，你想想我会变成什么样子？我感觉那一个我都不是我自己，至少不是原来的我了，唉，环境是会改变人的啊！我现在感觉自己都不是人了，也不知道自己还能坚持多久……”

他絮絮叨叨地说着，说了很久终于说完了，说完以后复又补充问我一句：“你出来耍吗？”

我当时打了一个寒战，心下想，物以类聚，人以群分。现在都已经午夜十二点了，谁知道他们要耍些啥子名堂：或是酒后驾车，或是群殴，估计就见不到明天的太阳了。遂找了一个借口拒绝了他。从此以后，就再也没有联系过。

杨新要当纪律委员，全班所有人被怔得瞠目结舌，选举气势瞬间高涨达到鼎盛，纷纷报以热烈的支持，雷鸣般的掌声经久不息，汪雅琴也露出了微笑，最后他获得了不菲的票数，顺利当上了纪律委员。可是郑丽并没有被落下，汪雅琴深知杨新的性格当不下纪律委员，所以便默认了两个纪律委员的名额。果不其然，在新鲜感过后，杨新的懒劲上来，记人懒得记，管人懒得管，很快便疏于职守，惫懒如前，渐渐有名无实，激情不再。郑丽很自然地接过他的摊子，发挥从前班长的威严，将纪律委员当得风生水起，渐渐坐稳了位置，根深蒂固后一直到小学毕业。

直到上了初中，郑丽依然和我同班，初中毕业后，我就再也没有见过她了。

这部小说因为全是记忆碎片的拼凑加上艺术化语言的修饰和渲染，我不能按照时间的顺序一一罗列每天每时每分所要发生的什么并加以一一刻画或详细地临摹，它经受了太多风霜的摧残和洗礼，留下来的只能是些难以磨灭的烙印。生活大部分时间是在重复着乏味而枯燥的东西，这些东西并没有放在我们的心上也没有必要去记住，我们要抓住或要记住的东西都是我们潜意识或显意识中认为极其重要而不得不去铭记的东西，而这种东西，我会竭尽全力去装潢去装裱让它迎着风花枝招展地绽放在阳光下。

也许我会为了迎合读者的胃口去更多地描写一些关于女生或感情的事件，诚然，女人是小说当中必不可少的因素和催化剂，它像一坛醇香的美酒能够刺激读者的阅读欲勾起读者阅读的兴趣，但是如果每篇每段都是这种关于女生的漫谈或随笔，那我这部小说俨然变成了言情小说或女性专栏小说了，这并不是我预先设定的结果和期望看到的目标，我不希望这部小说有性别的限制也不希望它有年龄的限制，我只希望当不同阶层的读者拿到我这本书带着好奇打开书中的扉页时便能满怀欣喜地看下去直到末尾最后一个字的完结，那我便不胜感激了。

我必须要来说一说男生的事情。

男生喜欢打乒乓球和打篮球还有踢足球，在那个时候，那个地点，只能分为这三类。

打乒乓球是因为学校有乒乓台，打篮球是因为有篮球场，踢足球则是因为男孩的天性而并不局限于是否有可供踢足球的场地也不会去考虑周遭的住户是否会对此种行为提出严厉的谴责和抗议。

在三种运动当中，踢足球是受到刁难和非议最多的一种，只要有男生踢足球的地方，只要不是在足球场，必然会发生一些这样那样的不快或摩擦，而这种不快和摩擦必然和周遭居住的居民有关。

甚至班主任也不是很喜欢男生去踢足球，因为她觉得踢足球的男生不是生性顽劣就是成绩差到无以复加。而加之中国足球长期以来“积贫积弱”所滞留下来的诟病，就更增添了她的厌恶和不屑。

不过体育老师却是非常支持这项运动的。确切地说，他会经常和我们一起踢足球。除体育老师之外，其余众老师和校领导并不太喜欢甚至讨厌这项运动，其原因不外乎有两个：一是常常莫名其妙地中枪导致狼狈姿态尽现而有失其威严；二是自己随行的同事莫名其妙地中枪导致同事怒火万丈因而殃及池鱼将愤怒的唾液尽皆喷在自己的脸上身上，而自己又不好发作或提醒，只得隐忍下来。

这种事情会常常发生，最终只得将此行为层层上报至学校最高管理机构，请校长决定该如何取舍、如何裁决以至于不让此结果有损校领导的尊严而又能恰如其分地彰显出决策者的英明和伟岸。

会议都是校领层召开的，学生对这些会议都是一无所知也不在意，自是不会去关注更不会去过问。我们不能提出异议也不能参与辩驳，即使是学生会主席也只能充当一个三八红旗手的职务为校领导传达旨意、贯彻决策让其顺利实行，然后又在每周一的升旗仪式上大唱赞歌为校领导树立光辉形象。这样，学生会主席俨然已沦为一个提线木偶，受人操纵，不能自己。

决策很快就下来了，照常是周一的升旗仪式，在升完国旗之后，校长发表讲话，当着全校一千多师生的面映着朝阳威风凛凛地屹立在如波浪般翻滚的红旗之下，郑重其事地宣布从此以后，严禁在校内踢足球！

此消息一出，并没有引起多么巨大的轰动，因为踢足球的人毕竟是少数且仅限于男生，这股微弱势力所表现出来的反应仅仅是撇撇嘴，摆摆手，或者摇摇头便再无其他任何举动。我那个时候对足球并不是特别热爱，只是偶尔踢一踢，不狂热也不痴迷，听了之后也不以为意继续心不在焉地静立当场，谛听校长滔滔不绝唾沫横飞的发言。

我那个时候是喜欢打乒乓球的，只是我已经记不清到底是什么原因促使我拿上球拍在球台上挥汗如雨即使精疲力竭也乐此不疲。

也许是兴趣使然，因为体育课很少，每周只有一节，再加上乒乓台有限，如果不及时争夺，便再无空位可以尽情鏖战了。

学校的乒乓台只有六个，按照最高标准来算每个台子顶天了站六个人轮流打，最多也就供三十六个人一起打，而全校一千五百人，打球人数远远超出此数，导致乒乓球台的数量严重不足。

那个时候我对打乒乓球无比狂热，为了抢夺台位，我会拿着球拍早早地来到学校门口。那个时候，学校大门的敞开时间是在下午一点五十。在此之前，是紧锁着的，绝不会让任何人进去。何越会和我一起抢，不过在最初抢夺台位的争夺战之时，战况异常激烈，我们常常是败多胜少，狼狈不已。有好几次，我都被后面疯狂拥堵的人流撞翻在地，手臂擦过大地，鲜血溢出表皮，脓水也跟着流出，疼痛感席卷全身，加上又在夏天，汗水一滴，更是痛得我龇牙咧嘴。这种受伤在我小学中年级的时候可谓是家常便饭，不值一提。在那一段时间，为了争夺乒乓球的台位不知划过多少次皮，流过多少次血，现在仔细一想，觉得有些不值得，但是在那个时候我却并不这样想，只觉得能抢到乒乓球台就是一件可喜可贺欢欣无限的事情。只要能抢到台位，只要有球可打，什么伤什么痛都无关紧要了。

除了冲进校门不慎擦破皮流血受伤之外，我们还面临着另外一种威胁和挑战，那就是高年级学生肆无忌惮蛮不讲理恃强凌弱地强行抢台。

那些抢台者一般都是五六年级的学生，他们会在旁边观望一阵，然后进行选择性抢台。势单力薄且身材瘦小者最容易被侵占。

很不幸，我当时身形瘦弱，而何越虽然比我强壮一点，但是个头却比我矮，所以在那些抢台者的眼中我们无疑已经成为最易攻克的一个堡垒。

有一次，我和何越好不容易抢占到一个台位，而且此台位还是凹凸不平，机关重重，挡板业已坍塌，被几个红色的残破的砖头堆砌着，像一个伤痕累累的老人，生命几近殒殁。就是这样一个千疮百孔的烂台子，竟然也有人来抢。

我们当时打得正欢，丝毫也没察觉威胁已经临近。一个瘦瘦高高比何越高上一个头的学生忽然挤到他的身边，将拍子往我们的台面上一扔，语气嚣张地说道：“卡（抢）台子！”

我蒙了，何越也蒙了。我们拿着球拍呆呆地伫立着，不知所措。乒乓球滚落石板桌面，随着惯性定律向远处弹去，我们也忘了去捡，只是呆呆地瞧着这几个高大而嚣张的高年级学生。

这是我第一次遇到这种情况，它让我的思维发生了逆袭般的流淌和跳跃，我从来也不曾想过，在这个满是和谐满是温馨的校园里竟然充斥着这样一股恃强凌弱霸道无匹的抢台者，这无异于一种强盗行为。光明的东西被摧毁殆尽，剩下的便是无尽的黑暗。

我本来有满腔怒火，可是却无处发泄，瞧着他们一个个人高马大的样子，作为一个低年级的瘦小的我能做些什么呢？在短暂的窒息后，我和何越只能选择放弃。敌人太过强大，我们守不住阵地，只能弃城而逃。

最后回头恨恨地朝着那些人瞪了一眼，我和何越转身而去。

一路走一路上都在心里暗暗地咒骂着他们的祖宗，也不知咒骂了多少回最后才讪讪地停住。

在我们走出很远之后，何越才小声对我说："这些土狗，要是在我们那个地方，我绝对叫人将他们砍趴下！哪里还容得下他们如此嚣张！"

我"嗯"了一声表示附和，心下却想：你要真有这本事，还会被欺负成这样？连一声都不敢吭？说穿了，我根本就不相信何越的话。

不仅是我不相信，全班所有同学都不相信。

何越的吹牛是出了名的，所以大家听他说话都当听笑话，很多人听到一半把持不住，当场就反唇相讥说他哪里哪里脱节了或矛盾了，然后捧腹大笑或大肆宣扬，引得更多的人狂笑不止。不过也有人相信。相信的人还会为他辩护，他会趁机补全自己的漏洞或将脱节的部分重新挑出重新叙述。我是不会帮他辩护的，嗤之以鼻，全然不信，为他辩护什么呢？最多只是不置可否地点点头或顺着他的话顺水推舟地接下去罢了。

我们的台子就这样被无情地霸占了。这种情况持续了很久，一直到五年级之后才完全消弭。在这之前我们一直处于劣势地位。这种情况的持续出现让我们大感愤怒和烦恼，虽然我们身体和年岁弱势，但是心里和尊严却不能一直处在被欺压和蔑视的阶段，我们必须要行动起来，捍卫自己的领地，即使不能像英雄一样血染疆场，但至少也要像个男人一样勇敢起来，保卫自己的领地不受侵犯。

我们不再是两个人去抢台子了，因为足球的禁令已出，那些爱踢足球的人只得转战乒乓球和篮球了，而因为天气的炎热，篮球运动的剧烈，或者严厉的冲撞和抢攻，很容易导致皮肤擦伤、骨节移位或软组织的挫伤、肿胀等一系列问题，最终，打乒乓球的人数占到了上风。我们常常会有五个或六个人一起守着一张台子，以三球的输赢为限，轮换上阵。气势在陡然间增长了何止一倍，我们打得心无旁骛，虎虎生威。那些想抢台子的高年级的学生一看我们出众的人群、庞大的气势也不敢轻易涉险向我们发动进攻，徘徊观望了一阵，便转移目标，向那些势单力薄的一二年级的学生下手去了。

打乒乓球的人虽然增多了，气势虽然增强了，但是月总有阴晴圆缺的时候，我们的人不可能每次都是同样的多。有一次，我们只有三个人的时候，又一伙抢台子的高年级的学生过来了。

我当时正在和袁小林拼快球，一对陌生的拍子“砰”地扔在了我们的台子上，然后嚣张的声音在我们的耳畔响起：“卡（抢）台子！”

我和袁小林同时停了下来，紧贴着台子站定，瞧着来者为何人。只见是两个人不人鬼不鬼的浑球。

这两个人是全校出了名的浑球，不仅成绩差到无以复加，做人做事也烂到无以形容，打架、抽烟、喝酒、逃课、欺凌弱小，凡是臭名昭著的事，无所不用其极。他们像两个混世魔王一样整天在学校里游来荡去，惹是生非，沆瀣一气，臭味相投，各年级的学生见了他们如见瘟神一般唯恐避之不及，就是学校领导各科老师也是大皱眉头，头疼不已。

按说，这俩瘟神早就够了开除的资格，可是不知什么原因，竟然迟迟没有被开除。依然威胁着学校的弱势群体，搅扰着学校的和平与安宁。

他们两个一高一矮，高的比我高一个头，矮的比我矮一个头，身材比例极不对称，一个像竹竿，一个像地瓜，他们分成两个方位向我们攻来。

“竹竿”攻向袁小林，“地瓜”攻向我。

他们拿着拍子扭动着满是狐臭的身体挤搡着我们依然没有移动的躯体。

袁小林没有走，我也没有动。而是用本能的推挤之力与这“二魔”相互推搡着。

“干什么？”我一边暗中用力扭动腰椎与他的侧腰相抗，一边毅然不惧地冷冷问道。

“地瓜”没有回答，瞟了我一眼，似是被怔住了，他没有想到，横行无忌的他竟然会有人不惧他的威势而与他分庭抗礼。

那个时候，我的心里蓦然涌上了一股热流，很快便溢满全身，它让我的激情、力量、勇气在与恶势力相碰撞的那一刻便陡然升上了顶点，我忽然什么都不怕了！

紧握在手中的球拍重重地扣在坚硬的水泥台面上，侧过身子，猛然间抽出双臂，对着仍然在向我身上挤搡着的“地瓜”猛地推了过去，嘶声怒吼道：“妈的！你敢占我的台子？！”

愤怒之下那猛然的推力将“地瓜”推出了三四米远，他趔趄了好几步，险些摔倒在地。

那个时候，我牢牢地盯着“地瓜”，瞧着他的每一步变化，生怕他骤然出手导致我措手不及。

盛怒之下我虽勇猛异常，但内心深处依然有一丝战栗。我面对的可是学校出了名的混世魔王，他们打架无数，身经百战，一旦出手，势必会造成受伤流血。我是真的没有底，万一“地瓜”骤下狠手，或者拿着一块砖头之类的东西不顾一切地向我砸来，我会不会就此成为植物人而永远处于昏迷状态再也无法苏醒过来？这些念头只在我心底深处飞速地闪现了刹那便消失不见，我不能去想，也不敢去想，因为它会使我胆怯，使我懦弱，使我败下阵来，甚至使我无地自容。我不能退却，因为我已站到了风口浪尖，我的气势已经膨胀到了顶点，我的双臂我的全身都充满了战斗的火焰，只等那一声号角吹响，我便会不顾一切而战。

“地瓜”终于稳住了身形，慢慢地朝我走了过来，热血一涌，我不退反进，大步走上前去，欺身而上，身体微侧，前臂向前一顶，刚好顶在了“地瓜”的胸口。我这一次用了九成力量，“地瓜”捂着胸口再次向后踉跄着退去，很快退到了另外一个乒乓台的边沿。“地瓜”没有再退，而是以台边作为支撑的后盾，向我进行了反击。

“地瓜”的反攻很无力也很软弱，用左肩与我的右肩相抗衡，一边抗击一边叫嚣道：“你要抓嘛（干吗）？你要抓嘛（干吗）？”气势很弱，就像一个久卧在床的病人因为疾病的折磨而不耐烦地乱吼乱嚷。

（三）

“你要抓子嘛（干吗）？”我没有一点退缩，我知道，此刻正是最好的进攻时机，因为“地瓜”的气势已弱，我如果就此软下去，“地瓜”的嚣张气焰便会上升，那个时候，我将是进退维谷了。

在此之前，我不是没有打过架，我的打架原则是人不犯我我不犯人，人若犯我，我必犯人。所以我不会率先出手，只是互相用肩肘撞击，“地瓜”气势已弱，加上又摸不清我的实力，遂不敢贸然下狠手，也只用肩膀与我相抗。

我与“地瓜”相互对撞了一会儿，“地瓜”似是讨不了什么便宜，遂停止了攻击。他一停止，我也没有乘胜追击，而是立在原地，冷冷地盯着他。

“地瓜”瞧了我一眼，眼中似已有了退意，转头对“竹竿”嚷道：“走了吧，这个台子不好卡(抢)！”

我转头一看，“竹竿”正在和袁小林推来搡去。袁小林虽然没有“竹竿”高，但是身材肥硕，俨然一个胖子，他的胖并非虚胖，而是因为经常锻炼的缘故，他的肥肉比较紧致，出手一推，力量强大，“竹竿”猝不及防之下也被推得差点摔倒。但是“竹竿”毕竟是“竹竿”，打架无数，身经百战的他在向后踉跄了几步后不退反进，立马欺身而上，伸出双臂猛地推向袁小林。

袁小林的底盘很好，稳定性超强，受到攻击也只是前身微微向后晃了晃便即稳住了肥硕壮实的身体，脚下如磐石般稳扎地底，双臂胸前一横，挡住了“竹竿”的连环冲撞。

我看得心头火起，双拳紧握，再也顾不得其他，直接跳上了乒乓台，大吼一声：“你这浑球，我跟你拼了！”说完就直接冲到了“竹竿”的身边，双掌齐挥，排山倒海般朝“竹竿”推去。

这一掌混合了我十成的劲力，也许激发了我的潜能，也许更多，反正在我这掌推出之后，我就感觉双臂似乎完全脱力一般，再也抬不起来了，可我硬是咬着牙没有吭一声。我知道，这个时候我不能示弱，一旦示弱，我们的努力便付诸东流不说，还会引发这“二魔”疯狂的报复。

这十成劲力的猛推加上袁小林不甘示弱抗拒，“竹竿”站立不稳，猝不及防之下被“砰”地推到了地上，样子甚是狼狈。

周围人见此变故，纷纷停下手中的运动，齐齐向这边瞧来。

“竹竿”愣了半晌，似是没有想到竟然有人敢将他推到地上，这是他成为“魔王”以来压根儿就没有碰到过的事，虽然他在外面也经常被打败，但是至少在学校内部，没有一个人敢惹他，即使是他的狐朋狗友、难兄难弟。

“地瓜”只是在旁边瞧着热闹，并没有动手。

这个时候我不仅担心“竹竿”出手，也担心“地瓜”出手。因为我刚才骤然出手用力过猛导致双臂气力尽失，几乎丧失了战斗力，全凭一股不屈不挠的精神力勉力支持着，冷冷地盯着仍然坐在地上的“竹竿”。如果他们骤然发难，我将一败涂地。

我们这边有三个人，站在旁边的刘冲几乎已经成了一个摆设，从他苍白的脸色和他闪烁着惊恐光泽的眼神中我已看出他内心的胆怯和无助。我心中黯然，深为他作为一个男孩儿而丧失了本色丢掉了本真而感愤怒和不齿。从此以后我便对刘冲嗤之以鼻，避而远之，不再想与这种人有什么联系，除了“同学”这个词无法在人生历程中给删掉，其他诸如“兄弟”、“哥们儿”之类的词我通通像扔垃圾一样将其毫不犹豫地扔进了回收站并将其清空，发誓一辈子不再与这种垃圾碰面。

那天何越因为路上堵车来晚了，故没有参与到这场保卫战之中。我不知道何越会不会像刘冲一样胆怯和懦弱，倘若如此，我也绝不会再和何越称兄道弟了。

不过这个想法在那个时候并不是特别强烈，因为那个时候大家都还只是儿童，儿童的记忆能力虽然很好，但是不会像成人那样长久地记仇，不论谁与谁有什么不可思议的怨隙，哪怕打得头破血流，只要伤得不是特别严重，最多隔两三天就自行化解了。这种化解的方式是非常自然毫不做作的，像顺水推舟一般，没有任何矫饰。打个比方：如果我和何越发生了怨隙，彼此不说话，那么如果出现了一个什么游戏之类的，他会加进来，我会加进去，我们在欢愉的游戏过程中便将矛盾消解了。这实际上还要归功于那时的天真和淳朴。思想单纯，什么问题都变得简单；思想复杂，什么问题都将变得复杂。成人世界之所以有那么多疖子和下疳，皆是因为将问题不断复杂化所致，于是成天被劳顿所积，不学会忘记，就不会释然，终其一生都处在怏怏不乐之中。这种情况在大学生之中屡见不鲜。他们常常会为了一个微不足道甚至无关紧要的问题而怒火万丈，针锋相对，甚至不惜大动干戈。我实在无法理解这种现象，它们在我看来简直是极其幼稚，极其无聊，这还没有囊括男女之间的情爱问题，如果再加入这方面的问题，那将更加复杂了。

“竹竿”虽然被我和袁小林联力推到了地上，但是仍然没有失去“魔王”应有的风度，他捋了捋额前几乎完全将脸封闭的头发，向周围瞧着他的那些人大喝一声：“看锤子看？再看老子打人了！”

周边学生迫于他的淫威，被这句话一恐吓，便纷纷转过身，作鸟兽散，离去了。

“竹竿”慢慢站了起来，拍了拍臀部沾上的灰尘，抽抽鼻子，一步一步向我和袁小林走来。

我们屏着呼吸，紧紧地盯着“竹竿”，额上已浸出点点冷汗，不过表面上却是不屑一顾，冷然相对。

“你们两个，很屌啊？是不是？”“竹竿”慢吞吞地走将过来阴恻恻地说道。待走到我们面前时便猛然伸出双掌向我们推来。

袁小林依然双臂横胸抵挡着“竹竿”的第二轮反攻，而我因为臂力的暂时性麻木只得侧过身躯用肩胛骨迎敌。“竹竿”这次反攻的力道很强，我虽然用出了十成劲力抗衡，但仍感到肩膀一阵阵酸痛，身躯不断颤抖，胸口剧烈起伏，导致了神经暂时性模糊，我感觉自己快要倒下去了，只能凭着自己潜意识中拒敌的指令麻木地冲击着。

“干什么？干什么？！”一阵严厉的叱喝声猛然传入了我们的耳中，我们不约而同地住了手，朝来人看去。

这声叱喝如暮鼓晨钟般震醒了几欲晕厥与麻木的我，我只感到大脑一阵亢奋，眼前模糊的景物转眼间清晰明朗了起来。

来的是一个胖子和两个瘦子，他们的右臂上都带着醒目的红色的袖章，上面写着“纪律”两个字。这是学校维护秩序的“纪律纠察队”。

“纪律纠察队”属于学校的两大护卫队之一，专门维护校园内部的秩序，专管校园内部的打架斗殴和无端滋事者，此队只对学生会负责，与校领导并无直接关系。该队的成立和选举全由各班自行安排，学生会只负责袖章的发放和权力的施与。执行时间为一周，执行地点为校园内部各个角落。一周完后，与下一个班级相互交接权力，如此循环往复，直至毕业。

除“纪律纠察队”之外，还有一个“环境纠察队”。顾名思义，就是专管环境卫生的“校园护卫队”。它还有一个好听的名字，叫作“小白鸽”，大有像白鸽一样使学校的卫生状况纤尘不染熠熠生辉的意味。此种特权大队只有等到四年级之时才能享受到，而四年级之前，只有处处被管制的份儿。

虽然“校园护卫队”作为学生自己的权力机关，或者学校的一种一劳永逸的管理模式，拥有管制学生登记上报仲裁事件结果的特权，但是也要因人而异，不可一概而论。虽然“维护队”拥有特权，但是管的毕竟是学生，学生各式各样，不是每个学生都循规蹈矩、遵守制度，像“竹竿”和“地瓜”式的“混世魔王”这类特殊学生，他们也有点忌惮，所以也不敢轻易去招惹，不敢那样严格地去管理。有时候明明瞧见他们在大庭广众之下打架斗殴，挑衅滋事，欺凌弱小，而“红袖章”的“护卫队”因怕引火烧身，却偏偏睁只眼闭只眼，目不斜视，谈笑风生，绕道而行，更有甚者，在看到这类事件出现时，竟然将右臂的“红袖章”给扯了下来，趁人不注意时塞进了裤兜中，如此一来，谁也无法分辨他们的真实身份了。这种情况在相当长的一段时间中蔚然成风，直到我戴上“红袖章”的那一刻，才知道这其中的水分和猫腻真不足为外人道也！

世风日下，人心不古。“校园护卫队”在这样的风气影响下逐渐变成了吓唬低年级小朋友的纸老虎，根本唬不住高年级的学生，更别说对他们进行管理和仲裁了。然而事实并非就是绝对的，再敷衍的机构也有恪尽职守兢兢业业的成员，他们有自己的操守，有自己的原则，不受外界的影响，坚定不移地履行着既定的规章和责任。

而此时此刻恰逢其时出现的胖子秦阳靖志就是这种制度的守护者和履行者。

秦阳靖志在当时是五年级一班的班长，成绩优异，身材壮硕，比袁小林还要胖上两圈，嗓门奇大，中气充沛，眼神不怒自威，天生一副秉公执法的包公相。

他不惧怕任何邪恶势力，敢去管任何别人不敢插足的事，因为他与生俱来的强壮身体足以应付任何攻击。

“干什么？”秦阳靖志一边厉声叱喝一边快步行到我们中间。

“这个人抢我们的台子。”我指着“竹竿”对秦阳靖志说道。

“就是，他们抢我们台子，还打我们！”袁小林适时接道。

秦阳靖志微微点了点头，转身对“竹竿”冷冷地说道：“你怎么这么脸厚？一天到晚干这些事情，丢尽了学校的脸！真是不知羞耻！惹得人人嫌恶，狗改不了吃屎！我都不知道该怎么说你了？你现在马上在我面前消失！不然我就将你上报！”

“竹竿”抽抽鼻子，顺手拿起桌上的乒乓球拍，招呼站在不远处的“地瓜”说道：“我们走！今天算我们倒霉！”说罢，吊儿郎当地离去。走了十几步，忽然回头一瞥，正好与我的目光相对，我看见了他眼中的冷笑，冷笑中夹杂着无比的愤怒，意思无疑是说“咱们走着瞧”。

走着瞧就走着瞧吧，难不成我还怕你不成？我心里不以为然地笑笑。

“你们几个没事儿吧？”秦阳靖志望着我们问道，语气虽然严厉，但不似刚才那般冷淡了。

“没事儿，没事儿，谢谢秦队长！”我笑着对他说道。

“没事儿就好，这种人就是欺软怕硬，你如服软，他就越发嚣张，你如强硬起来，他也不会如此放肆了。可是很多人慑服于他们的淫威，都不敢反抗，如此一来，他们就更加放肆了！所以也就导致了很多人不敢去招惹他们。”秦阳靖志说道。

“嗯，就是，就是。”袁小林点头附和道。

我们又继续和秦阳靖志寒暄了一会儿，他便告辞，带着另两个瘦子离开了。

我们突然感到前所未有的轻松，那天的球也打得酣畅淋漓，极其尽兴。

我连发铲球，正旋，反旋，弧圈球，打得袁小林和刘冲措手不及，应接不暇，手忙脚乱，失球连连。

刘冲和袁小林唏嘘不已，长叹一声道：“罗哥发飙了！”

我自己并不会自负地标榜自己的乒乓球技术有多么的好，但是却可以大言不惭地说一句，那个时候，凡是与我对打的人，没有一人不最终败在我的球拍之下。我曾很多次在私下里想过一个问题，如果我当时毫不犹豫地迈入乒乓球的门槛，我会不会成为一名职业乒乓球员？或者，业已进入国家队，在地动山摇震耳欲聋排山倒海的呐喊和支持声中与世界顶尖高手激烈交锋、奋勇拼搏？这种想法不是不无可能，因为没到最后，谁都看不到结果。大多数人的眼睛都似生了云翳一般，连眼前的景致都无法正确辨识，更何况在远方的青山呢？不过有明智的人，他们愿意抹一抹双眼，将遮蔽眼睑的云翳给清除干净，看到了远方的青山，青山上有太多的景致都是鼠目寸光者无法看到更无法感悟到的，所以很多人一辈子都陷入这氤氲的迷魂阵中，直到老死也仍然不知道自己自始至终都被蒙在鼓里。不过这还不是最可悲的，最可悲的是他还留下遗言让子孙后代至死不渝地秉承自己一生中所总结的观念、教诲及行事准则，不然，死都不会瞑目。

这是前辈们精魂所铸的道德标准，我们奉为金科玉律，不敢违犯，只能顶礼膜拜，铭记在心。我们明知这并不是一种正确可行的路子，但是没有办法，只能无条件遵循。

在那个时代更是如此。但仍然有着特立独行的家长，他们会顺着子女的天性因势利导，并默默予以支持。

陈心依的奶奶就是如此。

陈心依那时是我所在班的一位美女，她有着精致的瓜子脸，立体娇俏的鼻梁，晶莹如玉的秀唇，牙齿白皙如贝，眼神摄魄勾魂，说话娇脆如狐狸嘶鸣，体态婀娜，性格活跃异常，如山中的白狐，妖艳中带着不可掩藏的野性的光芒。

她和罗雪枚灵都有一双妖艳勾魂的眉眼，但是又不尽相同。罗雪枚灵虽然美艳，但因为体质的娇弱，美眸中夹杂着几许弱不禁风的楚楚可怜；而陈心依的美眸中却释放着山间枞林的狂野和不羁。

这一切都为陈心依爱打网球所致。

暴露在阳光下的运动更增强了她健康的体魄和妖娆野性美的无限绽放。

于是顺理成章的，她成为了班上男生们倾慕和追逐的对象。不过儿童时期的追逐猎艳与成人世界的追逐猎艳却是大相径庭相去甚远。儿童时期的追逐更多的是一种欺辱而非保护，对于那时男孩儿来说，没有怜香惜玉这样的意识，他们如果对某人有意，绝对会情不自禁地去欺辱她或恶语相加直至她啜泣不止才会讪讪住手。此时，他们心中或许会有悔意，但更多的却是一种胜利者的扬扬自得，言外之意似在表达：“哈哈！我终于征服你啦！”

然而陈心依可不是那么好欺辱的。她不仅打网球，而且还练跆拳道，招招精辟，式式狠辣，凡是惹过他的男生都会被她揍得骨软筋麻，痛楚难当，见此情景，再也没有男生敢去追逐她了。

何越也曾追逐过陈心依，因为尝到了苦头，从此再也不敢妄动歪念，从此抱着美女“只可远观而不可亵玩”的信条。

有人说陈心依是“狐狸精”，而且是“火狐狸”，千万不要与她接近，否则就是玩火自焚。

我那时秉持着多一事不如少一事念头、老实应对一切的原则，也尽量避而远之，尽量不去与她接触。可无奈那时我成绩优异，风头正盛，她成绩没我的好，所以便经常会拿着各种各样的问题来向我请教。

其实我并非一个多么乐于助人的人，特别是讲题这种大费时间大伤脑筋的事情，我更不愿意去做，再加上陈心依又是一个“火女”，极难伺候，稍不注意将她惹爆了，那我就只有吃不了兜着走了。所以，我便会将这烫手的山芋抛给何越，让他去应付。

何越哪里敢接，见陈心依过来，跑得比兔子还快，只剩下我一个人手足无措地站在那里。进也不是，退也不是，想溜就更不可能了。我正抓耳挠腮想办法如何打发她时，她却不顾其他不由分说直接抓着我的衣袖就朝教室里走去，银牙轻咬，眼神似笑非笑地开口说道：“不要推辞了，必须是你讲！”

声音娇俏如乳燕，非常好听，但却充斥着不能反抗不容辩驳的威严。我万般无奈之下，只得从了。

陈心依的问题多得离谱，而且都是一些并不复杂的问题，我想以她的智商并不至于解不出来啊？于是就问她：“这么简单的问题你也不会吗？”

“不会。”她答道。

“你自己想想吧。”我说道。

“我真的不会。”

我一听，心里烦躁无比。此时正是下课时间，男生们都在外面玩得兴起，我却丧失了自己的自由时间被逼无奈之下屈从在教室里给一个浑身是火的“狐狸精”讲题，这叫我情何以堪？遂不觉站起身来，不耐烦地挥了挥手，道：“我不想讲了，你自己看着办吧！”说完，便朝教室外走去。

教室里有几个男生对着我不怀好意地讪笑，其中包括何越。感觉自己的面子仿佛丢光了，羞得满脸通红，不觉间加快了脚步想要立刻逃离此地。

“你给我站住！”陈心依的声音在我背后响起，如春雷一般炸响在我的耳边，震得我的耳膜嗡嗡作响，不觉间，便止住了脚步，再也不敢向前挪动分毫。

我缓缓转身，看着陈心依拿着一根三寸长的教鞭走了过来，眼神中充满着火焰，秀鼻不自觉地哼动，银牙紧咬，直直地瞪着我，我被她瞧得心里发毛，下意识便移开了与她相交的眼神。

只听“啪！”的一声脆响，陈心依随手一挥，将木枝所做的教鞭挥击在旁边的课桌上，课桌颤抖不止，嗡鸣不已，连带着桌上遗留下来的粉笔灰扑腾弥散在空气中，久久不能散去，少许的粉末驻留在她的秀发中，显得美丽和威严，霸道而不失风韵。我怔怔地瞧着她，仿佛她已恢复了“狐狸精”的本质——要吸人血了。

“你要是敢出去，我立马劈了你！”陈心依冷冷地说道。

我瞧着她凶神恶煞的样子，再瞧了瞧那兀自摇晃还未静止的桌面，身上一阵瑟缩，喃喃说道：“你的样子好凶……”

陈心依一愣，瞧了瞧手中的教鞭，随手将它扔上了讲台，略一低头之际，便换上了一副笑意盈盈的模样。

“我现在还凶吗？”陈心依柔声问道。

我不禁看得听得呆了，这还是刚才那个凶神恶煞要把我劈死的“火狐狸”吗？这还是那个男生们避而远之唯恐引火烧身的“玉罗刹”吗？此时的陈心依极尽温柔与娇媚，似融汇了世间一切的美，在阴凉的夏日的教室里灿烂的盛开。微风阵阵，混合了窗外梧桐叶的清芬，吹进教室，撩拨她的秀发，有几根无意间扫到了我的嘴角，香而涩，痒而麻，似青草戳着脚心。

我不敢看她，只得将眼光移向窗外。

“你要实在不愿意讲，那就算了吧……”陈心依望了我一眼，喃喃说道。

“我讲……”我下意识地回应道。

自此之后，陈心依再也没有将“火狐狸”的本质展现在我的面前，不过对于其他男生，却依然不改“魔女”本色，不是狠招连连，就是冷如冰窖。男生们对她的兴趣也降到了冰点，几乎已将他隔绝到了另一个空间，而似乎只有我，才能平安进出她的空间。

有一次，我和何越在教室外的走廊上玩，陈心依走了过来，扶着栏杆，望着我，跟我聊天。

前面说了，我是一个不善于跟女孩儿聊天的人，再加上那时的面子薄如蝉翼，我很少主动开口去闲聊一些事情，不仅仅是陈心依，对其他女生也是如此。她说了很多的话，我只是点点头，或者以“嗯”来表示附和。也许是看见陈心依啁啾如雏鸟般的欢快，何越竟接上了陈心依的话开始闲聊。为了自己的人身安全，何越的语言小心至极，一字一句彬彬有礼，甚至卑微到尘埃里。

我心里忍不住笑，心想何越你不是挺威武的吗？你不是也学过武术吗？怎么这个时候也成了一只玳瑁龟了呢？

正这样想着的时候，陈心依忽然对我说：“陪我到楼上去找一下我哥。”

我一怔，没反应过来。他的哥陈中齐我认识，是陈心依同父异母的哥哥，比她大一岁。两人关系不错，因为他住在我当时所居住的院子里，算是邻居吧。如果陈心依不说，我硬是不会相信陈中齐会是她的哥哥。陈中齐天生一副婴儿脸，说话奶声奶气，做事吊儿郎当，完全处在一段穿开裆裤的童稚时期，跟“哥哥”这个词占不到边。

“这个‘火狐狸’好像对你有意思！”何越不知何时凑到我的耳边，小声地坏笑着说道。很明显，何越听到了她刚才的话。

“滚你的！不要乱说！”我转头咬牙切齿地小声斥责道。

“别装了，我看得出来。”何越继续小声说道，“群众的眼睛是雪亮的。我们都看得清清楚楚，她对你不一样。她从没有扁过你，你看我，这身上还有伤呢！”

“那是因为我没有惹过她……”我急急地小声龇嘴辩驳道。

“行，那再说一事，这么多人，她好歹也是一个女生啊，她不找女生陪她上去为什么偏偏找你……”

“找你妹！”我立马恶狠狠地小声打断他，“要不你陪她上去吧？”我语锋一转，陡然问道。

“我可没这个福分……”何越悄悄摆了摆手道。

最终碍着面子，我没有陪着陈心依上去找陈中齐，她自己也没有上去，最后说了几句无关紧要的话便回到了教室。

陈心依从那时起，便再也没找我问过问题，也没再找我聊过天。她只找女生玩，说说笑笑，温柔如斯，娇俏如燕，一副很快乐的样子，看不出来一点烦恼。

不久，陈心依便离开了这个学校，因为她的球技优秀，潜力不错，被宜宾市网球训练基地给挖走了。

她追寻着她的网球之梦去了。

如果发展得好，她应该进入国家队了吧，再不济，也应该在省队了吧。我无法妄断，因为我的记忆只停留在那个阶段，后面的一切都与我无关。我们再也没有相遇的可能了。

陈心依走得无声无息，很长的一段时间，大家都不知道。直到她的奶奶来到教室，告诉了我们一切。

她的奶奶年岁很大了，满头白发，白得如此刺眼；皱纹很深，纵横交错挤满了整个面颊，唯一深邃而慈祥的便是她的那双眼睛了。

我从她的眼睛中看到了她对孙女无限的支持，并坚定地相信着自己的孙女一定能在这条看似艰难但却蕴含着无边希望的梦想之路上做出一番令人艳羡的成就而不用去在乎一些世俗低劣而鄙薄的目光。

她留下了陈心依的电话号码后，向大家挥了挥手，步履蹒跚地离开了。

那一天，全班人都很惆怅。不过这很快就释然了。儿童时期的眼泪来得快去得也快，惆怅和感伤占据不了生活的大部分也无法镌刻在心中的石碑上。仅仅一节课之后，教室又恢复了原有的喧嚣和热闹。这种离别的愁绪可能会在女生们的心目中留得时间较长一点，但也不会驻留得太久，最多一天，便恢复如初了。

说到这里，我必须要回溯一些前面提到的人和事上面了。他们是我那个时期必不可少的东西，是他们在我的记忆中，或留下点点涟漪，或遗下几行足迹，这些都是真实存在过的证据，我不能将他们抹去，没有他们，这部小说就无法继续下去。

《西游记后传》风靡的时候，也是一周一度的“校园护卫队”交接到我们班的时候。那是我们第一次享受到这种特权，乍来的新鲜感勾起了我们抑制不住的欢喜和激动。我们想用这种特权来满足心里的虚荣，当然，也有一种报复的快感。报复感何来？当然是那几年长久的积压所致，此机会一来，怎可不好好释放释放呢？趁此机会管制管制低年级的小弟弟小妹妹又何尝不是一种快乐呢？其实我是并不愿意将这样的特权的行为方式胡乱泼洒在无辜的低年级的学弟学妹们身上的，那会让他们本身天真无邪的心灵蒙上一层挥之不去的阴影，这种阴影就是一种不敢声张的仇恨和怨怼，就像早先时候的我们一样，在这种不公平的待遇中默默地服从，最终形成习惯，再到时机成熟时，大泄而出，淫威施在更弱的人身上。如此循环往复，于是美丽的校园永远只在传说中，它留在现实中的只是溟蒙中的莫可难辨的影子，看不真切也无法触摸，跟着它的幻影去追逐，去歌颂，驻足凝望，却发现只是虚空。

这种“报复”现象不仅出现在男生的身上，也出现在女生的行动中，她们对权力的行使似乎更加随意，甚至有些蛮不讲理。

我无法揣测她们的心思，因为我看见了罗雪枚灵正在那里训斥低年级的一个小弟弟，并且还扇了他一耳光，出手之重，我是听着“啪”的一声脆响才转过头瞧见的。我从来没有见过罗雪枚灵如此狠辣的样子，那个小弟弟的脸上瞬间起了一个硕大的红印，他瘦小的身躯瑟瑟发抖，不过并没有哭出声来。我看得心里很不是滋味，正想上前去询问，何越却突然把我拉住了。

“生意来了。”何越忽然指着我的左侧一个过路的低年级的小朋友说道。

“生意来了”的意思就是我们遇到了一件在我们职责范围内的事情，可以光明正大地上前去行使我们的权力了。

“喂，同学，请将你丢的果皮纸屑捡起来！”我和何越走过去拦住了那个小同学的去路，故意亮了亮右臂上鲜明的袖章，表明自己的身份，表面微笑却脸威严地说道。

我和何越当时是“校园护卫队”的“环境护卫队”，即“小白鸽”，也就是专管环境卫生的。只要遇到随处乱扔果皮纸屑的人便可以采取督促措施，如果他不听，还可以将此人登记下来，上报学生会，扣他们所在班级的纪律分和清洁分。如果他不肯说，我们可以有权“拘留”他直到他报出班级所在及姓名才能放任离去。这种方法只属于下策，而且效果不好，因为关系到班级荣辱问题，谁会白痴到将自己的名字和班级报出来？有些学生被逮住了会耍小聪明乱报一个名字或将祸水引向其他无辜的班级，导致很多班级莫名其妙地被扣流动红旗，被处罚，被点名批评，闹出了很多乱子和麻烦。学校一怒之下只得将此怨气撒在每周一轮的“校园护卫队”身上，勒令他们在记名字的时候务必要将此人调查清楚，还要与他们班的班主任进行核实，核实正确无误后方才能进行登记和上报。

学校下达的政策确实没有错，但是这都是纸上谈兵，在理论上畅通无阻，在实际操作中却困难重重。

首先是找班主任核实的问题。因为“校园护卫队”的工作是有时间限制的，在下课之时，或下课之前，不是随时随地都可以在校园中漫无目的地闲逛。我们必须在上课之前找到他们口中的班主任，然而时间往往来不及，我们还要上课，却得押着一个如囚犯一样的低年级的学生到处去询问查实这小子到底是不是贵班的学生，而往往又找不到人。找到人又怎样呢？如果那老师不承认我们押着的这个学生是他们班的，即使那个学生磨破嘴皮号啕大哭也无济于事。对于涉及荣誉问题的事情，老师们会毫不犹豫地撇下职业道德，最大化规避一些有损于班级荣誉的事，因为这荣誉不仅是班级的荣誉，还与其评职称和年终奖金紧密相关，如此一来，老师们不得不慎重行事了。

这种事情会让我们焦头烂额，痛苦不堪，当然，最好的办法就是三十六计——走为上策，不管不问了。

其实罗雪枚灵的那一巴掌就是因为迟迟无法查证班主任是谁而怒火攻心所致，郑丽也用了此种方式。女生大多比较负责，她们会刨根究底，虽然耐心比男生要好一些，但那也是相对而非绝对，如果被这种伤脑筋又伤身体的奔波给折磨得够呛，那也是会骤然发难，将矛头直指违纪者而将怨气发泄在他们身上。罗雪枚灵作为班长又是“纪律护卫队”队长，是必须要起表率作用而查实清楚不能马虎的，相比较而言，我反倒为男生因为此事件持的无所谓的态度而深感惭愧。

那个低年级的学生很听话也很顺从，他稍稍怔了一下，便规规矩矩地将扔在地上的橘子皮给捡了起来，然后扔进应该扔去的地方。

他扔完了之后还跑到我们的面前，恭恭敬敬地小声问还有没有什么事情或者会不会再记我名字之类的话，我们就挥挥手微笑着告诉他不用了，你表现得很好，可以走了。

那个低年级学生才会如释重负地离开。

对于管理低年级学弟学妹们此种乱扔垃圾的现象总的来说还算比较顺利，而对于管理高年级学生的乱扔垃圾的现象却不是一帆风顺，不仅如此，还常常面临各种危险。

有一次，一个六年级的学生边走边剥橘子，悠哉乐哉，对于撒了一路的橘子皮浑然不觉或不以为意，我们想睁只眼闭只眼，心想高年级同学普遍都长得人高马大，身材壮硕，看着就让人心神不宁，不好对付，还是避而远之，明哲保身吧！

可那人竟然从我们身边若无其事地走了过来，橘子皮就丢在我们的旁边，根本就没有在我们的醒目的袖章上瞟上一眼，哼着歌继续朝前走。

（四）

目不斜视，视周遭之人为无物，世间最令人愤慨的事情莫过于此，是可忍，孰不可忍？我不顾一切地冲了过去，拦住了那位“嚣张哥”的去路。

“同学，请保护校园环境，劳烦将你所丢的垃圾捡起来，请配合我们的工作，谢谢！”我勉力压住心头的怒火，抬头仰望着高我一头的“嚣张哥”，脸上不带任何表情。

“嚣张哥”愣了愣，瞧了我一眼，淡淡地说：“哦，好的。”

心头窃喜，觉得自己的气场前所未有的强大，正待转身离去，却发现“嚣张哥”没有丝毫要去拾那些橘子皮的意思，依然肆无忌惮地将剥掉的橘子皮往地上乱丢。

我正待发作，何越走了过来，对“嚣张哥”重复了一遍：“同学，请将你扔的垃圾捡起来，不要使我们为难，谢谢！

何越刚说完，我又补充了一句：“叫你捡起来，你为什么不捡？”压抑的怒火开始向外倾泻，我有些控制不住了，声音逐渐变得冷冽、严厉。

“马上捡！”“嚣张哥”的声音也出现了不胜其烦的森冷和愤怼。“嚣张哥”如此说，我们便不好再说什么了，只得守在旁边瞧着“嚣张哥”举动，看他到底捡不捡。

“嚣张哥”似乎故意跟我们为难，将手中的橘子皮剥得十分缓慢，这一次，他没有再将皮扔在地上，而是紧握在手心。待到他将所有的橘子皮剥完之后，似笑非笑地瞧了我们一眼，然后便悠然自得地吃起了橘子，望向远方，细嚼慢咽，再也没有瞧我们一眼。而我和何越却像两个傻子一样站在旁边，不知所措。

红色的袖章在夏日灼灼的光线中显得极其醒目，来来往往的人群从我们身边走过都会向我们投来几许好奇和惊诧的目光，我们只感到耳根和面颊犹如一块烧红的铁板，尊严扫地，羞愧难当。

“捡起来！”我大喝一声，愤怒使我失去了理智，让我敢于直面挫败和危险。

“嚣张哥”冷笑一声，道：“我说了马上捡，没说不捡，难道你没听见吗？”

我气势一敛，思维有些凝滞，暂时找不到说辞，只得快快地住了口。

“嚣张哥”也没有再理我，依然自顾自地吃着橘子。

我恨恨地瞧着那张飞扬跋扈的脸，无边怒气充斥在心间，很快如潮水般涌向双臂，将力量汇聚在双拳。而双拳锁定的目标，正是那张不可一世的脸和不屑的眼。

正当我要不顾一切地将双拳所凝聚的愤怒挥在“嚣张哥”的脸上时，一个严厉而熟悉的声音在我的耳畔炸开。

“捡起来！马上！”

我抬头一看，原来是郑丽，此时虽已被贬为纪律委员的她依然是本色不减、气势如故。

她扯着“嚣张哥”的衣袖，厉声重复道：“捡起来！马上！”

“嚣张哥”被她扯得烦了，嘴里不满地喃喃道：“不要乱扯，衣服扯烂了，你赔得起吗？你先放开，我捡。”

郑丽放开了他。

“嚣张哥”捋了捋衣袖，整了整领口，将手中最后一瓣橘子扔进了口中，然后又将手中紧握的橘子皮扔在了地下，趁我们不备，如狡兔般逃向远方。

我和何越还没有反应过来，郑丽已如箭矢一般冲了出去，追捕着“畏罪潜逃”的“嚣张哥”。

“嚣张哥”原以为，他只要一溜烟地跑了出来就决计不会有人来追他，正待停步休息时，忽瞥见一个凌厉的身影迅速蹿向他停身的方位，吓得他惊慌失措，不顾一切，拔腿又跑。

“嚣张哥”人高马大，加之双腿颀长，跑起来倒不费什么力气，不过看样子耐力不行，跑不到二十米就要停下来喘气。郑丽虽然速度赶不上他，但耐力很好，韧性强，不到最后断然不会倒下，所以终于逮到了“嚣张哥”。

当郑丽将满面通红、汗如雨下、剧烈喘息、咳嗽不停的“嚣张哥”抓到我们面前的时候，他眼中满是委屈，刚才的不屑和傲慢早已消失无影，剩下的是绵羊般的温顺和无条件的服从。他不仅将乱扔的橘子皮捡得干干净净，还代我们巡逻了一会儿之后才拱手告辞而去。“嚣张哥”转身离去的时候对郑丽流露的是无比的敬佩和折服。当然，对郑丽佩服的不仅是“嚣张哥”，还有我和何越。

不过这种无形的耀眼的光环在很短的时间内便被打破了，因为“偷钱门”事件的当事人又不经意间闪现在我的眼前，这两个人是一个人，有着同一个灵魂，但却在不同的时间不同的地点做出了性质截然不同南辕北辙的两件事，这两件事串联在一起，让我一度以为郑丽此种做法只是为了重塑自己在大众心目中的美好形象、重拾自己昔日无限辉煌的权力。毕竟有了前科，在大家的心中留下了污点，想要擦掉谈何容易？再加上马尾佳的那番话“她从小就爱偷东西”更是如一剂强心剂一样注入了我的大脑中枢，不知不觉间，无论她做了什么惊天动地的事情，也只能让我觉得她是在作秀是在表演，如此一来，我便也就漠然视之，不以为意了。

其实现在想来，我并不觉得那时的马尾佳说的话有多么的正确，特别是那句“她从小就爱偷东西”更像是一句衍词而非一种具有确凿事实的结论，拥有此种气质的女孩儿绝对不会是一个纵容子女任性妄为甚至不齿偷盗行径的家庭所教育出来的。还有那一种精神，我更愿意相信这是一个良好家教所培育的结果而非天性使然。况且马尾佳也不是一个人见人爱的女孩，同样有不少人讨厌她，也许她知道也许不知道也许是睁只眼闭只眼不想去管罢了，因为马尾佳本身就是一个知名度较低的人，即使有人对她厌恶到无以复加也不会像郑丽一样闹得沸沸扬扬、人神皆知罢了。

因为郑丽的气场太大了，性格太强了，她是一层蒙了灰的金子，不管有没有发出光亮，总会不可避免地被人谈起。俗话“人红是非多”也大概指此。

一周的特权享受时间很短暂，我们在行使自己职权的同时也没有耽搁在此期间玩耍的时光，如果按照比例来分配的话，玩耍占了我们生活的百分之六十甚至更多，且还排除了吃饭睡觉所占的比例。我们并不会觉得有什么愧疚和不安。玩耍是儿童的天性，我们不会扭曲天性故作老成去操练一套套即使在成年人看来也要颇费脑筋才能解开的枯燥乏味的奥数题，也不会整日整夜用尽课余时间将自己尚未发育完全的身体和大脑塞进一个又一个五花八门名目众多的补习班，我们只愿在特定的时间做着特定的事，即使这种事情会受到家长的斥责和无情的阻碍，我们也依然故我，只为短暂的青葱的流光绽放出应有的华彩而不至于留下令人怅惘的空白。

“过把瘾就死”可以说是我们当时真实的写照。新鲜感一过，便觉得这臂膊上的红袖章是一种阻碍而非一种荣耀和权威，我们的工作渐渐疏懒，例行的巡视也变得无精打采，百无聊赖。

儿童毕竟是儿童，这种无聊并不会持续太长的时间，快乐很容易寻找，哪怕其深埋在地底也会被我们轻易地发掘出来。

前面说了，我们接受“校园护卫队”的公职时也即是《西游记后传》盛行风靡之时，大部分人对这部电视剧津津乐道，成天挂在嘴边，对其中的剧情和人物角色也是百聊不厌，乐此不疲，恨不得穿越成剧中的人物滞留虚幻的世界纵情遨游在无垠的神魔仙的世界中肆无忌惮为所欲为。所以当有人提议要来饰演这部电视剧之时，立马获得了全班大多数人的拍手称赞和雀跃欢呼。

这个游戏的发起人叫郑雨欣。她身材娇小玲珑，长相娇俏可爱，在女生当中虽然算不得美艳绝伦，但依然能讨得大家的喜欢。

她被推举为这部戏的女主角之一——“白莲花”，另一女主角碧游则由我们班另一位极品美女韩佩文饰演。

韩佩文的美丝毫不输时任班长的罗雪枚灵，她们的美各不相同，如以春兰秋菊相并论，那也是各有千秋，不分轩轾。罗雪枚灵的美更趋于一种玫瑰的娇艳，而韩佩文的美更接近于百合花的纯真和圣洁。

女主角确定了，配角也很快确定了，可是男主角却迟迟没有定下来，很多自认为长相不错气质不错风度也还将就的男生毛遂自荐费尽口舌地去争取这男主角的位置，可都被这二位自视甚高的女主角给无情地推拒掉了。不过幸亏这部戏中的配角多得不计其数，所以被推拒的那些男生并没有被拒于千里之外，而是留下来充当了其他角色。

也不知是有意还是无意，也抑或是我那时的风光确实太过耀眼，郑雨欣竟然找上了我，问我愿不愿意和她们一起玩这个游戏，并让我充当这部戏的男主角——乔灵儿。

《西游记后传》这部电视剧虽然在名义上仍是以孙悟空为第一男主角，但实际上风头却被佛祖转世后的乔灵儿所深深压制。孙悟空除了打斗之外便如一尊失了灵魂的木雕，丝毫勾不起人们的兴趣，再加上其委顿的形象和拙劣的造型，更是被大家嗤之以鼻，讥诮连连。而女生们则更愿意将绮丽的遐想和羞赧的温情寄托在风度翩翩、温文尔雅、玉树临风、卓尔不群的乔灵儿身上。所以男生们会以饰演乔灵儿为荣，以饰演孙悟空为耻。不过，孙悟空毕竟拥有超强的战斗力，这一优势也恰好能够弥补他其他方面的不足，即使男生都愿意饰演乔灵儿，但孙悟空也依然能够排在可供选择的人物候选名单中，不至于石沉大海而被人遗弃。最终，颇像猴子的吴一兴饰演了孙悟空。

当郑雨欣找上我的时候，我大吃一惊，但很快被欣喜所取代，不过我却并没有将这种喜悦表现出来，因为我忽然发现了一个问题，何越不喜欢《西游记后传》，也对这个游戏不感兴趣，站在旁边的谢悠也是如此。这让我有些为难，如果我答应了郑雨欣，那也就表明我要遗弃我的朋友，遗弃我的职责，虽然我们并不会受到学生会的问责，但作为当时好学生的我来说，或多或少也会受到一些良心上的困扰和不安。

不过当时，这种念头和这种不安只是一闪而逝，我微笑地对郑雨欣点点头，表示愿意加入，郑雨欣也露出甜美的微笑，微笑时梨涡隐现，更显得娇俏可人。

当我转身离开时，何越和谢悠也转身离开了。

游戏很好玩，我们玩得不亦乐乎，再加上扮演者的众多和声势的浩大，吸引了越来越多的班上的同学不断加入，甚至一些外班的学生也加入了进来。

“白莲花”成了女神，众星捧月一般高高在上，然后就是想办法解救“乔灵儿”。因为“乔灵儿”没有法术，总是被妖怪抓来抓去，我们尊重剧情，所以我也被无奈地抓来抓去。每逢我被抓住时，都会无奈地大喊：“救命啊，救命啊！”然后“白莲花”和“碧游”就会不约而同地前来救我。

接着，“小妖怪”们会增加重重困难，设置各种阻拦，阻挡“白莲花”和“碧游”的解救。不过最终这些小妖都会被打败，我会被成功解救出来。然后与二女上演柔情蜜意，儿女情长。

“白莲花”的心胸狭窄，她会容不下“碧游”的插足和争夺，因此常常会与“碧游”发生械斗。而“碧游”的心胸比较宽阔，她对爱情的付出是心甘情愿和默默无闻的，不会在“白莲花”的面前流露出对“乔灵儿”的情意，饶是如此，“白莲花”依然不肯罢休，她希望“碧游”永远消失在“乔灵儿”的身畔，否则，必将了结她。所以“战争”每天都在上演。

正当我们沉浸在无限欢愉的角色扮演的游戏当中时，时光已悄然流逝，“校园护卫队”的职责已经接近尾声，我们要交接给下一个班级，无法再继续随心所欲地畅游嬉戏了。我们又回到了在教室走廊的两点一线的学习生活当中，看似平静了不少，实际上这只是暂时的蛰伏，只要契机一到，压抑不住天性的我们依然会生龙活虎。

下课后的生活暂时放松了一些，不过课堂上的气氛却十分高涨，原因是语文课本上一个单元框里要求的“辩论题”所无端勾起的兴致。为了增加课堂上的气氛，于是班主任汪雅琴决定大张旗鼓地开设一场辩论会，时间安排在一个星期五的下午，辩题是“小学生到底要不要多看电视？”

我看到这个辩题之后，几乎没有任何犹豫，就明确了我的立场，我选择反方：不支持小学生多看电视。

可是我的立场确定了却不能随着我的行动运转，我必须要屈从一种身外的强制的力量，它将我推向正方。因为汪雅琴在这场辩论会中给我们划分了区域，左边两纵人为正方，右边两纵人为反方，而我当时正坐在左边两纵人之中，这样，我便丧失了自己选择的自由，被迫划在了正方的区域，也就是说，我必须要违背我的初衷，我的立场，我的观点。而无论我的良心有多么不安，我也只能接受。

其实一切并没有那么复杂，我如果是一个被忽略的默默无闻的人，便可以沉默是金，坐在不起眼的角落，冷眼旁观这周遭的令人啼笑皆非的一切而不会让自己的心里受到一些非难和指责。然而命运却将我推在了风口浪尖。在班上，我是学习委员，有着举足轻重的作用，大家把我当成了“重型武器”，我承载着一种无形的力量，这力量是大家无意识地在日复一日中不以为意地加诸我身上的，我摆脱不了，因为它已与我的整个人融为一体，渐渐地成了一种美丽的枷锁，一种无奈的荣耀。所以我被分在哪一组就承载着这一组全部的希望。我既已被分到了正方，所以大家都将所有的赌注押注在了我的身上，他们期望我打败反方，为正方增光添彩，笑傲群芳。可是，我却很无奈，因为我彼时业已肯定，我们必输无疑，我们赢不了，我们找不到致命的证据驳倒反方，因为这场辩论本身就没有悬念，只要是个正常的拥有思辨能力的人我相信他也一定会选择反方。更重要的是，我也支持反方，我已为反方的辩论写好了一篇辩论的文章，那是我打败正方的“重型武器”而不是打败反方的“烟幕弹”，不得已，我必须要放弃一些东西，来维护心中的信念和真理。

于是当正方大众将希冀的眼光投向我的时候，我坚持不上台，即使他们大喊大嚷“如果你不上去我们必输无疑”时，我也无动于衷，我只是在喧闹的嘈杂的呼喊声中，喃喃自语：“不，这不公平！不公平！我为什么不能选择自己的观点？”

时间一分一秒地流逝，反方的三名辩手已经就座，而正方的席位上却仍留下一个空位，那个位置，正是留给我的。

“你快上来啊！还愣着干什么？你不上来我就输定了！”罗雪枚灵焦急地催促着我赶快上台。

我摇摇头，淡淡地说：“我不会上去的，因为我根本就不支持这个观点，我即使上去，也一样必输无疑。”

罗雪枚灵气得一跺脚，咬着牙，恨恨地说道：“好！你给我记着！我恨死你了！”

我紧紧捏着手中早已写好的辩文，缓缓闭上了眼睛。

大家还在一个劲地劝我，给我做着思想工作，说着一些集体主义的崇高的论调，我却置若罔闻，不予理睬。

“他不上去就算了，你们另选一个人吧。”汪雅琴见我迟迟不上去，就对正方大众说道。

最终，汪宇上去了。

辩论正式开始。

过程并不怎么激烈，因为反方的论据论证非常充分，而且合情合理，已是板上钉钉的事情，谁也无法推翻。三位辩手情绪淡定，面带微笑，一字一句不疾不徐毫不紊乱地缓缓道来，虽然没什么气场，但却引来反方的大众一次又一次的喝彩和欢呼。相比之下，正方则显得相形见绌，狼狈不堪了，不仅论点不明确，常常跑题不说，还时不时地断链、支吾、语无伦次，甚至到实在找不到论据的时候，罗雪枚灵直接甩出了大小姐的蛮横霸道的脾气，大声嚷道：“反正我们就是对的！没有理由！”引得反方一阵哄堂大笑。

我的眼睛闭了又睁，睁了又闭，也不知叹了多少次气。

到最后总结性论述的时候，我毫不犹豫地站了起来，将我坚持的反方观点铿锵有力地念了出来，刚一念完，便受到反方雷鸣般的掌声和欢呼，于是正方输得一败涂地，惨不忍睹。

反方毫无悬念地胜了，班主任在总结这次辩论的时候明确了她的观点，果不出所料，她是支持反方的，也就是支持“小学生不要多看电视”这一观点。

正方的大众垂头丧气，鸦雀无声，他们纷纷将冰冷的眼光和仇恨的眼神对准了我，我虽然觉得自己并没有做错什么，但却仍感到一种极度的不自然。罗雪枚灵走下台来，脸色也是极端难看，美眸中充斥着失败后的不甘和被我“背叛”后的怒火，她走到我的面前，厉声娇叱道：“叛徒！”

我想要为自己辩解一下，但话到嘴边却又不知如何说起，遂转过了头，默然不语。

接下来的一段时间，我就背负着这个“叛徒”的头衔过着一种非常的生活，我想让自己平静下来不去理会周遭的异样的目光和一些非难，但是却仍然笼罩在一种淡淡的无奈和无法释怀的忧伤中不可自拔。

这种情况持续了一段时间，所幸的是不太长，因为大家很快便将这事给淡忘了。那段时间我确实不太好过，尽管我极力解释说这种辩论是早已注定失败的结局可是仍然没有人会相信，只认为我是接受了反方的好处才故意叛变，这让我哭笑不得，百口莫辩之下也只能顺其自然，不去在乎了。

直到多年以后，我一直对当时这种莫名其妙的辩论和我背负的“莫须有”的“叛徒”罪名依然深感不解，我一直不知道我错在了哪里，也无法肯定这“叛徒”的罪名缘何而起。难道仅仅是因为我没有站在应该站在的那一方而无意间得罪了对我寄予了厚望的正方大众吗？如果真是这样，那大家不是都还活在梦里吗？大家丧失了自己的意识和仅有的判断能力，把一个早已划定好的陷阱看成是一枚丰盛的果实，而我们争夺的仅仅是一堆毫无意义的残骸罢了，更讽刺的是，这残骸也已经是名草有主了，怎么争也不过来了。既然如此，还争什么呢？无须再说，也无须再争，时间像大浪淘沙，会让一些东西沉淀下来，继而凝固为永恒。

这种辩论后来还有过一次，不过那一次的规模似乎更大一些，然而留在我脑海中的印象却不甚深刻，也许是因为先入为主的观念吧，从第一次不和谐的辩论之后，我便会条件反射似的去排斥一些关于辩论的的场面。我虽然倾尽全力想要在脑海中恢复一个公平公正热闹非凡值得留念和作为典范的辩论的场景，但是无奈，所有的辩论都像一锅大杂烩，乌烟瘴气，混乱不堪，污言秽语，情绪失控，就差没扔东西，没动拳脚了。想想就觉得心寒而无奈。

小学与中学的衔接本来是一件极其自然的事，只要你成绩没有差到无以复加那都是可以正常升入中学的。不自然的便是大家都想往好的地方走，也就是挤名校。按照教育部门的政策，每所小学升入初中的学生名额都是按照户口所在地进行划分，因为是义务教育，理论上进入哪所中学都无关紧要，教学质量也应该是不分高下、平分秋色。然而事实却截然相反，凡是学习成绩优异的学生，他绝对会朝名校走，而那些名校也必然欢迎成绩优异的学生，即使不优异的学生，他也依然会想尽办法摆脱不优异的头衔，挤入优秀的学校，于是“名校”和“重点中学”如雨后春笋一般冒了出来。

“重点中学”并不是难民营和收容所，它不可能对参差不齐的来自五湖四海的学生一视同仁，来者不拒，尽皆收入囊中，它会详加甄别，择优录取，经过多层关卡后才能进入。

进入后还要经过一道测试，即入学考试。这入学考试可不是糊弄家长和学生的形式主义，而是实实在在的，因为这牵连到一个分班问题。分班问题至关重要，名义上虽然班班平等，不分优劣，但这只是在校领导对外宣张的口头上，私底下大家心知肚明，只有两个班才是实力师资最强的班级，这两个班就是四班和六班。美其名曰：重点班。于是，其他的班便尽皆处在尚在实验重点的班级，简称“实验班”。莘莘学子为了争夺这重点班的光辉宝座，纷纷使出浑身解数在入学考试中大展神威，企图一举进入重点班。

我本来对自己很有信心，因为入学考试的试题并不难，然而老天未能眷顾我，在我用牛刀小试般的心情对待这场考试后，得到的回报是与重点班失之交臂，无奈之下，只得进入实验班。

其实后来我才知道，所谓的实验班和重点班根本就没有什么区别，重点班的老师也没有能超越诸葛亮舌战群儒的口才，而实验班的老师也不会因为学生实力的稍逊一筹就好逸恶劳或心生懈怠。一切只与学生有关，与老师并没有多大关联，真要说有，那也只是一种心理作用罢了。

我当初是怀着激昂的斗志和美好的憧憬进入重点中学的。我没有去深思重点中学的压力会像海啸或山川一样强大，也没有为未来去忧心一些什么事，我以为这一切离我尚且可望而不可即，既然触不到，我还有什么忧心的呢？况且，新学校所带来的新鲜感就像转角处骤然乍现的奇峰异景，观赏尚且不及，就更没有理由掩饰呼之欲出的欢快了。

我到现在也无法想象当时我所在的教室是多么拥挤不堪，和小学教室一般大的教室换到了这里却硬生生地多出了一倍有余的学生。凡是能坐人的地方全都塞满了人，我已被一望无垠的人潮所淹没，淹没了那个曾经光芒万丈气场强大的我，剩下的只是默默无闻的感愧和迷茫。

开学的那一天，所有人，莫名其妙地坐了一下午，夕阳拉下狭长的影子透过窗户洒满了我们位于顶楼的教室，罩着一张满是褶子的严肃的班主任的脸和一张张青涩的、懵懂的、略带稚嫩的脸。

位于五楼的教室是一个早已定好的三年也不会改变的地理位置,利弊参半。有阳光，有微风，能够极目远眺，将远方的风景尽收眼底，甚是怡心和舒爽，弊端就是楼太高，爬上爬下非常麻烦，恼火烦人自不必说，还容易迟到。

这是我能坚持坐下来的原因，否则，我很难想象我该如何莫名其妙地静静地坐上一下午。

静坐不是坏事，但也不是什么好事。这只是班主任为了管束学生而想出来的一种奇怪的招式，或者说，这是老师们早已商量好的一种策略。我一直不认为这种方式是为了培养学生的心性使之适应新的更加严酷的学习生活而出现的，因为它只会白白地浪费时间。听着班主任一遍又一遍重复着每天都在重复着的话，然后在这样的环境中挨过了一下午。结果当我们离开座位时，除了臀部、手肘、背脊传来的阵阵酸麻之外便再也记不住班主任这一下午讲了些什么东西。直到奔出校门口，看着接二连三驶过的车辆，繁闹的街市，我们才有了一种解脱的感觉。

中学的生活枯燥而乏味，与天堂般的小学却没有任何可比性，丧失了绝大部分自由，高压和沉闷占据了我们一天的三分之二。在这种环境下，思维和身体被压榨得没有任何伸展的空间，任何理想在这里也无法生长，最终只能活生生地被闷死在混凝土中。

我们根本就不明白自己追逐的是什么，除了考试成绩，只任凭着一种权威性的力量牵引着我们朝着一个并不正确的方向缓缓挪动。周围全是迷雾，我们坠入了迷魂阵，要去哪里，没有人知道，更可悲的是，没有一个人去问，也没有一个人去想，只知道一味地跟着人流朝前涌动。直到周遭的人越来越少，只剩下自己时，才发现，原来我们一直没有走出这重重迷雾而认清前面的方向。

这种东西很可怕，它会趁我们明智未开之时封锁若干条我们可供选择的道路，于是我们被限制在唯一一条大道中，而权威人士又是威逼，又是利诱地拿着哭丧棒和祖母绿鞭策着我们一步一步向前，我们像僵尸一样前行，又像白痴一样追逐着它们手中的祖母绿，当终于追到手时，才发现那只不过是哄骗小孩的玩具，而我们竟然还傻傻地追了它好多年。

可是这有什么办法呢？人心是如此，世风是如此，我们不可能有别的选择，洪流涌向哪里，我们也必须跟着涌向哪里。如果我们选择了自己的方向，即使那个方向充满了无尽的芬芳，我们也不可能坚守，因为那会被别人看成怪物。与其被看成怪物，还不如装傻到底。即使明明是清醒着的，也只能无可奈何地装傻。而避免变成怪物最好的方法就是与大众“同流”，时间一长，就变得正常和理所当然了，既然我们大家都是一样的，追逐的又是同一个目标，那还有什么可鄙夷的呢？

老师和家长联合成统一战线，想尽各种办法压制我们，每天放在嘴上的箴言变成了严厉的警告：如果不好好学习，就考不上大学，你这辈子就完了！没有什么前途，没有什么出路，如果你不好好学习，你对得起谁？父母辛辛苦苦供你们上学，而你们却一点都不懂事，不争气！以后有什么能耐在这个社会上立足？变着花样，层出不穷，但是再变也是万变不离其宗，归根结底一句话：我们必须要好好学习，考出一个好成绩，才能找到一个好工作，才能幸福一辈子。

说是魔咒不如说是紧箍咒，即使在我们头疼欲裂几近崩溃的时候也依然会将这些话作为我们坚持不懈不能倒下的理由。

我们傻傻地信了，当然不信也得信，或者，我们是被这些话吓倒了，吓得我们失去了理智，失去了辨别的能力，失去了梦想，失去了快乐，失去了曾经坚守的小小的渴望，甚至痛苦。因为那会浪费时间，而浪费时间就是在浪费生命。所以我们必须将全副身心投入到学习考试成绩中来，只有这样，我们才对得起任何人。哪怕灵魂不再属于自己。我们就像一个佃农，拿着锄头却种不了自己的地，只能在别人的土地里挥汗如雨，眼睁睁地看着自己的土地上杂草丛生却无能为力。

不是所有的学生都是盲目的，他们的意识会在不经意间出现觉醒的征兆，然而很快就会在老师或家长的打压下偃旗息鼓，恢复如初。

于是这种觉醒成为一种罪愆，他们不能将这种渴望着于表象。

那时有一个叫蒋玲的女同学，她的成绩不错，也很努力，她承载着家长的期望努力前行，即使满腹苦衷，她也不会放弃。她有着自己的爱好，喜欢看书，而我一直都是热衷于小说的。有一次聊天的时候，她知道我有一整套的《哈利·波特》的小说，于是希望我能借给她其中一本。她告诉我她太喜欢这部小说了，可是一直没有机会将它看完，她的家长也不给她买，理由是“学习任务那么重，哪有时间看闲书”。我答应了，第二天就借给了她《哈利·波特》第一集《哈利·波特与魔法石》。因为那时候是走读，我每天都会骑自行车回家，二十多分钟的车程，倒也不算太远。

她很高兴，欢呼雀跃如孩童一般，连声说“谢谢”，我淡淡一笑，没放在心上。

我以为这是一件很平常的事，根本不会出现什么波澜，可是没想到当天晚上我却接到一个电话。我做梦都不会想到竟然是她父亲打来的。她父亲在电话里将我狠狠地训斥了一顿，我整个人还没搞清楚状况，脑袋像塞满了糨糊一般，完全搞不清楚我到底做错了什么。我只依稀记得他父亲大言不惭地说到什么“正值学习紧要关头，你怎么能将这种书借给她”“现在升学压力这么大，她是需要好好学习的”“你借给她看这种书不是害了她的前程吗？”之类的话。在恍恍惚惚中，我终于找到了我罪孽的源头了，我借给了她一本无关紧要的闲书，害得她浪费了学习的时间，分散了心思不说，还害了她的前程，这一切都是我造成的。原来我的罪孽竟然如此之大，面对他父亲滔滔不绝的审判，我只能嗫嚅地忏悔道“不好意思”“不好意思”“不好意思”……他父亲听得我态度如此诚恳，语声也不似刚才那般严厉了，末了还不忘关怀地说了一句：“你们都要好好学习才是啊！”

我当时是真的觉得错了，放下电话后脸颊火辣，一直在暗暗自责道：“不该借给她！不该借给她！”其实我知道，她应该会被他爸骂得更惨，心里的痛楚和郁闷应该比我更深。

而我，只是被波及而已，只能自认倒霉罢了。

（五）

第二天上音乐课的时候，蒋玲一脸郁闷地将书还给了我，并不住地对我说“不好意思，连累你了”，我摇摇头，表示不介意，然后问她你怎么如此不小心，看个书也会被你爸逮着，她回答我说忘关门了，也不知道她爸爸什么时候进来的，进来之后不由分说就将她的书给没收了，她当时惊魂甫定，也不知道爸爸说了些什么，反正她是身不由己就将我的电话给吐露出来了，等她想要央求爸爸别打时，就将她的门给锁了，留下一句“好生做作业”就气冲冲地回到房间去了。最后蒋玲问我：“我爸有没有骂你？”

我本来想说你爸只是意味深长地给我上了一堂教育课，我获益匪浅，茅塞顿开，深感长辈的大恩大德，在我迷途绝望之时一语点醒了我，让我自浑浑噩噩中清醒了过来，看到肩上所要担负的沉甸甸的责任，这才将我拉回了正轨，以至于没有一失足遗恨终生。但是转念一想，这话中所带的反讽意味如此浓厚，是个人都能听出其中的不悦和恼恨，如此拐弯抹角倒不如实话实说，这样一想，我便直接对蒋玲说道：“你爸可真厉害，愣是把我训得一句话都说不出来。”

蒋玲一听，心下黯然，不觉垂下了头，没有作声，只是叹气。我见她这样，心知她也满怀愧疚，心下不忍，便扯开了话题，没有再说这件事了。

我那时会在上课时偷偷地看一些小说，大多是些风花雪月的长篇小说或奇幻类武侠类的连载小说，不过并不狂热，至少在初中阶段，我还是将学习放在了首位。

我渐渐明白并且坚定了那个年龄段是将学习看得比什么都重要的，无论干什么，都必须坚持以各科成绩为中心，这也是班主任每天挂在嘴边不断重复的话。日久天长、潜移默化中，融入了我们的灵魂，再想摆脱却是徒劳。

这一切似乎天经地义，整个家庭都开始跟着忙碌起来，所有的娱乐活动必须降至最低化，最好是杜绝一切活动。爱打麻将的家长最好戒了赌瘾，因为孩子的未来耽搁不得；游手好闲的家长最好勤快一点，因为孩子的未来比什么都重要；家长最好积极配合孩子，孩子需要什么就积极地配合他们，以期给他们营造一种最佳的学习环境。这一切看似那么自然，那么的顺理成章，好像水本来就往低处流，苹果本来就要往地下掉而不会往天上飞一样。家长们不会有任何怨言，他们纷纷遵循老师的话并将其奉为不二法门，虔诚惶恐之态如同上朝，就差没有顶礼膜拜烧高香高呼“万岁”了。

每次开家长会，形式盛大，气势恢宏，气氛凝重，感觉在商讨国家大事一般，看不到一丝一毫的轻松和愉悦。

所有家长到了这里全都变成了学生，屏气凝神专心致志地瞧着台上的老师指点江山、激扬文字、情绪激昂，任尔呼风唤雨，大显威仪。

家长会开了无数次，但是每次在会上那些神圣的老师们对家长们到底宣扬了什么思想阐释了什么理论讲解了什么人生重大的哲理为学生指明了一条什么光明的路，我是不得而知，因为那是家长的会议，我们有什么权利参加呢？那是对家长的教育、训诫和警告，我们完全被排斥在局外，充当流浪者。待家长回来，就会像传达圣旨似的把老师的那番话又传达给稚嫩并毫无选择余地的我们。

每到这个时候，我们心下总会忐忑不安，如偷了东西的贼，感觉随时随地都会受到惩处一样。这是一种心虚的表现，但是这种心虚起源于何处，我硬是找不到一点线索。就像骤然出现的一样，我们总觉得哪里做得不好，哪里做得不对，是不是只要一开家长会我们都会产生这种惶恐和不安？当年我并没有去思索这些问题，感觉这一切都很正常，如果我要另辟蹊径，那就显得特立独行、玩世不恭了。我穿过时间的轮廓，透过岁月的积淀，看到了当年的我，还有无数个我，那是无数个学生，他们汇聚在大千世界的各个角落，眼神茫然无助，业已丧失了魂魄。

说实在的，在这样的环境中，很少有学生感到真正的快乐，即使是我们班当时最好的学生王永志。

试想，在这样的高压政策下，谁会感到真正的快乐呢？除了少数因次次考高分而受到老师表扬家长夸赞的学生。但那考高分终究不是他们自己内心深处最想要的。快乐学习终究是天方夜谭，即使有，也绝然不会出现在我们的学生时代，念叨在老师嘴里的那些话只是诓骗我们罢了。学习和考试不会让人产生真正的快乐，除非破除这种高压政策，否则一切的强制性行为都不会让人产生真正的快乐。这就像一把刀架在你的脖子上硬逼着你哈哈大笑，你笑得出来吗？你能真正忽视这把刀的存在吗？答案是否定的，所以一切都是枉然。

好学生在我们的眼里成了不可撼动的高山，稳稳屹立在那里，我们或许会崇敬，或许会视为竞争对手赶超他们，也有可能会嫉妒，会羡慕。情绪很多，纷繁复杂，难以言表。不管怎样，好学生还是很受欢迎的。当然这种欢迎更多的是来自于老师而非同班同学。

其实好学生所要承受的压力比一般学生更大。因为能力越强，责任就越大，这句话虽然出自《蜘蛛侠》，但用在这里比喻好学生却再恰当不过。好学生不仅是为自己活着，更多的是为一种无形的荣耀活着。而且这种荣耀所牵扯的范围太广了，有老师的，有学校的，有家庭的，有家族的，甚至推此及彼对其所在的市、省都有不可忽视的影响力。

所以，他们不容许出一点点差错，他们的神经每时每刻都绷得紧如绕匝的钢丝，他们会莫名其妙地神经质地大吼一声，甚至有时候做出一些幼稚如婴儿般的举动。

最重要的是，他们没有真正的快乐。

王永志就是如此。

很多人都说王永志有问题，不易亲近，且有时候跟个傻子一样，做一些莫名其妙的事，特别是在体育课自由活动的时候，王永志无事可做便会在草场一处凸出的沙石处一个人踢着碎石头，低着头，也不知在想些什么。没有人同他玩，也没有人无聊到和他一起踢石头。如果有人跟他说话，他就会滔滔不绝地跟你谈论考题、公式、解题方法、答题思路、运算步骤、学习规划……你起初会点头附和着他，不久之后便会借故离开。没有人愿意听这些。无论是成绩好的或成绩欠佳的，没人对这些东西感兴趣。他们在课余时间更愿意去谈论一些娱乐八卦、时事新闻、个人隐私，或说说冷笑话，打打小牌，下下小棋。

这才是一个正常人应该过的多姿多彩的生活，我相信那些成人那些大众也应该是这样的。芸芸众生，不论你是衣冠楚楚的教授，还是在风雨中奔波的三轮车夫，都有追求娱乐的天性权利，因此，我们常常看到这样的景象：几个三轮车师傅聚在一起，激情满怀地打着扑克，而且，乐此不疲。这才是真正的生活，也是我所理解的生活，生活也本来应该是这个样子的，可是却在我们那个特殊的年龄段以一种冠冕堂皇的理由被一双无形的大手无形的权威给悉数剥夺殆尽，甚至连这种苗头一点思索和向往的念头都会给我们无情地扑灭。

按照班主任的说法“心思不用在学习上，东想西想的干什么？”学习本没有错，人的一生都应当不断地学习知识，而且永远也学不完。那是一种完全建立在自愿立场上的没有压迫、没有强制、没有负罪感和惊惶感的空间，在这种空间当中，时间自由支配，任务自己安排，负累自己所受，疑惑自己解开，没有任何人的白眼，也不用受到任何人的监视，更重要的是，我们不会感觉对不起任何人。

这才是一种全身心都能悄然融入自然境界中的学习，这是一种享受的学习、自得其乐的学习，与应试教育压路机似的学习迥然不同。

现在想来，有些话在仔细思忖后便觉得莫名其妙，比如班主任经常会对成绩不好的学生咆哮道：“你父母辛辛苦苦将你送到学校，早出晚归用血汗钱供你们上学，你们不好好学习，如何对得起他们！”每到这个时候，我们总会一片喑哑，无言以对，纷纷垂下头，红晕绵延到耳根，感觉没脸见人，或者将这些话收在心底，日复一日鞭策着我们为了要对得起父母的“血汗钱”而不断奋斗。这句话看似冠冕堂皇，很有道理，也被教育者们一代一代传承下来，再被广泛地散播开去，终于形成了一种对付学生的有效武器和手段。每当先辈和老师拿着这些话来教育我们，我们硬是被逼得一句话也说不出来，我们硬是感觉到自己罪孽深重，无颜苟活于世。于是我们暗暗下定决心，要不顾一切地去“努力学习”，然后“考出最好的成绩”，再不断地“挑战自我，超越自我”。捱过了一年又一年，当我们终于站在人生的十字路口可以选择的时候，却发现这十字路口已经有三条路已经被堵死，我们再也无法选择了。

当我们无法选择的时候，没有人再来指责我们，但是我们却会自己指责自己，我们找不到工作，我们买不起房子，我们结不起婚，到头来还要蜗居在父母的屋檐下啃老，难道这个时候，我们就可以理所当然地对得起父母的血汗钱了吗？

荒谬啊！荒谬啊！怎会如此荒谬不堪呢？

当我们拿着一个个鲜艳夺目的高分去换取一个个虚无的荣耀时，有没有想过，这些既不能吃也不能穿更没有任何实际意义的分数和成绩有什么用？难道我们耗费的时光、青春、睡眠、脑细胞所得来的这一切仅仅是为了取悦老师、父母，取悦亲朋好友，取悦我们的教育机构吗？如果真是这样，我们与被操纵的傀儡和提线木偶有什么区别呢？我们永远也做不了自己，等不到快乐，更重要的是，这对不起父母的状况至死都无法改变。

因此，我们根本没有弄清楚我们到底应该怎么做才算作真正对得起父母，而父母也没有弄明白他们真正需要的是什么。这种矛盾在孩子进入了中学之后便尤为明显，然后经过时间的推移不断深化，于是矛盾越来越深，只要有一粒微小的火星子便会爆发惊天动地的毁灭之力，这种毁灭之力能摧毁整个家庭，所以才会出现我前几天看见的一个惨剧。

一女孩儿高考失利，父亲绝望之际拉着全家跳河自杀！

当我骤然看到这个新闻的时候，我只感到天雷滚滚，雷得我外焦里嫩却无能为力。

愤懑、忧伤、惋惜、不解，种种感情互相交织，错综复杂，让我呼吸都不能顺畅，茶饭都不能正常下咽。我实在想不明白，为什么这位父亲会将女儿的高考道路视作比生命还重要的一条路？难道除了高考之外，他们全家再也找不到出路了吗？难道高考就是他们全家唯一的生存希望？或者，他们和高考有个约会，高考一去，他们也跟着去了？我们抽丝剥茧，仔细审视审视我们自己，审视审视我们的周围，我们不难找到一些蛛丝马迹。

我们生活在一个面子比什么都重要的社会，我们无论考试还是学习都是为别人而做，我们需要从别人的赞扬或嫉妒当中来满足自己无限膨胀的虚荣心，而自己孩子学习考试成绩的优劣就是彰显和度量自己虚荣心的最好的标尺。当标尺呈负数，我们就会感到莫大的羞辱，这就是面子问题，我们觉得面子受到了损害。于是我们再无颜见人了。如果再严重一点，那就是无颜再苟活于世，只能逃遁世俗的眼光，拉着全家老小去另一个世界重塑尊严，重拾面子。这样一来，我们就不难理解这位父亲的所作所为了。

对于这种事情我不想做出太多的主观论断,我还是要回到这个特殊的阶段，去叙述一些关于我的事情。

心血来潮可能会有很多次，大多数都是莫名其妙地作为一个念头或者以全身血液沸腾的方式出现。我不知道严肃如酷吏的班主任也会甘愿让出两节课的时间让我们在课堂上做凉菜。当班主任拿着扩音器宣布这条通知的时候，全班硬是惊讶得鸦雀无声，唯恐自己的耳朵聋了或者误以为自己处在梦游之中尚未醒来。

宣布的声音平淡得出奇，但是我们能从她冷若寒冰的眼眸中捕捉到一丝狡黠和轻松的笑意。大概过了三分钟以后，我们才从时间凝滞的状态中恢复如初，按正常反应激动和欢呼起来。

“小声一点，别让其他班知道了。”班主任赶紧提醒道。

瞬间，欢呼声戛然而止，我们心领神会，相互望望，彼此偷笑不止。

中午回到家，我拿了一根黄瓜就走了。

待得来到教室一看，我的呼吸险些凝滞，才终于明白什么才叫作“蔚为壮观”。

男生除了极少数人之外基本上没带什么东西，而女生们就非常丰富了。什么凉粉、凉面、凉皮、豆芽、豆干、毛豆、莴笋、西红柿、皮蛋、泡凤爪、牛板筋、香肠……这是菜，还有锅碗瓢盆不说，菜刀、小刀、水果刀刀刀俱全，筷子、勺子、油盐酱醋无一遗漏，只有想不到，没有带不了，差不多是将整个厨房给搬了过来，下一刻，我想，这间拥挤的教室即将变成热闹非凡的厨房了。

我所在的小组男女均等，菜肴也较丰富，不过可苦了我们几个男生——洗菜。当然这不是说那几个女生懒得连菜都不想洗，而是因为我们那间教室占据了天时地利，男厕的外面就是一排排水龙头，因为近在咫尺，出门几步便可乐享其成，一泻千里，而女厕所离得比较远，就是百米冲刺也要五分钟，所以这洗菜的光荣而艰巨的任务自然就落到了我们几个男生身上。

也许是因为饥渴，也许是因为发乎情暂时无法止于礼，王永志直接拿出一根生黄瓜就开始猛啃，然后有几个人也开始效仿。有女生开始大声调侃道：“哎哎呀，你吃生黄瓜就不怕蛔虫啊？”王永志白了那女生一眼：“生蛔虫我也照吃不误。”引得那女生故作呕吐状。

不知怎的，看到这里，我似乎也受到了传染，拿起黄瓜也欲走火入魔般啃起来，可我刚拿起来，口都没有张，就被一侧的刘畅眼疾手快地抢走了。

“不许吃！”刘畅白了我一眼，“我们还没吃呢！”然后就放在菜板上切了起来。

我拿着筷子焦灼地等待着刘畅和戴小琳拌凉菜。

“快点儿啊！其他组都开始吃了！”我迫不及待地催促道。

“你别急嘛！马上就好。”刘畅不紧不慢地说。

“你饿了吗？要不吃点饼干吧！”戴小琳微笑地说道。

“谢谢！”我毫不客气地抓起戴小琳递来的鬼脸嘟嘟饼干。我是真的饿了，一口气将她手中的饼干吃了个干净。

其实说来奇怪，我中午本来是吃饱了饭的，但是为什么在这个时候会感觉到饿呢？不仅是我，这里的每一个人好像都是饿痨鬼投胎，只要是吃的，都不分青红皂白就往嘴里塞，恨不得吃到天荒地老、日月无光才肯罢休。女生因为秉持着矜持的传统古训，倒颇显得优雅而端庄，男生就丑态毕露，令人咋舌不已了。

因为吃了几块饼干，腹中已有积淀，倒不似先前那般心慌了，从容了许多，速度也正常了下来，边吃边和戴小琳、刘畅说笑谈天。

“啊！”刘畅忽然尖叫一声，我被惊了一跳，还没反应过来，一个硕大的脑袋像一枚钻地导弹一样射了过来，之后，我面前的凉菜就没了。

“彭波！你脸皮好厚！”刘畅愤愤地骂道。

“该死！你敢抢我们的凉菜！”我愤愤地说道，然后丢下筷子，冲了上去，捶了彭波几拳方悻悻而归。

当我坐回原位的时候，菜已经吃得七零八落、所剩无几了，我拿着筷子，哼哼鼻子，不知所措。

此时，教室里业已乱成了一锅粥，比菜市场还喧嚣，比茶馆还自由，抢食者层出不穷，一浪高过一浪，我再也忍不住，拿着筷子就朝其他还有余粮的小组冲去。

此时要抢食已不似先前那么容易了，先前因为各组大都惫懒，没有留心，所以才着了那些抢食者的道，被抢了个“开门红”。而此刻，各个小组都有了前车之鉴，提高了警惕，防备犹如铜墙铁壁，难以偷袭。每次还没冲到，他们便将盘子给藏在了桌子里面，然后戏谑地看着我们这些抢食者。大有胜利者的骄傲和猫捉老鼠似的挑衅。

如此三番五次折腾下来，累得我腿软筋麻，斗志全无，索性打消了抢食了念头，改为礼貌的“化缘”来获取口粮。

这次就轻松得多了，我的彬彬有礼和翩翩君子的友好风度不仅使我获得了友善的微笑和富足的口粮，还让我的心里也获得了巨大的无以言说的充盈感。

其中有一组女生较多，她们带的菜也非常丰富，因为防患于未然加之食量不大，所以她们的余粮异常优渥，当我说明了来意之后，她们客气地将所有的未完结的菜肴推到了我面前，说：“都给你。”

我喜出望外，道了句“谢谢”就风卷残云般席卷殆尽，然后擦擦嘴角，满意而归。

在那特殊的三年时光中，完全脱离于学习与考试之外的欢乐而无拘无束恣意妄为的事情大概只有这一件了。那是一个随心所欲的下午，也是一个开心而热闹的下午。只有在那个下午当中，我才终于看到了一位和蔼的老师和一群洋溢着欢乐的少年。

这才是我们的生活，它回归了本真，回归了天性，还原了真实的你我，而那些世俗和无形的权威企图抹杀这一切，并且连痕迹都不留。如果我们能站在最高的顶端，会发现这一切只是世俗以及强大的势力制定的一个陷阱，它让毫无选择能力的我们自觉地往里面钻，如果顺利地进入这样一个早已被设定好了的隧道，那么出来后我们就成为了所谓的栋梁，反之就会不成材。看似很光荣，实际上很多年后才发现，我们一直都被一种无形的力量奴役着，它从我们进入这陷阱的第一天开始就控制着我们的思想，压迫着我们的意识。我们在潜移默化中也变得迟钝、迷茫，那个豪情万丈的少年早已死在昔日的梦里。前面，是一条早已铺设好的路，这条路，就是陷阱的甬道。甬道里亮如白昼，太阳高悬在空中，万里无云，一片吉兆，没有污秽，没有泥淖，没有风霜雨雪。我们从来不会怀疑这太阳是真是假，因为我们已切身感受到了它所供给的光明与温暖，也真实看到了前方已经获得鲜花与掌声的先驱者回到了我们驻足的地方与我们分享成功的经验并鼓舞着我们坚持不懈就一定会成为冉冉升起的明星，或与他一样，或超过他。那些先驱者们，也就是我们的师哥师姐们，我们会羡慕他们并且会挥舞双手忘情地呼号而丝毫不会在意也不会去追问这样一些问题：你们快乐吗？这真的是你们心底深处所要追求的梦想吗？抑或，只是你们老师的期望、家长的抉择？

我曾经也羡慕过，甚至可以说到了狂热的阶段，它会让我们在某一段时期内全身上下尽皆处于一种亢奋的状态，毛孔张开，连眼睛都能喷射出熊熊的火焰。我以为希望来了，可若干天之后，我们乍然发现，这火焰早已熄灭，身体也疲软无力，我们又回到了曾经自由散漫浑浑噩噩茫然无措的生活。

但那个时候我们不会怀疑这一切，每次班主任邀请成绩优异的学长们来到我们班进行演讲时，即使成绩最差的学生也会铆足了精神专心致志地去聆听学长们的演讲和学习心得。班主任可谓用心良苦，她希望通过优秀的学长们的榜样作用来带起一阵好好学习的风潮以期让自己的班级更加优秀,学生更加省心,那自己取得的优秀的硕果也就更加耀眼生花,使同行者们羡慕嫉妒恨。不是每一个教育工作者都无私到呕心沥血、蜡炬成灰也不去计较功名利禄的地步,至少在当今,大多数的教育工作者都会把荣誉和地位放在首位。我先暂时抛开这个不论,回到既定的轨迹上继续述说。

班主任通过这种邀约优秀学生演讲的方式或者通过列举已成名的学生的例子来激励我们努力学习,这种方法确实有相当强大的激励作用,但是却有时间限制,过了那段时间,作用便会自行熄灭。而且,这种方法主要对成绩欠佳的后进生效果比较大,但也仅仅是气氛宏大,管得了一时,而后效果消失。如果班主任不厌其烦地每隔一段时间都会进行一场这样的好学生的演讲,就变成了一种形式主义,大家听多了也就乏了,丧失了兴趣,最后依然没什么起色。这就像强心针一样,对付濒死的病人相当管用,但是其副作用也是非常强大的,所以不得不谨小慎微,不到最后关头绝不使用。而班主任这样的方法治标不治本,扬汤止沸,到头来还不是一场空,枉费了当时的一片心机,何必呢?如果真要激励大家,必须首先要抛开成绩和考试,谈一些大家所擅长的或感兴趣的东西,对那些有特殊才能的学生提出一些中肯的建议而不是将他们死死地捆在成绩分数的砝码上,因为不是每一个学生都适合在这样的教育体制下为考试而学习。单一化的择才模式只会让这个社会不断扭曲甚至变为病态的大熔炉,而炼出来的也未必是金子,也有可能是炉渣。炉渣是什么?炉渣就是废材、伪材,根本称不上栋梁,有可能还会危害社会,危害社会就成了罪犯,而这一切都是我们引以为豪的教育体系所培育出来的杰作,让人哭笑不得。这不是搬起石头砸自己的脚吗?三百六十行,行行出状元,这是人人都知晓的道理,可是我们班主任硬是不相信自己的班上会出现奇迹,不仅是班主任,连家长都不相信自己的孩子有此能耐。如此一来,我们还是得留在象牙塔里孤独地奋战了。

那个时候我也几乎是绝望着过来的。因为我曾经的辉煌已经终结在小学时代,好学生的荣誉和头衔已经被尘封进历史,直到被父母送进了一所全市的重点中学,在这样一个高分云集的学校,我只是一粒微尘,芸芸众生中毫不起眼的微尘。在这里,好学生和差生也是按考试成绩来排列的。几轮考试下来,于是乎,我也步入了差生的行列。

我发现在那个时候就已经丧失了学习的天赋,以前很轻松就能学好的东西在这里就算我用百分之两百的精神去聆听，去揣摩，也难以领悟了。我忽然感到一阵焦躁和不安，觉得终日被阴云笼罩，看不到曙光，惶惶不可终日。在那三年里，我没有一天真正宽过心，真正快乐过。我不知道自己会不会像老师说的父母所担心的如果不好好学习考不出好成绩沦落到社会的最底层，终日食不果腹，衣不蔽体，几乎永远也无法出头。这就是那个特殊的时期无论老师还是家长一致给我们灌输的思想和未来图景，大多数时候我们都是受到这种思想的恐吓，才惶惶不可终日硬是将这套理论根植于心底，除了逆水行舟，逆风飞扬之外，我们再不能逾越雷池一步。

很长一段时间我会处在一种焦灼的状态，看不到前方到底是青草还是荒芜还是荆棘满园，只能拖着蹒跚的步履踽踽独行。

虽然我的成绩大不如前，但身上的某些光芒却依然不减从前。因为我对文学的热爱以及对朗诵的情有独钟，使我在“一二·九”诗歌朗诵的赛前竞选中大放异彩，成为全班唯一一个代表班级参加全校角逐的选手。

当时的我并不被看好，因为重点中学人才济济，加之我的各科成绩欠佳，几乎是最默默无闻最容易被忽略的那种人，理所当然地成了老师眼中可有可无的对象。这种巨大的落差感让我一度无所适从，郁郁寡欢，不过既来之，则安之，这种不适感很快就消弭于无形了。当班主任宣布这个活动的时候，我的血液是澎湃而激烈的，我并不甘于寂寞而被忽略，我想要大家见识到一个长期蛰伏在安静环境下不愿醒来而突然一声炸响突然迸发而出的一个光芒四射叱咤风云的我，像战神一样傲然屹立在云层之巅，俯视苍生，睥睨天下。

我并没有去报名。我的内心正处在一种剧烈彷徨的临界点，一边是成绩不佳的自卑，一边是不甘自卑的激情的怂恿，我始终不敢迈出那一步，不是怕失败，而是怕觑见别人鄙夷的嘴角和嘲弄的眼眸。

也许是天意使然，让我注定不会平凡。我的同学孙建伟推荐了我。他是我的小学同学，初中也和我在一个班，知道我曾经的辉煌也知道朗诵是我的专长，他告诉了班主任我是这次比赛的最佳人选。班主任看着我，眼里满是怀疑，分明是不屑。我无计可施，尽量不去在意她的眼神，只能听之任之。在没有展示出自己实力之前，没人会相信你。我唯一能做的，只有走好每一步。而且要小心翼翼，谨小慎微，不能出现一丝差错和纰漏。

班主任当时已经指定了几个人，两个女生，一个男生。两个女生分别是黄晶晶和杜玉，男生就是成绩最好的王永志。两个女生成绩优异，长相甜美，仪态仪表也不错，嗓音和气势也尚好，她们两个也愿意为班级做出贡献，只是还没有拍板；王永志成绩虽好，可台风不行，走上台不是左摇右晃，就是傻笑抹鼻子结巴，逗得全班哄堂大笑，无奈之下，只得放弃。而我的无意介入，在班主任的眼里只是一种可有可无的存在，也就是替补，因为有人推荐，又不好抹了我的面子，只得让我当着全班的面展示。

来了，我的机会终于来了。只要是我的长处，我一般不会吝惜面子在任何人面前展示，特别是在这种大众的场合，我会满心欢喜地将之作为我插翅腾飞的最佳舞台，只有在这个舞台上尽情释放的我，才是神一般的存在。

新的环境会构筑一个崭新的我，它会让我的紧张感降至冰点。我一步一步步履从容地走上讲台，接过话筒，瞧了一眼台下众人，他们正睁大好奇的眼，饶有兴致地瞧着这个默默无闻的人。

教室里瞬间安静下来，偌大的空间中只剩下一颗心脏“咚咚”地整齐地跳动的声音，我轻轻地闭了闭眼，让全身的气息慢慢趋于一种与心跳一致的和谐和美满。这是一种精神境界的调试，也是一种参禅打坐的冥想主义的修炼法门。我不知道如果我这样一直闭着眼睛，在忽略了时间忽略了空间甚至忽略了一切外界事物的干扰下会不会一直闭到天荒地老、海枯石烂？当我再一次睁开眼时，会不会骤然发现这个世界已不复存焉？

气息凝聚于丹田，我缓缓倾吐了胸中的一口浊气，嘴唇翕张，开始朗诵。

那是一首脍炙人口的词，岳飞的《满江红》。

“怒发冲冠，凭栏处，潇潇雨歇……”

我的声音似乎从每一个角落，每一个地下钻了出来，再通过扩音器的扩散又增加了蕴含在其中的尚未破灭的力量，它们无孔不入，穿过每一个学生的毛孔、肌肤、骨骸、胴体、耳膜，再经墙壁反弹，来回穿梭，最终在来回的路途中耗尽了传递的能量。这一波能量消逝后，新一波的能量又从四面八方冒了出来。

我很怀疑这是不是自己的声音，自己的气势，自己所传递的能量。因为我每一次上台朗诵的时候，那无尽的能量的蓬发是源源不断的，我无法确定这是不是天神下凡附着在我身上将我的皮囊作为暂时的居住地而假借我的嘴传达出来的一种形式，因为每当我下台之后，就感觉全身虚脱，腿软筋麻，浑身瑟缩，连走路都有些踉跄。于是我又不禁想到，也许这才是真正的我，承受不起激情，承受不起张狂，代价便是累得够呛。

当我朗诵完毕，全班有那么五秒仍处在一种安静无声的状态，我看见大家的眼里满是震惊，连班主任也是一副不可思议的难以置信的表情。为了让大家立刻恢复正常，我立马鞠了一躬，表示感谢。当我抬起头来，便涌来了一阵雷鸣般的掌声和疯狂的欢呼。

但我看到更多的还是大家眼中抑制不住的喜悦和激动。

“好好好！看不出来，看不出来，非常好，非常好……”班主任激动得有些语无伦次了，而这语无伦次的声音中还夹杂着几许惭愧和感慨。

我们那组的同学更是把我捧为了神明，啧啧夸赞不说，又是零食，又是饮料，弄得我应接不暇，手忙脚乱。连连说“不用”“不用”，他们还是一个劲地塞给我。

（六）

后来杜玉和黄晶晶也在讲台上展示了一番，风姿、形象、气韵均不在我之下，同样博得了不小的惊讶和喝彩。我当时虽倾尽全力，但心里依然忐忑不安，实际上我确实低估了她们的实力，没想到这里的学生除了成绩不错之外，在其他的方面也并非一无是处。如果班主任要按照综合素质的评估来挑选的话，我有可能会被淘汰，所以在没有尘埃落定的那几天，我一直觉得浑身的神经和皮孔都在不自觉地跳动，听课也集中不了精神，心里久久揣摩着捉摸不透的结果。

三天后，班主任找到我，告诉我，最终选择了我。

班主任很平淡地说出来，我的心里却如遭雷击，半晌没回过神来。

"就我一个人吗？"我难以置信地问道。

"嗯。"班主任点点头，满脸微笑，眼神也消失了平日的冷冽和严厉，完全笼罩在一种热情和期待的欣喜之中。

"那……她们？"我还是觉得不应该只有我一个人，杜玉和黄晶晶至少应该去一个吧，有个搭档也好有个照应，关键时刻也能及时补救，不至于掉链子或者闹出什么笑话，若我孤军奋战还不知道会不会吓晕在舞台上。

不紧张那是不可能的，没有人的脸皮能厚到与城墙相提并论的地步，我之所以能在舞台上表现得镇定自若，与自然合二为一，很大程度上要归功于我的一种叫作"豁出去"的精神。这种精神能使我的灵魂升腾，使我的内力喷涌，使我在众目睽睽之下发生质的蜕变。

我至今回忆起来，这也是让我感到非常自豪的一件事。而且是唯一一件闪着光芒而不会褪色的回忆。

班主任给我解释了为什么不选择杜玉和黄晶晶去参赛的理由，她说，她们虽然综合条件都不错，表现也稳定，音色音调、形象气质也是可圈可点，拿个奖项应该没问题，但是没有亮点，少了一种气势，就像涓涓细流，平缓得想让人打瞌睡，而那些评委专家都属于“迟暮的花”，他们可能会厌倦这一种比较中规中矩的表演，如此一来，成绩也不可能脱颖而出，顶多徘徊在二三流之列。但是这并不是她想要的。如果来了，并且有能力，就应该去迎接更猛烈的风暴，而我狂飙一般的朗诵气势将会压倒很多人，若我出场，一定会技压群芳，笑傲江湖。她相信我。

既然班主任的话都说到这个份上了，我也不好再有什么微词了，只得点点头，暗下决心，奋勇拼搏。

那段时间，实习生的浪潮席卷了各地，这不大不小的南国十佳旅游城市之一，滨临江水畔的四季分明的美丽的城市，各政府机关、教育机构、金融领域、医院、社区、街道办等等几乎都相继涌进了一群群满怀希望、斗志高涨、稚气未脱的实习生。我所在的学校作为市重点中学、教育机构引以为豪的成功典范，自然是当仁不让、责无旁贷地吸纳了大量的教育后备力量，他们名正言顺地成了各个班级的助教，不仅兼有讲课的任务，还要监管各自所在班的大小事宜。他们尽心尽力，事无巨细，乐此不疲，毫无怨言。

当时我们班的助教姓许，名歆，师范大学的学生，大四，毕业在望，虽算不上美，但说话文静，亲和力强，颇受大家的喜欢。因为我身负朗诵比赛的训练要事，几乎是最早和许歆熟稔的。她问了我一些基本情况后，就开始问我参赛的诗文，我告诉她我选择《满江红》，因为这是我最擅长且最能进入状态的一首词，它能让我在激情喷涌的瞬间忘记自己身在何处。

不过坚持这首词却并不是那么容易，原因就是时间。这首词的时间太短了，我就是将语速和感情放到最慢的程度也依然无法超过一分钟。时间太短会出现一个问题，而这问题几乎是致命的，那就是那些评委专家或许还没有进入聆听的状态，我就已戛然而止，下台了。许歆给我讲了原因之后劝我换一首长一点的文章或诗歌，因为比赛时间最高限制是三分钟，我至少也应该掐到两分钟左右，不然很容易面临落败的危险。我当时心里也是彷徨不定的，虽不大情愿，但也没有办法，只有任她选择。后来班主任来了，得知情况后，想了想决定还是坚持原方案，原因是朗诵不是靠时间来博得喝彩，而是靠实力和情感的渲染力，如果没有感情，没有气势，那就如白开水一样平淡，时间拖得再长也无济于事，吃力不讨好不说，也影响大家的心情和评委的评判，何必呢？而我这首词短小精悍，气势磅礴，跌宕起伏，只要我掌控得好，一切都没问题。说完，拍拍我的肩，告诉我不要想太多，尽力就行。

词是定下来了，可是这伴奏的音乐却迟迟不能定夺，说穿了，还是那个老问题所牵连的后续问题，也就是这首词太过短小的问题，因为太短，所以压根儿就找不到与之相配的伴奏音乐。想来想去，还是没有办法，最后班主任干脆就说，这样吧，顺其自然，我只管朗诵，完了以后让许助理关了音响就是。我想想，也只能这样。于是，许歆这位助教，从那天开始，就专门给我负责开关伴奏音响的。虽然她的话不多，而且总是默默的，而这默默的一点一滴的帮助却让我多年以后也难以忘怀。

那段时间，我几乎成了班主任重点关注的对象，除了一些非常重要的课让我不得缺席之外，其他的课的时也一并让我用来训练，班主任非常重视这件事，实际上凡是涉及班级荣誉的事情她都非常重视。那段时间我几乎是不分昼夜地练习，而班主任也不知从哪儿给我请来了一个专家也不知道从哪儿给我弄出了一个空旷的教室，单独让我训练。这是其他班级的学生所无法享受到的待遇。但我更感激的是，那段时间我可以不用交任何作业，也不用参加任何考试，这着实让我轻松高兴了好长一段时间。

比赛定在两周后的星期五下午五点在主教学楼的顶楼圆形会议室举行，这会议室正是我在这段时间的操练中所占据的空间，只是当时并不知晓。

那天下午，我上了一节课，就被许歆叫了出去，她告诉我再去练习几次，然后就开始着手准备，届时登台。

越是临近比赛的当儿，我是越发地紧张，只感到心脏在胸腔中肆无忌惮地横冲直撞，大有破体而出的趋势，全身血液沸腾，脑中氤氲着一团雾气，眼睛蒙上了一层云翳，看谁都瑟瑟发抖，双腿更是止不住地颤抖，像是行在崎岖的山道上，稍不留神就会摔倒。

许歆看我紧张成这样，不得不想尽办法费尽唇舌开导我以降低心中的紧张度，经过各种综合方法的施用，终于让我勉强平静下来，最后几次排练，效果也还不错。但只有我知道，当时我的状态并不在巅峰。能不能在比赛中获得惊人的蜕变，也只有看运气了。毕竟天时地利，还需人和，而这内心的平和却是非常重要的内在因素。

接下来就是化妆。

说句实话，我是最讨厌化妆的，我一直觉得男生化妆就是对公众视觉的侮辱。

对美的诠释和描述应该自女生的身上体现，男生天生与染料无缘，硬要涂脂抹粉，只能适得其反，画蛇添足，甚至还会背上“人妖”的“雅名”。

所以我坚持不要化妆，直接素颜出战。

班主任倒无所谓，倒是那个一直指点我朗诵的老师非得要我上妆，纠缠了半天，我拗不过，只得同意“略施薄粉”，稍作修饰，万不可“浓妆素裹，分外妖娆”。

四点钟，我和班主任还有许歆就来到了顶楼的圆形会议室，往昔空空荡荡、阒无一人的会议室在此刻却是熙熙攘攘，人满为患。横幅贴画布满整个会议室，学生会的工作人员忙进忙出，一会儿调试话筒，一会儿登记参赛选手，一会儿又运送矿泉水。我忽然觉得我成了无事可做的人，因为此时内场还没布置好，所以我只能站在走廊上，遥望着远方的天空。

冬日的天色总是黑得格外早，虽然还不到五点，但是斜阳已隐没，连余韵也未曾残留，加之冷风飕飕，使我感觉十分荒凉、凋敝。

许歆见我望着远方不说话，以为我又开始紧张不安了，于是就给我讲笑话，希望转移我的注意，在欢乐的氛围中坦然处之，不要因失衡而误了自己的发挥。

许歆压根儿就没有讲笑话的天赋，虽然她讲得兴致勃勃，绘声绘色，就差手舞足蹈了，但是我硬是笑不出来，反而觉得越来越冷，赶忙打住，叫她不要再讲了，如若再讲下去，只怕我还没上台就倒下了。

许歆见我这样说，只好讪讪地住了口。

此时，走廊上的人员已经越来越多，不管是老师还是参赛者还是学生会的工作人员都围在了走廊上，我发觉我可以活动的面积越来越小，即使我竭力避让，也依然无法避免和来来往往的人群发生亲密接触。正在我准转移阵地时，一个学生会的工作人员忽然宣布我们可以进去了。此消息一出，群人作鸟兽散，很快，走廊又变得清幽而空旷了。

我并没有急着进去。

因为我发现大多数参赛选手也没有进去。他们仍滞留在外面，或调整呼吸，或做赛前最后的预演。

我瞅见一个参赛选手，似乎完全陶醉在自己的朗诵作品之中。他抵着白皙的瓷砖铺就的围栏，双眼微闭，如引吭高歌般朗诵着“北国风光，千里冰封，万里雪飘，望长城内外，惟余莽莽，大河上下，顿失滔滔……”

气势如虹，倒似把我震慑了一下，不过他没念到几句，我就发现他的普通话不太标准，如果去掉这一点，倒不失为一个劲敌。

这个参赛选手很悲催，到了关键时刻，却不知为什么原因放弃了比赛，于是，只有我，只剩我，成了孤军奋战且朗诵时间最短的一个选手。

其他班级似乎为了扩大影响力和震撼力，硬是以人海战术和“美人计”来博取评委的青睐。其中一个班参赛人数达到了惊人的九人，且全是女生，隆隆冬日，不惧严寒，只着清一色天蓝色短裙，每件短裙上还镶有金黄色的用于反光的镁片，只往台上一站，就艳惊四座，光芒四散，博得众人一片掌声和尖叫。

我不禁心下感愧：这个班的班主任还真是煞费苦心啊！

忽然，我想到了一个问题，悄声问班主任，我说您不是说这次比赛规则是人数最多不能超过三人吗？怎么她们班上了整整九个？

班主任笑笑，淡淡地说道：“你放心，她们班已经违规了，等着扣分吧。”

我若有所思地点点头。

到了该抽签决定出场顺序的时候了，我深吸口气，随便抽了一张，还没有打开，心已怦怦直跳。班主任告诉我，别担心，只要不抽在前面几个就没事。打开纸条一看，我松了口气，十三号。接近尾声，还不错。

评委已经就座，比赛正式开始了。

我细细观察了一下前排的评委席，我发现尽是一些我从未见过的老师，而且光看长相就知道已过古稀之年，因为背对着他们，看不见其表情，只能约莫估计应该属于严肃和不苟言笑的传统专家。

那九个女生的组合还真是喜气连连，抽签就直接抽了一个“开门红”，率先出战，光介绍每个人的情况，就花了整整三分钟。最后评委听得不耐烦了，直接摆摆手，打断她们冗长的介绍道：“同学，请直接开始你们的朗诵吧。”

站在中间的那个女生，应该是九个女生的领队，在听了评委的话后，微微愣了愣，似乎有些慌乱，不过只在刹那间，而后便以正常状态进入了主题。

她们朗诵的诗歌我是从不曾听过，只知道是一首现代诗，因为主题是“一二·九”爱国诗歌朗诵大赛，所以其内容必和爱国有关。作为参赛选手，我在听的时候并没有将关注重点放在她们所吟诵的诗的内容上，而是放在她们的气势、音色与感情的渲染、节奏的掌控和语言的衔接配合上。

她们可能会忘了一件事，那就是话筒数量的分配问题。虽然我们学校为市重点中学，也就是全市初中教育水平最强的学府，这名声是何其的响亮，正常情况下教育设施应该也属一流，财政部门中的余下资金也应该不少。可是不知怎的，学校的音响设备却很落后，会议室当时没有配备“小蜜蜂”（无线电话筒的一种，因为其小巧玲珑且别在领口之间，别夹处像蜜蜂的双翅，故名曰小蜜蜂），而有线话筒的数量又有限，将评委席上的话筒扯过来也只有四个。九个人，四个话筒，本来就显得格外寒碜，加之话筒线的繁杂交错，很容易就将连接线给扯掉。虽然九个靓女尽了最大努力将这不多的资源进行最大程度上的合理配置，极尽团结与配合，极尽从容与淡定，但是谁都瞧得出来她们镇定自若神态后隐藏着的是怎样焦灼与彷徨的心，终于在不经意之间扯掉了一根话筒线，于是，有一方，就喑哑无声了。

大家都知道，比赛当中无论出现什么意外只要不牵扯到人命那是不会停止的，话筒没了声音，这是很倒霉的事情，责任只能归咎于自己。我以前一直以为比赛很公平，评委打分也很公正，没有取得好的名次，那只能是自己的问题。其实从那次以后，我才明白，其实所谓的公平，永远都处在理想状态，即使是上帝也做不到这一点，更何况是人。

这次比赛分为三轮打一次分，依然是按照正规比赛的去掉一个最高分再去掉一个最低分最后算平均分的这种形式来打。果不其然，这九个女生的组合因为话筒失误，造成了分数极低。她们听完分数以后，郁郁寡欢，收拾了东西之后就离开了，在她们离开的间隙，我的耳畔隐隐约约传来她们的抽泣声。

我轻轻叹了一口气，感到一阵怅然，又感到一阵窃喜。

接着，各种组合都相继上台，他们不约而同都选择了现代诗歌，且时间都卡在两分钟以上，发挥也较稳定，综合得分都很高，且全在伯仲之间，这在不经意间给我增加了不少压力。其中有三组选手，他们的得分都在小数点后两位之间进行激烈的角逐，差之毫厘，谬以千里，在这里，彰显得尤为醒目。

我的汗水涔涔而下，因为是冬天，连汗水都散发着刺骨的冰凉，心脏怦怦直跳，那种剧烈的紧张感又回来了。

因为抽到的上场的序列号靠近末尾，我便得以有更多的时间去汲取前车之鉴，以作为后事之师，在这期间，我又发现了一个现象。凡是开场白说得越简单的选手得分就越高，其中有一个班的参赛选手只报了班级，连名字都没报就进入了朗诵阶段，可是他最后的得分并不低。事实证明，该班的选手做法正确，因为最后得的奖项也只是撰写班级的殊荣，与个人的名字无关，即使你的名字报得再响亮，最后奖状上也不会篆刻你的大名。既然如此，报不报名字又有什么关系呢？只要你不报错班级，那就没什么问题。

我将这一现象告诉了班主任，班主任沉吟了半晌，说还是报一下名字，一则我的词本来就短，二则我的名字又不长，报一下也不会浪费太多时间，三则表示对评委老师的尊重。我想了想，觉得有道理，遂决定如此。

大家可别小看这上台下台这种事情，实际上很有讲究，在舞台礼仪中，上台跟下台才是整个表演的关键，即使中间表演得再好，你没有鞠躬或者没有表示感谢，那就是有始无终，或者虎头蛇尾，这会让你分数大打折扣，甚至还会被淘汰出局。

我并不认为我那天的朗诵有多么的完美，至少状态并没有达到巅峰，我拿着话筒的手一直在颤抖，大脑也有种恍惚的感觉。四个评委就坐在我的下面，眼神一直锁定在我的身上，虽没有鹰隼般冷冽，却也没有圣母般慈祥。就那么静静地瞅着我，似乎要看穿我身上每一个毛孔，每一个细胞，每一根骨节，每一丝情愫。我像一个无所遁形的妖怪，将一切的一切都暴露在炽烈的灯光下。

我想如果我当时再跟评委的眼光相交汇下去的话估计就直接弃权了。我从来没想过一个人的眼光有如此力量，他能让你的灵魂颤抖，脑中一片空白。更何况，这不是一个人，而是整整四个人！如果一加一不等于二，那二加二可能等于四吗？我不得不将眼光挪开了，往上，往上，挪到前方。那里，是一块雪白的墙，没有任何污染的墙，我双眼的神光聚焦在那面墙上，透过那面墙，我看到了亘古的苍茫。

如果我此刻化身岳飞，站在巍峨的城墙上，怒发冲冠，眺望着祖国的大好河山，下面是青铜色甲胄的士兵，这是我的岳家军，那四个评委变成了我的下属，我的亲信，我要给他们下达指令，我要与他们同仇敌忾，誓死抗金！

“待从头，收拾旧山河，朝天阙！”

全场寂静了，寂静了，只有我最后的回音弥留在整个会场之中，我缓缓收回话筒，深深地鞠了一躬，耳畔，掌声如雷般涌动。

抬头，我看见了四个评委尽皆露出了和蔼的笑容。

也许我成功了。事实也确实如此。我不知道是岳飞的忠诚震彻了四位老前辈的心还是对手的发挥太过千篇一律使评委丧失了激情和活力，总之，我得了第一名，为班级立下了汗马功劳。

那张奖状就一直挂在我们教室的正中央，也是在三年来我们班获得的唯一的一等奖。

虽然没有标注我个人的名字，但是我的名字亦不会被忘却。

我不是一个伟大的人，也想不清楚为什么要做一些虚伪的低调和谦逊的幌子，既然付出且做出了贡献理应获得铭记，悄然而退选择被遗忘那无异于一种愚蠢。该属于自己的东西你不拿在手中揣在怀里反而当垃圾一样扔进旷野，这不是愚蠢是什么？这就好比买菜找给你的钱，这钱本属于你，你有什么理由拒绝？好心？慷慨？笑话！别人未必这么想，兴许只是将你当作思想品质低下的暴发户而已，冷笑藏在心中，愤怒潜滋暗长。

一个人的品格再高尚，却仍然无法排解被人忽视的落寞和空虚；做好事虽然不留名，但也渴望大众对他做好事的行为能够给予充分的理解。我不想对那些做好事的人做更多的带有主观色彩的妄断，我只是想陈述一个事实。这个世界上，没有人是甘于平凡的，即使有人渴望平凡，那也是在经历了不计其数的红尘巨浪之后一种无聊和厌倦罢了。古来圣贤隐士皆是如此。在此就不必赘述了。

接着继续下一个问题，也是这些年来众多家长和老师感到头痛的问题。

那个时候，学习虽然繁重，但是我们仍然能有自己轻松和愉悦的方法。男生喜欢打网络游戏，而对于彼时方兴未艾的互联网来说，网吧的兴盛更是起到了推波助澜的作用。

网络游戏有一种很奇妙的吸引力，它能让你坠入其间，乐在其中，享受到灵魂在另一个空间内的无限释放。也能让你上瘾、着魔、荒废学业，失去美好的前程。所以有人说网络游戏是一剂毒药、鸦片，残害青少年的身心健康，毁了他们一生，于是大肆诋毁、辱骂游戏开发商为了赚钱不择手段、丧尽天良，其形可灭，其心可诛。要大家抵制网络游戏，还网络一片洁净的蓝天。

对于这种观点，我一直是不以为然的，我总觉得，打不打网络游戏跟一个学生之间的成长并没有什么太多的关联。每个时代都有各自毁坏孩子成长的东西，而这并不一定就是网络游戏。只是网络游戏恰好在特定的历史时期无意充当了家长们的出气筒罢了。网络游戏本身并没有错，游戏开发商也没有错，学生也没有错，家长也没有错，错的只是一种结果。而这种结果实际上是既定的，只是恰好被网络游戏给扩大化了。如果网络游戏真是毒药，真是鸦片，那家长们也难以幸免，而不仅仅是学生才首当其冲。而为什么很多家长没有对此上瘾呢？其原因就是年龄所导致的思想的转换。如果我们到了一定的年龄，就自然会发现有些东西我们再也提不起兴趣了。就像我们小时候爱玩的变形金刚、神龙斗士、数码宝贝、蝙蝠侠、超人、蜘蛛侠、奥特曼、四驱车、旋风陀螺、溜溜球、宠物小精灵、超级玛丽等，当我们长大了，我们还会像当时一样狂热地去追逐它们吗？

（七）

答案不言而喻，我们顶多只是因一时的心血来潮而去怀念当时的某一种感觉和逝去的时光，这些东西只是一个载体，我们想得更多的还是那时的生活场景以及玩耍时愉快的心情。

网络游戏也是如此，我们处在那个特定的年龄阶段，对一切未知的事物都充满了好奇，渴望新鲜，因此会被网游中的精彩和刺激所吸引，这是一种符合青少年生长特征的形式化反应，不是上瘾，也不是病态，只是激情的澎湃。其实这就如爱情一样，没有人会对爱情上瘾，热恋期会过去，人总有疲累的时候，当这一切已慢慢冷却，生活又会恢复如常，不一定等到老年才会厌倦，但至少，青春已不复存焉。

好学生也玩游戏，但他们并不会因此而荒废了学业，更不会耽误了前程。通常他们的习性很好，自控能强，他们会合理掌控自己的时间，在闲暇之余能够尽可能地放松和消遣，他们不会沉溺在游戏里，游戏只是他们生活的调味剂，他们有既定的目标和远景规划，他们深谙此道，所以他们不会迷失，更不会就此沉沦。

我如果按照自己的标准来叙述的话，断然无法解释我为什么对什么都不会上瘾，好像我生来就有一种对人生看透的慧眼，觉得世间万物都是在浪费时间，徒增烦恼，而自己却不喜不忧，仿佛上帝般高高在上地俯视着百态人间。

其实这并不是我的本质。有时候看得太透会感到生命无聊，我真的害怕有一天真的看穿了一切，那我会对所有的东西都失去了兴趣，只等着肉体的坐化，灵魂的飞升。这应该是人之将死才会有的感觉，可是我还那么年轻，还有漫长的人生要去经历，如果此时就已经看透了生死，领悟了苍生，乍一想，自己都觉得有些惊悚。这不应该是我，至少不应该是此刻的我，我应该糊涂一点，应该愚昧一点，痴傻着，踉跄着，顽劣着，重堕入红尘之中，让层层雾霾将我笼罩，最好是附上一抹云翳，遮住我的双眼，甚少让我暂时无法看清人间的林林总总。

那时我爱上了《梦幻西游》，网易出品的回合制网络游戏，十级之前可以免费畅玩，十级之后就需要充值点卡才能继续畅游。当时的我钱不多，只能用父母给我买水的钱节省下来拿去充值，我记得最少的充值方式可以充五元，五元的话有五十点，五十点可以玩十个小时，十个小时之后又要继续充。

我似乎对游戏不太有天赋，至少在这方面，还不如那些女生娴熟。但当时女生玩《梦幻西游》的很少，玩《劲舞团》的比较多。《劲舞团》是韩国一家游戏公司出品的一种模拟真人的动态升级网络游戏。因为其美轮美奂的动态舞蹈画面和随心所欲的音乐选择机制，加上又可以无限制地选择舞伴、舞形、场景、服饰、表情，且操作简单极易上手，所以在当时深受广大学生和青年的热捧。我曾一度想玩此款游戏，但因《梦幻西游》的牵绊，所以迟迟未能如愿。

不过这只是一个原因，还有一个原因就是彼时的电脑虽然兴盛但仍无法与现在的普及度相媲美，而无论中央处理器、光驱、显卡、显存、分辨率都不可同日而语。我家当时的电脑还用的是 Windows98 的系统，内存很小，显存几乎可以忽略不计，别说是网络游戏，就是单机游戏也玩不起，我当时很着急，几次央求父母换电脑都未能如愿。无奈之下，我只得选择进网吧。

其实在网吧里玩游戏却也有一种另类的刺激与激情，网速流畅，手感舒适，画面清晰无误，很容易让人处于一种持久的亢奋之中。但也有一个最大的弊端，就是空气质量得不到保证。即使明明贴有“禁止吸烟”的标志也无能抵挡烟瘾大发的网民，加之人员嘈杂、密集，一旦坐久了就容易头昏脑涨，胃肠澎湃，呕吐不止，这是其一。当时因为游戏的刺激我还能排除一些困难，忍受着头晕、恶心的感觉进行奋战，好在可控范围之内并不如何难耐。而“未成年人不得入内”的警示语就颇让人头疼了。

未成年人进网吧并不是那么容易的事，我发现十家当中有九家都不让未成年人进入。也不是不让进，找人可以，如果要上网就不行了。因为老板怕警察来检查，一旦发现网吧内有未成年人，就会处以重罚，很多老板就是因为被罚得怕了，再也不敢接待未成年人，甚至连门都不让进。

然而这一切都不是绝对的。对于商人来说，只要有钱可赚，有利可图，即使面临被处罚的风险，他们也依然会暗渡陈仓，偷纳未成年人。

这种网吧不好找，如果没有行内人士的引荐和带领，很难找到。为了玩游戏，我开始寻找这样的行内人士。

每个班都有这样的行内人士，我们戏称“老油条”。

要找到这样的“老油条”很容易，只要竖起耳朵，细细聆听，看谁在下课甚至上课也乐此不疲地在絮叨着某款游戏的攻略战术，宠物、炼器、经验等专业话题，并且眼神放光，神情亢奋，有时候还手舞足蹈，那这个人定是“老油条”无疑了。

彭宇翔就是这样的“老油条”。他可以说是我们班的游戏之王，没人打游戏能强过他，他说起游戏来那是滔滔不绝、口若悬河，如果你不打断他，他甚至可以连续不断地说上三天三夜而且还未完待续。彼时所有的网络游戏只要有人气的话他几乎都玩过，且级别均处在封顶的边缘，这种战绩放在当时，那是无人能出其右，即使现在，也很少有人能及得上。如果彭宇翔有幸被游戏公司招揽的话，那他的前程也是辉煌无限的，只是我想他应该不会走这条路，如果不出我的预料，现在的他，应该已经厌倦游戏了。

当时在男生当中已隐隐形成了一种趋势，男生不玩游戏那是会被人嘲笑的，如果游戏玩得垃圾，那也依然会被人嘲笑。我为了不被人嘲笑，于是就潜心修炼，奋勇升级，可是天不遂人愿，无论我多么努力，水平都没有明显的提高，所以自然而然就沦落到被嘲笑的行列。

“老油条”彭宇翔带我七弯八拐后终于在一条僻静的小巷子中找到了一家敢于接纳未成年人的网吧。

只有一个网吧的招牌在密密匝匝的广告牌的掩映下孤寂地闪现，上面镶嵌着由氖气灯管映射出的两个字“天 X”，这应该是该网吧的名字，我只认出了一个字，另一个字因为年代的久远导致上面油漆剥落，已完全看不清，就连留下的印渍也模糊得不可分辨。

“天什么？”我指着那个标牌问彭宇翔。

“天越。”彭宇翔头也不抬地说道，“走吧。”

“这里还真够偏僻的。”我摇摇头喃喃道。

“这里还可以，网速不错。”彭宇翔边说边朝楼上走去。

这是一座陈旧的居民楼，通过上面早已泛黄且剥蚀得黑如煤炭的墙壁便可轻易判断出。墙上铺满了各种各样的小广告，什么开锁、婚介、机麻、代孕、加盟、代销、家教、英语培训、贷款、代考、办证、按摩、旅游等等，看得人眼花缭乱，晕头转向，不知不觉间我已止步不前。

“我无语，看这些干吗？走啊，再不走就没位置了！”彭宇翔不由分说地拉着我就拾级而上，向终极目的地奔去。

走进门一看，发现里面设施不错，虽地处偏僻，但是光线并不晦暗，而且墙上粉饰一新，电脑的配置也是采用的当时最流行的液晶显示器和光电鼠标，键盘则是用于游戏专款的“黑旋风”系列。不过此时已人满为患，我和彭宇翔走了一圈，发现没有位置，只好站在一边看一些网友玩。

“没有位置了，怎么办？”我问彭宇翔。

“等一下吧，应该很快就有了。”彭宇翔向四周瞟了一眼，神色如常道。

正说着，就见前方有一个人电脑黑屏，然后站了起来，推开椅子，径直朝外走去。

“快过去。”彭宇翔催促着我。

“你先上吧。”我谦让着说。

“别废话了，快过去坐着。”彭宇翔不耐烦地推了我一把。

我也没再推辞，径直走了过去，坐了下来。

很快，彭宇翔帮我开了号，我就迫不及待地在界面上搜寻着《梦幻西游》。双击，点开，输入账号，密码，进入游戏主界面。

我突然想起了什么，掏钱将开号的钱还给彭宇翔。彭宇翔没接，只说下次请他就行了。

“十九级单练不行，最好找个师傅带你，不然你升级很慢。只可惜我现在没玩这个了，我以前有三个大号，级别都在一百二十级以上，只可惜都卖了，不然可以给你一个号。”彭宇翔边看我痛苦地打怪，边不无叹息地说道。

此时我正在大雁塔第三层被一个骷髅怪、一个强盗、一个赌徒围攻。我用了三次魔法，一个“龙卷雨击”耗掉了我的魔法值，没办法，只能硬拼。因为我选的是神族的龙太子，强势在法术攻击上，所以物理攻击就显得格外寒碜，也不知肉搏了多久，才终于将此强盗和赌徒干掉。在干掉之前，我还被强盗的一个火攻给烧掉了三分之一的血，在战斗完毕之后，我立马用包子补血。

“行了，你这样看着太窝囊了，赶快退出大雁塔，下去组一个队吧。不然你迟早要挂在这里。”彭宇翔扼腕叹息道。

我立马向塔外退去，然后就站在进口处，点击令旗，疯狂组队。组了半天，我发现没有一个人加我。原来，这些人都是做系统任务的，根本不会让外人加入。我没有办法，只得向彭宇翔求帮助。

转头一看，彭宇翔不见了，再向前一看，他已找到了空位，在兴高采烈地玩着。

“要不要玩《水浒Q传》？我带你。”彭宇翔坐得距离离我不远，眼角的余光瞟到我正在看着他，遂随意地问道。

“不玩。”我摇摇头，转过了身。

“比《梦幻西游》好玩。”

我没有再理他，而是自己玩自己的。

正在我进退两难踌躇不前时，界面右下角的好友栏一列忽然发出了淡黄色的光，我忙点开一看，发现蓝斌上线了，问我在哪里。

“这臭小子，终于上线了！”我恨恨地骂了一声，给他回复了一句说我现在正在大雁塔门口，你赶紧过来，带我升到二十级，我好做师门任务。

不到五秒，他就回了过来：等我二十分钟，我正在做抓鬼任务。

我看后，气不打一处来，回了一句：赶紧的，我可没那么多闲工夫等你！

我频频看表，现在快四点了，我六点之前还要回去呢，要是回去晚了，我妈肯定得劈了我。所以我一边在安全区域内百无聊赖地闲逛，一边焦急地催促着蓝斌。

蓝斌还是很守信用，二十分钟之后果然出现在大雁塔门口。

我加入了蓝斌的队伍，重回大雁塔。

“待会儿你只管防御就是了，不用出手。”蓝斌回了一条信息。

“知道。”

蓝斌是四十五级的神天兵，带着四十级的瑞兽，主攻法术，瑞兽也是法术宠物，简称法宠，一个“泰山压顶”可以秒杀三个怪，所以我们很轻松地就冲到了大雁塔的五层。

我依照蓝斌的吩咐，只是一味地防御，没有攻击，在一个小时的时间里，经验值暴涨，升到了二十二级。

我的心里格外高兴，看看时间，已经五点多了。我辞别了蓝斌，下线，招呼了彭宇翔一声，转身离开了。

不过这个游戏并没有玩多久我就心灰意懒了，原因是我玩游戏都是受到别人的感染，当大家都不玩的时候，我也就失去了玩下去的兴致了。

蓝斌玩到了五十级转战于《诛仙》，问我要不要玩，《诛仙》属于3D对战类游戏，而我对这种类型的游戏热情度不高，遂摇摇头表示不感兴趣。而彭宇翔却又回到兴盛不衰的《魔兽世界》当中挥汗如雨去了，我就更不感兴趣了。

至此，我的游戏生涯暂时告一段落。

绕了一圈，我必须得回到学习中来，因为彼时的我毕竟处在那样一种特殊的旋涡之中，即使我想远离旋涡，或处于涡眼也无可能。涡眼中站着规则的制定者和裁决者，旋涡边缘毗邻着的旋涡无穷无尽，我无论逃到哪都逃不过其强大的离心力，只能随着其带动的力道身不由己地旋转。

家教业务不论什么时候都是兴盛得令人叹为观止，而无论是好学生还是成绩欠佳的学生都能从这种行业当中获取到自己所需的攻略。不过相比较而言，好学生的家长则更倾向于大型提升班，在已有成绩的基础上向更高层次进发，大部分的目标是直接针对终极考试而定，恨不得每天给学生练一套考卷，再按照标准答案的既定形式无限性靠拢，迫不及待地想将学生打造成“答案复制器”。答案是越来越标准了，所以好学生也都属于清一色的标准模式，除了天生的长相无法标准之外，其余的一切无不是嵌上了标准化的印记。家长们会开心很长一段时间，会微笑，会欣慰地笑，会释然地笑，会开怀大笑，甚至会得意忘形地笑。然而有一天，也许会有这一天，当他们擦亮眼睛的时候，他们会猛然发现，眼前的天之骄子，曾被人啧啧夸赞的栋梁之材，只是一具早已丧失灵性、丧失自我、丧失生命活力的被人操纵的傀儡罢了。

因为那时我的成绩不好，请家教那自然是家常便饭的事，这只是家长的意思，并非我的意思。如果一个人对学习丧失了天赋和兴趣，无论请多少家教也是枉然。我一直不认为一个学生的成绩不好就是对不起父母，也不认为这是一种不孝和不争气的行为。这种观点是客观的、开放的，也并不是一种有失偏颇的观点，我相信有很多人会跟我持相同的观点。在这里不加赘述，因为前面我已较详细地阐释过。

记不清第一个家教是谁了，反正在我眼中，家教都是一样的面孔，一样的举止，一样的语调。韩寒说家教是妓女，给钱就上，按小时收费，上完就拍拍屁股走人，公平交易，自愿原则，双方都不吃亏。不管怎么说，家教还是以营利为主，且收费标准在几年的时间里翻了几番，无形的机遇和浪潮推动了这个产业疯狂发展。

我记得在2000年左右的时候，家教一节课的课时费才十块钱左右，到了2005年就翻了五倍，这还只是普通的学生家教。如果是找研究生或老师级别的辅导老师，那就至少是每小时百元起价。这还是普通的数理化的补习，不包括艺术类的额外培训。如果有艺术生请艺术家教的话，那钱的数目就如流水一般，要计算估计得以万作为单位才算得清。这个问题，我后面再做详叙，此刻先按下不表。

我倒不是很待见家教，原因我也说不清楚，就是觉得看着他们不顺眼，看他们来了也没有拿好脸色给他们看过。有一次，我家里没人，家教来敲门，我硬是皱紧耳朵装傻，打死都不开门，害得那个家教在门外站了一个小时等到我妈买菜回来才给她开了门。

那家教一进门就对我妈大倒苦水，将一肚子怨气尽皆抛洒在空气中，我妈当然极尽婉转地对她赔着笑脸，然后顺水推舟地将我训斥了一顿。我当然只能垂首悔过，默不作声，并装出耳背的样子做楚楚可怜相才终于平息此事。不过我的心里却没有一丝悔意，也不认为我做错了什么。嫌恶就是嫌恶，且没有任何理由，所以负罪感也不会驻留在我的心间。时至今日我仍然不觉得有什么不对。现在想想，我之所以对家教如此厌恶，只是因为厌恶学习和考试而已，与任何个人无关，家教不过是刚好撞在我无形烦扰而生的枪口上罢了。

家教在我初中三年的学习生涯中并没有给我带来什么实质性的蜕变。我忽然发现，我在学习上是无法蜕变的了，也许我会考不起学校，沦落到社会的最底层，受尽无穷的折磨和冷眼，尝尽人间的冷暖辛酸，最后再孤独地死去。我一直害怕这样的担忧会变成现实，我甚至想过这是不是在梦里，很冗长的梦里迷醉着，还没有醒来，如果醒来一切都会改变，一切都会腾飞。然而我发现我一直都没醒来，于是我才终于明白，我一直都活在残酷的现实中，我如果不能改变这一切，我的心里将永远感受不到阳光的温暖，一切都是萧瑟的寂寥的秋天的滋味。

我记得初中最后一次补习不是请的家教来家里，而是进了一个小班，说是小班不如说是一个小组，我记得人数最多的时候加上我有四个人。那是我在升入高中之前也是在我对家教感到极度厌烦的时候一次最记忆深刻的补习，因为那根本不能算是一段补习，充其量只能算是一段嬉笑欢闹的宴会。

他应该叫辅导老师，不过请允许我依然叫他家教，一时叫顺了口改不过来，权且顺水推舟地叫下去。

他叫沈延，个头不高，长得斯文，戴着黑框眼镜，无论天气炎热到何种境界都是西装在身不离不弃。我是在师大门口遇见他的，当时我已到初三，到了冲刺中考的最后阶段，我提出了进入小班的要求，父母同意了，沈兄也欣然同意。

沈兄的小班连我在内最多的时候也只有四个人，授课的地点就在他的单人宿舍。研究生宿舍和一般的本科学生的宿舍迥然不同。如果说本科学生的宿舍是名副其实的宿舍，那研究生宿舍则更像是众多宿舍群中突兀耸立的单人公寓。虽然整栋研究生大楼略显陈旧，但楼内的建筑却并不如何让人难堪。无论是墙壁、地板还是顶上整齐而明亮的白炽灯，无不昭示着研究生低沉、内敛、雅致而又不外扬的处事原则和为人的品质。我不禁想起了刘伯温的《卖柑者言》中“金玉其外，败絮其中”的话，此言所述却与眼下的情状截然相反。

当我随着沈兄来到他的宿舍时，我发现其中已经坐了两个人了，一女、一男，穿着奇装异服，举止怪咖，发型皆是不寻常的彩色，两人都在玩着电脑，见沈兄进来，只是瞟了一眼又转回电脑前，毫不在意，如入无人之境。

“今天我给你们介绍一个新同学，你们两个过来。”沈兄对那二位“奇人”说道。

两人在看电视，看到精彩部分，忍俊不禁，自顾自地娱乐，完全将沈兄当成了空气。

沈兄见这二“奇人”没有理会他，面子上似乎有些挂不住，提了提嗓音，厉声喝道：“我说你们两个干什么？没听见吗？叫你们呢？”

“哦！”那女的拖着长长的音调哦了一声，不疾不徐地按了暂停键，漫不经心地说“我说老沈，你又没叫我们的名字，我们怎么知道您老叫的是我们呢？”说完，似笑非笑地瞧着沈兄。

我冷眼瞧着这一切，心中也是格外恼怒，心想这女的也太猖獗了吧，人家沈兄再怎么说也是算你的老师，怎么能将老师玩弄于股掌之间呢？这简直乱了纲理伦常，成何体统？可是我不好发作，因为毕竟在此刻我还只是一个陌生人，最好的办法就是沉默，然后瞧着沈兄如何收场。

沈兄没有说话，而是哼了两声，鼻子上冒出了两股冷气，应该是被气的，但不知如何反驳，只得转头对我说道：“来，来，来，别站着，你坐，你坐。”

我向后瞟了一眼，正好后面是一张床，我就在床沿上坐了下来。

沈兄换了一张微笑的脸谱问了我一些关于学习上的事情，我一一据实以答。

我说我学习不好，英语从来没及过格，这马上要中考了，就希望英语能及格，中考分数不至于太低，如此而已，没有野心。

沈兄听得不住地颔首，最后拍着我的肩膀说你放心，你一定行，只要按照我的方法来学，别说是及格，就是一百三四都没问题。

我听后报以微笑的回应，然后沈兄看了看表，告诉我现在已是中午了，今天就到这里吧，让我明天早上八点再来。我点点头，礼貌地招呼了沈兄一声，便转身离去。

不知怎地，我的心里有些隐隐不安，不为沈兄，只为那两个“奇人”。

我是一个容易受环境影响的人，自我控制能力并不强，我不知道这两个“奇人”会对我的生活产生怎样的影响，到得最后，我的英语能够补上来吗？这一切都是一个未知数。

当时正值夏末秋初，我行走在干净整洁的青石板小路上，脸庞拂过一缕缕略带凉意的微风，看着掩映着澄澈光晕的湖水，心里的一切苦闷已被排遣得荡然无存。

第二天，我准时来到沈兄的处所，刚推开门一看，却发现只有沈兄一个人，那两位“奇人”还没来。

“来得真早！”沈兄满脸堆笑。

“他们还没来？”我随意问道。

“我来了！”沈兄正准备回答，“奇异”女却恰逢其时地推门而进，大声嚷道。

“新同学，你好，我叫梁燕，市重点中学初二级四班的学生。”梁燕转头走了过来，自我介绍，态度友善，笑容满面。

原来她叫梁燕，并且还和我同校，比我低一级，算是我师妹，如果不是她自我介绍，我很难相信如此一个非主流外加叛逆异常举止轻佻的女子竟然是市重点中学的。

“你真是我们学校的？”我有些不信

“怎么？你不相信？”

“除非你能证明自己。”我淡淡地答道。

“怎么证明？”她好奇地问。

“我问你问题。”

“那你问吧。”

“我们学校的校长叫什么？”

“董万兴。”她脱口而出道。

“好，我相信了。”

“这谁不知道。”梁燕不以为意地答道。

“不是本校的就决然不会知道。”

我和正梁燕在闲聊，门被推开，“奇异”男走了进来。

“你好。”“奇异”男向我打招呼。

“你好。”我友善地答道。

“他叫徐飞，和我是一个班的。”梁燕对我说道。

这个时候，我才发现，原来这个徐飞个头矮小，竟然才够着我的肩膀，估计连一米五都没有，我的心里忽然而生一种鄙夷，但表面上却没有丝毫流露。

“好了，好了，人到齐了，咱们上课了。”沈兄转过身说道。

“我不想上课，我要看电影！”梁燕大声嚷道。

梁燕长得不错，皮肤白皙，身材玲珑，笑起来一对梨涡乍现，在无理取闹的时候也颇为惹人怜爱。

徐飞没有出声，而是隐隐偷笑，我有点没反应过来，还搞不清楚状况，所以笑不出来，不过却莫名其妙地问了一句：“什么电影？”

梁燕回过头来，望着我，甜甜一笑：“《安娜与武林》，很好看！你要看吗？”

我下意识地点点头。

奇怪啊？我应该反对才对啊！怎么点头了！我来这里可是学习的啊，怎么跑来看电影来了？但是话已出口，正如覆水难收，我也不知该说些什么了。

“哪里有什么电影？赶快给我坐好，上课！”沈兄气势汹汹地喝道。

“我不！我要看电影！你不放我就不上课！”梁燕蛮横地针锋相对道。

“你……”沈兄气得睫毛都不自禁地颤动，语气也不流畅了，“你”了半天终于“你”出了下面的话。

“你信不信我给你妈打电话？”

梁燕两手一摊，无所谓地说道：“随便打吧，反正我妈也不会管我。”

后来我才知道，原来她亲妈早已驾鹤西去，现在的后妈如何敢管她？她爸的手机频频换号，如特工一般行踪缥缈，无处寻觅，要说指望他来管就更不切实际了。如此一来，沈兄是彻底没辙了。

不过沈延毕竟不是小孩子，智商还没低到与她赌气较劲的地步，摇摇头后，便换了一张微笑的脸望向我和徐飞道："好了，她不听就算了，不管她。我们上我们的，你们说好吗？"

我和徐飞下意识地点点头。

梁燕见我们要听课，又见沈兄搬过了笔记本电脑放在离我们最近的木桌上准备已毕，不知怎的，就突然来了兴致，冲到了前面，大声嚷道："我要听！我要听！"

沈兄也没再理会她，只微微一笑，就开始讲课。

"喂，我说你脸都快贴在屏幕上了，我就只看得见你的后脑勺，让我听什么课啊？"我拍拍梁燕的肩膀说道。

"不让你看，你只需用耳朵听就行了。"梁燕偏过头来，哂笑着说。

我正待发怒，徐飞忽然拉住我，小声说道："最好别惹她，她是我们班出了名的女魔，男生见了她都像躲瘟神一样地躲开，特难缠！我说哥们儿，退一步海阔天空，我看还是算了吧。"

"算个屁！我要听课！"我压低了声音回了一句，根本不理会徐飞的劝阻，本着"学习至上"的正义旗号直接拉着她的头发将她拖在了后面，然后以迅雷不及掩耳之势将空位补全后便正襟危坐在电脑正中间。

梁燕愣了愣，反应过来后自然是气得龇牙咧嘴，冲上来就要跟我"拼命"，不过却被沈哥给喝退了。

我虽然占据了电脑前的绝佳位置可是并没有像她一样为富不仁，而是将头偏了偏，以确保后面的两人能够看见电脑上的内容。

梁燕反攻了几次，都被我给化解掉了，最后终于泄了气，用手托腮，盯着屏幕，开始认真听课。

她确实是在认真听课，不过她一认真问题就毫不间断地接踵而至。沈兄非常喜欢问问题的学生，也非常喜欢解答问题，可是像梁燕这样的极品，如果要给她解释清楚，得花上很长时间，即使如此，她也不一定能够接受，最重要的原因就是她的异想天开和奇幻的诡辩。

请原谅我的英语不好，不能在此列举出实例给大家详加阐释，在此处也颇有些遗憾和无奈，不过没有关系，因为还有其他的事情能够相互佐证，一样能够丰富雕刻诠释出梁燕的性格和形象。

梁燕的诡辩和刁钻常常会使得沈兄语塞甚至捶胸顿足。每到这个时候，沈兄就会点上一支烟，然后出门走上一转，告诉我们休息二十分钟。当沈兄走后，梁燕就会欣喜若狂。

“过来看《安娜与武林》！”梁燕眉飞色舞地催促道。

我和徐飞走了过去，在她旁边坐下。

照正常的理性，我应该恼怒并且应该指着梁燕的鼻子厉声斥责她如此做法简直是无赖，你毁了你自己倒也罢了，怎么连我们也一起连着毁了？可是我却无论如何也骂不出来，我的感性告知我应该得到欢乐，我们都应该得到欢乐，我们没有错，我们只是在追求那应得的短暂的欢乐，这欢乐不应该受到指责，更不应该被披上道德的袈裟和伦常的道袍无限扩大化，即使这欢乐是沉沦的，我们也甘愿沉下去，因为至少在此刻，它充溢着无限美好。

二十分钟后，沈兄过足了烟瘾，推门进来，我们依然在津津有味地看着电影。而且正是最劲爆的情节，杨千嬅被郑伊健拖到车后面狠吻。

“关了。”沈兄淡淡地说道。

徐飞坐回了远处，我也准备挪身给沈兄腾位子，只有梁燕依然没有任何反应。

“叫你关了。”沈兄见梁燕没反应，分贝有所提升。

我怕沈兄气坏了身子，立马抢过鼠标，关闭了电影，说道：“让老师讲课吧。”

梁燕怒形于色，狠狠捶了我一拳，哼了一声坐回了原处。

沈兄终于顺利地将课讲完。

我记得我是认真地听着沈兄讲课的，可是随着时光的流转，我发现收效甚微。我是不是应该摒弃这种“欢乐”投入到正轨当中呢？每当培训完一次，我不禁会重复闪烁着这样一种念头：我这是在干什么？浪费时间，浪费金钱。还是在投钱寻找一种短暂的快慰？我是来学习的啊！不是来玩的！这种念头每天都会闪烁一次，我也在暗暗的后悔与自责当中度过。最终，我想我应该结束这种补习，只是不知道具体是在哪一天。

我来到这里的一个星期之后，沈兄又带来了一位女学生，通过她的介绍，我知道她又是市重点中学的，名叫林娜，身材修长，长相有些冷艳，长发披肩，比当时的我略高一些。开始的时候她比较拘谨听课也比较认真，没有什么过格的行为，可是跟我们混熟之后，我才发现她与梁燕简直就是天生一对，不仅刁蛮泼辣，出口也不甚文雅，我暗暗叹息，心想再这样下去，我是什么也学不到了。

“敲诈”沈兄是在一个中午，其实不说是敲诈，也跟敲诈差不多。因为在此之前，每次补完课沈兄都会和我们一起吃饭，而且都是吃的火锅，价钱不菲，结账时当然是沈兄付账。后来，沈兄不再跟我们吃饭了，找各种理由来搪塞，我本来就欲算了，可是梁燕和林娜这两个“魔女”哪里肯依，非得逼着沈兄吃饭，就差拿着砍刀架在沈兄的脖子上了。我看着着实不是滋味，正想上前劝解，沈兄却从西装内包里掏了五十元塞在梁燕的手上，道：“行了，你们自己去吃吧。”

（八）

既然“敲诈”的目的已经达到，沈兄也就失去了应有的利用价值，梁燕拿着钱就甩开了沈兄的手，与林娜并肩朝我和徐飞走了过来。

“走，去吃串串香！”梁燕兴奋地说。

“我想吃坩埚兔。”徐飞小声嘟囔着。

“坩埚兔不好吃。”梁燕闻言，不禁皱了皱眉头。

“你想吃什么？”梁燕忽然转头问我。

“我，随便。”我无所谓地答道。实际上我对餐馆并没有什么特殊的敏感度，加上很少在外面就餐，因此也不甚了解，意见也自然给不出，还不如放任他们自由定夺，管他们吃什么，反正只要不是让我掏钱那就行。更何况，我身上一分钱也没有，也懒得发表无聊的议论了。

“那我就先回去了啊，你们慢慢商量啊！”沈兄过完了烟瘾，见我们还在商量，向我们打了一声招呼。

“去吧，去吧，你忙你的，我们也正忙着呢！”梁燕摆摆手，头也不回地说道，表情极其不耐烦。

“沈兄，慢走！”我不希望沈兄被梁燕“糟蹋”得太过难堪，便微笑地给沈兄打了一个招呼，毕竟他是我们的老师，我们还是应该尊敬他，至少在面子上我们不能过于忤逆。

“你们到底想吃什么？”梁燕继续问道。

“我吃玉林串串香。”林娜淡淡地说道，但是态度却是如此笃定。

“我吃坩埚兔。”徐飞依然小声说道。

“我还是随便。”我摊开手，满不在乎。

“就吃玉林串串！”梁燕下定了决心，不由分说就将我撵着往前走。徐飞虽然此时一心想吃“坩埚兔”，但也知道此刻也难排众议，独木难支，只得放弃信仰，改投宗派，随着我们的脚步前往“玉林串串香”。

“玉林串串香”在一条偏巷里，离师大不远，即使闲庭信步，也要不了多少时间就能抵达。

因为这里属于大学校园附近，所以周遭的居民或颇有商业头脑的小贩便因地制宜，以此为中心向四周辐散，直径达百米左右，覆盖着以火锅、中餐、小吃为主要营业内容的餐饮业，在源源不断的人流量中占据的优势，以至于兴盛不衰、发展迅猛，人气也是有增无减。

我原以为“玉林串串香”应该人满为患，热闹非凡，哪知道坐下以后才发现竟然冷清至极，门可罗雀，除了一对情侣在角落里嬉笑怒骂，便再无闲客。我们四人找了一个风扇狂飙、气流通畅的地方坐下，竟然显得怪异而突兀。

“你怎么选这地方？”我奇怪地问着梁燕。

“有问题吗？”梁燕翻看着服务员递过来的菜单，娴熟地点着菜：“一个红汤酸辣锅，多加番茄，四叠小炸蟹，四瓶啤酒，四杯枸杞白酒。”

“等等，我不喝酒！”乍一听无所顾忌熟稔到令人惊悚的点酒方式，着实把我惊了个透，抿到嘴中的红茶都险些喷薄而出，在理智与本能触电般的反应下，我慌忙地摆手拒绝。

梁燕不紧不慢地放下菜单，鄙夷地说道：“你还是不是男人？”

“谁规定男人必须喝酒？”我淡淡地反诘道。

梁燕愣了愣，撇撇嘴道：“不喝算了，正好节约钱。”顿了顿，接着说道，“老板，三瓶雪花。”

“拣菜。”梁燕说着，便起身向存菜栏走去，拿起一个盘子，就开始精挑细选起来。林娜和徐飞也各自拿着盘子拣菜去了，只有我还站在原地未动。

“你怎么不来拣菜？”梁燕拣着拣着忽然发现少了一个人，遂回头问我。

“我懒得拣，你们选什么我就吃什么。”我抿了一口茶，不骄不躁地说。

“我们拣的都是我们爱吃的，你要不爱吃，就不要吐出来。”梁燕道。

我淡淡一笑，“不会。”

风扇的狂飙吹过我的全身，我感到一阵说不出的清凉。

这顿饭吃得格外欢畅，三个人的酒量就梁燕最大，不过大并不代表好，梁燕喝得满面潮红，眼神迷离。我也记不清他到底喝了多少瓶啤酒，外加多少瓶白酒，反正喝到最后已完全变成了女版的关公，幸而还未倒下，走路也还算正常，不需要被人拖着走。

吃完饭后，徐飞和林娜有事先行离去了，我因为自行车还停在沈兄他们研究生宿舍的楼下，所以要先回一趟师大。所以准备向梁燕告辞，但梁燕却说她的钥匙放在沈兄宿舍了，所以也要回师大，要和我同路。

我说好，那就走吧。

可是梁燕却没有动。

“走啊？”我催促道。

只见梁燕捂着胸口眉头微皱作难受状道：“我现在有点想吐。”

“你难道要吐在这里？”我瞟了一眼尚未收拾的杯盘狼藉的桌面，心想吐在这里倒也不错，虽然给这店的服务员增加了不少麻烦，但至少比吐在大街上强，便说道：“既然这样，那你就吐吧，我等你吐完了我们再一起走。”

这时梁燕却摇了摇头，说：“我又不想吐了。”

我一听，不耐烦地说道：“你到底是想吐还是不想吐啊？想吐的话就赶紧吐，不想吐的话就赶紧走。难不成你还要一直坐在这里？”

梁燕沉默了半晌，道：“你帮我去买瓶水吧。”

“桌上不是有水吗？”我望着她面前尚未动过的那杯红茶。

“我不喜欢喝茶，我想喝鲜橙多。”梁燕道。

“真是麻烦。”我叹了口气，转身朝门外走去。

“钱给你。”梁燕小声说道。

我忽然想到自己身无分文，着实尴尬，但此刻也顾不得面子，转身拿了梁燕递过来的钱便朝有卖水的地方走去。

这里小商铺林立，没走几步便找到一家，我随手选了一瓶付了钱就走了回去。

梁燕接过，小声说了句“谢谢”，就“咕噜、咕噜”大喝起来，放下来时已减少了二分之一。

“你不是喝酒挺厉害的吗？怎么喝了几盅就原形毕露了。”我不无嘲讽地说道。

梁燕抽出一张纸巾，擦了擦额头上的汗水，缓缓道：“我可没说过我喝酒厉害。”

“既然不厉害那还喝这么多？”我奇怪地问道。

“这是我的习惯。”梁燕淡淡地说道，然后站起了身，“走吧。”

此刻已过辰时，太阳高悬，热气却随着季节的推移而逐渐收敛。“饮食街”上迎面扑来一阵阵凉风，梁燕脸上的潮红在这阵凉风的抚慰下得以缓缓消退，脸不似先前那般绯红了，不过眼神依然洋溢着一丝迷离，夹杂着的难受和不适的感觉在我有意无意的乜斜中昭然若揭。

没走多远，梁燕忽然停了下来，手抚额头，下意识地叫出了声：“等一下。”

“怎么了？”我见她确实难受，也没再冷言冷语。

“我头好痛。走不动了。”梁燕轻轻捶了捶额头，眼神中充满焦灼和痛苦。

我怜悯地看着她，一字一顿道：“你到底是因为头痛，还是因为走不动？”

“头痛，又走不动。”梁燕没有绕弯子，开门见山地说道。

“那你想怎么样？”我无奈地问道。

梁燕放下抚着额头的手，道：“我们坐个三轮吧。”

“我没钱。”我不假思索地脱口而出。

“我给！”梁燕在难受之中加重的语气，似乎耗费了她极大的气力，在说完这两句话之后，便缓缓闭上了眼睛。

这个城市的三轮多如牛毛，穿街插巷以此人力车最为方便快捷，只要随手一招便晃晃悠悠地荡到了你的面前。你坐在上面，随着一种缓慢的节奏在颠簸中前进，即使是平路，也没有一种平坦的感觉，而人们并不会因为丧失了平坦而将其厌倦，因为人生本就是泥泞而颠簸的，太过平坦反而会让人心生不安。而三轮前进的节奏是缓慢而沉重的，不疾不徐，没人催赶，就算拼命催赶也快不起来，这不正是人生的写照吗？

三轮在慢慢悠悠地向前行驶，梁燕双手托腮，眼眸微闭，不知在想些什么。我向她瞧了一眼，见她没什么事，就将眼光转向右侧的风景。

缓缓向后退却的风景，只有在这样一种落后却永远不会过时的交通工具上才能尽情领略而不被打扰。这是一种另类的奢侈，我喜欢贪婪地享受这种奢侈。

正在我沉浸在右岸风景徐徐转换的悠远而漫长的欣慰中，忽觉左肩缓缓一沉，我正凭本能觉得应该大叫出声时，一阵柔声却传入我的耳畔：“让我靠靠。”

于是本能被压制，声音搁浅在喉管，我缓缓吸了一口气，却不禁皱了皱眉头。

我想吮吸一阵芬芳，可入鼻处却夹杂着浓烈的酒气，还有挥之不去的火锅气息，将本来绮丽的画卷蒙上阴霾，这种滋味并不好受，它让我挪动不得，不过幸运的是路程不长，不然真是有种受罪的感觉。

不过还有一件更重要的事我不得不未雨绸缪反复衡量，如果此时我陡然推开了她，她会不会一气之下吐在我身上？

没有，我们顺利回到了师大研究生宿舍楼下。我的自行车就停在一楼的拐角处。

梁燕问我上不上去，我摇了摇头，说我要回去了，于是埋头开锁就欲离开。

“你这么早，急着回去干什么？”

梁燕的疑问自我的背后响起。

“不干什么。”我淡淡地答道，这也是我习惯性的回答。

“不干什么那你还回去？”梁燕不依不饶地问道。

我一愣，思维盘旋，搜索不到应该回答的辞藻，一串串疑问也自心底升腾，不断地质问着自己：我回去干什么？回去能干什么？从小到大，这都是父母长辈们说的话，像是告诫，又像是命令，无形当中已悄然深植在我们心底，成了圣旨，无力抗拒。

我缓缓转身，望着她问道：“既然不上课了，那我留在这里干什么？”

梁燕道：“反正也没事，不如我们上去把电影看完。”

我点点头，心想这主意不错，于是锁了车，和梁燕上了楼。

推开沈兄的门，我发现里面竟然没人，电脑开着，应该刚走不久，我随意坐了下来，梁燕点开电影就招呼我坐过来看。

还没坐上两分钟，沈兄就推门进来了，后面还跟着一个年轻的女子，模样娟秀，举止羞涩，看模样和沈兄还挺般配的。

“你们干什么？赶快走！赶快走！你，你，你，不要动电脑！”沈兄快步走了过来，下达逐客令。

“怎么了？我们反正没事，就在这了！”梁燕没有起来，紧握着鼠标抗拒道。

我也感到有点不好意思，于是便不动声色地站了起来。

“人家中文系的马上就要考研了，我要给她讲课，你们不能待在这里！”沈兄不耐烦的地解释道。

“是你的女朋友吧？”梁燕望了一眼站在门边的女子，促狭地说道。

“不是，不是，不要乱说！人家是来找我补习的。你们快走！”沈兄似乎不想在这个问题上浪费过多唇舌加之耐心有限得近乎稀薄，让我们心中的怀疑更甚。我见梁燕依然不依不饶地缠问着沈兄，情知如此下去只会让沈兄和那个女子更加难堪，于是赶紧劝着梁燕："既然沈兄有事，我们就不打扰了，电影随时都能看，我们还是走吧。"

说完，我当先走了出去。梁燕见我离开便也讪讪地走了出来。

"好了，现在电影也看不成了，我回去了。"我对梁燕说道。

梁燕看了看手腕上的表，道："现在还不到两点，这么大好的时光回家多可惜啊！再多玩一会儿吧！"

"那你还能玩什么？"我淡淡地问道。

梁燕想了想，道："我忽然想起我的作业还没做完，要不，你帮我做作业吧！"

我眉头一皱，不悦地说："你自己没长手吗？"

梁燕摇摇头，道："这不是手不手的问题，是我做不来。"

"你做不来的，我也未必做得来。我的成绩又不好。"我如实相告。

"那你就挑你做得来的做。"

"我没有帮别人做作业的习惯。"我摇头拒绝道。

"不管有什么习惯，我们先下去再说，站在这门口，影响沈兄的工作，不知情的人还以为我们心怀不轨，快走吧，快走吧！"梁燕不想在做作业的问题上过多纠缠，话锋一转，不由分说就将我往楼下推去。

"你的包好像没拿。"当我被推到一楼的时候我忽然转过了头轻描淡写地对梁燕说道。

"你怎么不早说？"梁燕嗔怪地说了一声，就朝来时路疯也似的掠去。

"沈兄没有骂你吗？"当我坐在一片树林掩映的一方石桌旁漫不经心地问了一句在旁边仔细搜寻作业本的梁燕。

"我是回去拿东西，又不是故意捣乱的，沈兄为什么要骂我？"梁燕手上没停，头也不抬地反诘道。

"你没有打扰到他们？"我促狭地问道。

梁燕暂停下手中的动作，抬起头来，平静地说道："沈兄是正人君子，他确实在给别人辅导，没有看见他们有什么亲密的举动，你要不信，你可以自己亲自上去'审察'一番。"

我连连摆手："得了吧，既然人家沈兄都是正人君子，我也不是什么卑鄙小人，这种损人不利己的事我可是从来不屑于做的。"

我刚一辩解完，梁燕就将一本硕大的练习册堆到我身边，然后又将一支笔递到我的面前。我一看，竟然是《金榜题名物理卷》，更是慌忙摆手推拒道：“对不起，我的物理烂到无以复加，请另请高就吧。”

“你是做不来还是不想做？”梁燕正色地问道。

“我是真做不来。”我摇头道。

梁燕叹了口气，顺手抽回练习册，翻到应该做的那页，道：“我自己做。”在做了一个选择题后忽又补充了一句：“你要没事的话就先走吧。”

“你一个人坐在这里做？”我狐疑地问道。

因为我实在不相信一个飞扬跋扈有些蛮横有些的刁钻不喜学习的女子会一个人静静地坐在树林中一方石凳下咬着笔杆做着习题。直到很多年以后当我再次进入师大校园内，在经过湖畔附近的那片丛林之中时，仍然会记得那个阳光炽烈却并不燥热的午后，伴着秋蝉的不厌其烦的嘶鸣，一个着浅黄色T恤扎着马尾的女孩在褪去了刁蛮、任性、浮夸、慵懒、焦躁之后的靓影在这一刻缓缓凝固。我相信我的记忆没有出现偏差，那一刻，她的确是美丽绝伦而超尘脱俗的。

鬼迷心窍般，我竟是再也无法向前踏出一步了，回家的欲望愈来愈弱，我被一种神秘的力量牵引着，不受控制的却在内心深处有一种隐秘的期待。我踏着步子径直折了回去，随后坐在她的旁边。直到这时我才发现我竟一直没有离去的打算，因为我的自行车，那辆“凤凰牌”的自行车，停靠在一棵粗壮的树干旁，熄灭了腾飞的火焰，久久憩息着。

“我帮你做吧。”我也不知道我是怎么说出这句话的，虽然我在极力否认，脑子里极力抗拒，可是仍然没有任何预兆地就脱口而出了。

梁燕愣了一下，停下了笔，抬起头，似笑非笑地说：“你不是说你不会做吗？”

“这些题我都做过，答案我都还记得一清二楚。”我淡淡地说道。

我说的是实话，并没有骗她。市重点中学用的课外练习册全是统一的。他们实行的是统一战线，因此，不论是课时的安排还是内容的讲解，都是统一部署，统一规划，甚至连教辅书都是统一的。教学的方式均标准化，学生们才能在激烈的中考竞争中战无不胜，因此才造就了如今名副其实的重点学校，在全市乃至全省范围内都是首屈一指，独占鳌头，能与其并驾齐驱者寥寥无几，屈指可数。梁燕读初二，我读初三，她们用过的教材和练习册我们去年就用过，对于教材和练习册的使用，学校是三年更新一次，即使练习册年年都在更新，那也只是在小范围内的修改和调整，大部分试题和类别都与往年一般无二，除中考部分。

我拿过梁燕的《金榜题名物理卷》瞧了瞧，发现上面的试题却是上一年度的延续，加上初三的复习模式本就是在不断重复初一与初二的习题中度过大部分岁月，所以我即使记不住答案，这些试题也并没有给我太多的为难，稍稍算了一下便得出了答案。

因为做题必须集中精力，我没有去看梁燕，当我做完时，发现她正在玩手机。彼时的手机虽然如雨后春笋般兴起，但也没有达到如今泛滥成灾的地步，在学生之中拥有手机的人更是寥寥无几。不过手机在那个时代的最大的用途还只是打打电话，发发短信，游戏也只有简单的“贪吃蛇”、“推箱子”、“俄罗斯方块”之类的在如今看来都快载入史册的单调乏味的老游戏，上网的功能也还孕育在胚胎阶段，尚待科技的阳光催生它破土而出，茁壮成长。

我以为梁燕在发短信，心里莫名地一阵恼怒，遂放下练习册，冷笑着说：“我在这里绞尽脑汁帮你做作业，你倒是玩得不亦乐乎？看来你这作业并不急着交啊？”

梁燕似乎并没有听出我话里的讥诮之意，而是欣喜地抬起了头，道：“你做完了啊？谢谢啊！”顺手将练习册拿了过去，看也不看，就往包里收去。

“对了，你有没有什么作业？只要我做得来，我帮你做。”梁燕在收完之后，又从包里拿出了一包杨梅，边撕边问我。

我摇摇头，随即又猛然点头。

“到底有没有？”梁燕见我又摇头又点头，一时不明就里。

“有是有，不过我有点不放心交给你。”我有些踌躇不决。

“只要不是物理啊，化学啊，生物啊，什么的，我就没问题。”梁道。

我想了想，道：“那好，你帮我写周记。”

“什么是周记？”梁燕一时没反应过来。

“就是一周写一次的日记，换言之就是作文。”我解释道。

“哦，不就是写作文吗？没问题！”梁燕微微一笑，信心满满地保证道。

我在车兜的包里拿出一本既当草稿本又当笔记本又当作文本的绿色框条的本子递给了梁燕，她接过来翻了翻，又还给了我，我正要开口询问，梁燕却说：“你这本子不仅正面打满了草稿，连反面也不放过，而我决定放它一马，就不再给它增加负担了。”

我接过来一翻，暗叫惭愧，赶忙塞进包里继续找本子，却发现只有英语试卷，没有多余的本子了。总不能让她写在卷子上吧？我想问又不好意思开口，只得暗暗叫苦，恨自己平时没养成好的习惯，关键时刻掉链子，真是懊丧！转头看梁燕，却发现她已经翻出了一本崭新的紫色封面的笔记本，开始写了。

“坐下吧，反正我笔记本多的是，用不用都一样。”梁燕没有直接解释，但是已无法否认她已开始书写的事实。

我施施然坐了下来，嘴唇翕动，哆嗦了半天，终于颤巍巍迸出了两个字：“谢谢。”

梁燕微微一笑，脸颊有些许微红，她没有在我礼貌性的回答中续接任何套话，而是顺手拿过放置在一侧的手机递到了我的面前，说：“你还是不要看着我写，我不习惯。”

我接过手机，翻开机盖，见上面刻着一个银色的“M”标志，知它是当时最流行的摩托罗拉系列，但具体是什么型号就不甚清楚，我也没有问。懒得问，问了我也记不住，只是玩玩而已，何必如此麻烦。当我点开开锁键，赫然停在游戏的框架，果不出所料，只有那经典的三款游戏——“贪食蛇”、“推箱子”、“俄罗斯方块”。我点了“贪食蛇”就开始玩起来。忽然想起梁燕自刚才放下手机后就没有动过手机，而我点开后白色的滚动条就赫然停在“贪食蛇”那一栏，这绝不是一种巧合，只是证明了一个事实：梁燕是刚才在玩游戏而没有发短信。我忽然感到一阵明朗和轻松，继而又陷入一种困惑当中。我不明白我为什么会如此在意梁燕才是发短信还是玩游戏，不管她是发短信还是玩游戏应该跟我没有任何的关系，我刚才确实很生气我在帮她做作业的时候她在一旁玩的态度，但是这生气的缘由我却发掘不出它的根源所在，最终只能将其归结于一种没来由的本能反应。因为我当时的脑海里只有两个推论：一个是她确实在玩游戏，一个是她在发短信。而我会惶恐于她在发短信，或者庆幸于她在玩游戏。但无论是哪一种情况，我都不可能将这种庆幸的欣喜之情溢于言表，因为这无疑暴露了我的弱点和内心的隐秘。它们都是“见光死”的产物，只能存活在阳光照射不到的角落里。而这角落绝非是阴暗而晦涩的，它只是一块遮光玻璃，像新疆舞女遮面的轻纱，有一种若隐若现、似真似幻的美丽。而在后面的产物也必定是温热的、有激情的、充满活力的，绝不是死的、晦气的、冰冷的。现在，事实证明，我的恐慌是多余的，是错误的，它在向着一条阳光熠熠的大道上前行，我焉能不喜？

正当我还在神游的时候,我发现我的“贪食蛇”已经被咬掉了尾巴,游戏结束,屏幕上闪烁着提示语“重来一次 OR 退出?”

我摇摇头,召回了魂魄,按了确定键,游戏重新开始。

“你的初吻还在吗?”梁燕冷不丁突然冒出了这样一个问题。

我的心里一阵咯噔,没料到她为什么会问这个问题,只感到脸颊在微微发烧,只得含糊其辞地“嗯”了一声。也没有看她,装作继续玩游戏。

突然嘴唇一热,同时带着淡淡的温润的潮湿般的气息,如沾着春水的柔软的丝缎,上面掺杂着浓烈的酒的味道。梁燕将唇以奔雷般迅猛的速度贴近了我的嘴,我还没有反应过来,思维还在前一秒她突兀的问题中忐忑不安地徘徊的时候,她已抽回了身子,似笑非笑地说:“我夺了你的初吻,你会不会怪我?”

我的思维和我的身体明显迟滞了,血液在这一刻才骤然凝聚,灵魂在这一刻剧烈地震荡,耳畔的呼呼声,秋蝉嘶哑的鸣叫声,大学生嬉笑打闹的喧哗声,广播里缥缈的音乐声,外界的一切的声音没有任何预兆地被排挤出隔离墙外,只剩下胸腔中“咚咚”而起的心脏的敲击的回音。

我记得耳畔最后的话是梁燕告诉我她有事先走了,然后将一张纸条塞进我的手中,接着,关于她的一切慢慢隐退。

当我的意识终于恢复正常的时候,我发现日已西斜了,秋蝉也叫累了,大学生三三两两地朝食堂走去,想是到了晚饭的时间。我摸摸嘴唇,还嗅得到一阵淡淡的酒的残息,我是确定没有喝酒的,那这酒的味道确定是梁燕留下的罪证无疑了。我不知道是该哭该笑,这让我有一种像被戏弄又像被关怀的错觉,它并不是我期待出现的一种境况,哪怕这种境况在外人看来或许是一种暧昧和调情,但是在我看来,却不以为然。

我的内心深处其实是排斥的,但是人的本能又让我隐隐有一种期待。如果让这种期待扩大化会怎么样?我没有想过,只大概揣测着这可能是一条通往罪恶的深渊之路。如果天主教中上帝所告诫的原罪确有其事的话,原罪被欲火点燃,终于燃遍了整个世界,于是谁都可以充当撒旦的接引使者,地狱的画面惨烈而冷酷,所受刑罚已超越人想象的底线,只要原罪在身,我们便解脱不得,在地狱的入口处排起了长队。若地狱是我们最终的归宿,那相形之下人间则是一片罪孽衍生前尽情放纵的游乐场。人们愿意在游乐场中耗尽最后一丝快乐,也不愿在极乐世界中禅坐一分而艰难得到那无尽的空虚和寂寥。

所以进入天堂的人寥寥无几。

而地狱却是人满为患。

我更愿意相信这是梁燕对我的一次挑逗而非真的情窦乍开，因为这样的掠吻技巧绝不是初次使用而展现得迅猛绝伦而毫不羞涩的。我心中忽然惊恐于她是不是曾以这样的方式掠夺过无数清纯男生的初吻以至于自己的技艺突飞猛进而达到无懈可击的地步。想到这里，我浑身不自觉一阵瑟缩，只觉得残留在唇间的酒气也变得如死水般腐臭而恶心，胃里也没来由一阵翻涌，我再也顾不得其他，径直冲进最近的研究生宿舍中的厕所中去清洗嘴边残留的污垢。

“哗哗”的水声响起，伴着四溅飞散的水花，我的衣衫湿了一大片，紧贴着胸口，有一种说不出的难受。抬头看着镜中的自己，眼神焦灼而迷茫。滴滴水珠自我的额上浸湿的发间落下，没有声音，亦如寂静的时空。

走出研究生宿舍大楼，我的心情平复了一些，加上清风一吹，脑中慵懒的信息开始复苏，蓬勃生长之中我了悟了一些事情。我记起了我来这里的初衷，我是来补习英语的，算算时间，已经快一个月了，我学到了什么？什么都没有学到，至少我确信下一次考试依然会不及格。这并不是我想要的，中考在即，我必须要为自己的前程考虑考虑，不能再这样放肆而糊涂下去了。有些东西必须要想清楚，我要舍弃的是什么？继而应该抓住什么？最终又会得到什么？选择迫在眉睫，这又是一个关卡，它让我有些心乱如麻，这是我父母让我报的补习班，我如果做出放弃的姿态他们会怎么样？愤懑、不满、叹息、幽怨、无奈，这些我都想到了，我不想让他们伤心，可是我又能说些什么呢？难道要我告诉他们有一个女的勾引我而我即使放弃补习也要保住自己的贞洁吗？可笑，谁会相信？没有人会相信我，除了当事人之外，即使是摄像头录下的图像也不能确保其信息的完整性。再说了，就算大家相信又怎么样？姑且只当个笑话，一笑而过罢了，甚至还会责怪你得了便宜还卖乖，那就越来越凌乱了，永远也说不清了。所以没学好和学不会放弃都是我的错，一切的责任都是我，一切的无奈只能忍气吞声。这一切都在我的权限范围之内，没有过火，还扛得住，我统统接下，因为我只求一个安静的明天。哪怕那个明天也无风雨也无晴，至少也要比此刻的处境要好一些。

从那以后，我再也没去过研究生宿舍，没再见过沈兄，后来沈兄打了一个电话询问了我的情况，我找了一个理由便推拒过去了。沈兄又说了一些简单的祝福的话并说有什么问题可以继续去找他，我哼哼唧唧含糊其辞地答应了。

我放下了电话，长长地舒了一口气，可是在呼气的同时却油然而生一种惆怅和寂寥，淡淡的，虚无缥缈，说不出，道不明，萦绕在我的周围，总会在那么一刹那间刺痛我最薄弱的神经末梢。

我忽然记起了梁燕在临走时塞给我的纸条，如果我猜得不错，那应该是她的电话号码。不知是可惜还是幸运，在那一天，也许是那一天，或许是不经意的瞬间，就再也找不到了。遗憾吗？没有遗憾吗？谁知道呢？在乎吗？不在乎吗？谁知道呢？我自己都说不清的东西就更没有人能代我解释了，我不需要解释，也不需要其中纠缠着的剪不断的蛛丝，我只需要记得曾经那一刻温存的画面，那简单得不能再简单的一幅近乎静止的图画，最好还能保留它的颜色和温度。心已满，意已足，便不会再纠结如斯了。

中考前夕，班主任召集部分学生开了一次会议，很明显这次会议就是针对这部分的同学而开。

这部分学生被称为后进生，说白了就是差生。我不知道其他班怎么样，反正在我们班，六十名之后的所有学生都有资格参加此次会议。为了确保会议的秘密性，班主任遣散了六十名之前的所有学生，让他们去操场上自由活动，不准他们留在教室里，也不准他们留在窗户外旁听。然后门就紧紧关闭，甚至窗帘儿也被有意地拉了下来，不知是为了挡太阳光还是挡人的脸，或者，为了遮丑。有那么一刻，我竟然有一种身为秘密特工要执行绝密任务而血流加速、头脑发热、眼神放光。而当班主任开口的瞬间，我又回到了冰冷的现实中。

我不能否认班主任当时态度的和蔼，眼神的慈祥，表情的亲切，如慈母般絮絮叨叨拉家常般与我们谈天说地，关怀着我们的未来。我们应该感到很高兴才对啊，这是班主任在三年来第一次用如此温柔的语气与我们说话，即使是王永志也没有得到过如此优待，我们还有什么不知足的呢？

抱着厚厚的一摞五花八门的职业技术学院招生简章和广告宣传单，随后班主任逐一发到了我们的手中，并且详细介绍各种技术学校热门的专业和对当前就业形势的预估与评价，最后得出了一个结论：只要我们就读于其中任何一家职业学院，我们将不会再为就业问题困扰，如此一来，我们的未来便可以毫无悬念地确立而不会再为分数和高考担忧了。

我听到了周围的笑声，那是在班主任说得天花乱坠的时候开了一个小小的玩笑，然后大家就笑了，气氛无比轻松，无比和谐，一切都是那么自然，没有任何别扭。在座的很多学生已经动心了，有的说要去烹饪学校学厨师，有的说要去职业技术学校学计算机，有的说要去酒店管理学院学酒店管理，还有的说要去纺专学纺纱……

（九）

班主任的建议无疑是切实可行的，在她的大力推荐和高瞻远瞩之下，在座的后进生似乎都甩掉了“拖后腿”的标签和耻辱招牌，而在这一刻看到了自己的价值，更看到了今后不再迷茫的进程和人生轨迹。他们兴奋地翻看着班主任发在手中的招生简章，喋喋不休地念叨着，坐在我旁边的申红梅指着这这那那的广告栏有意无意地告诉我她想要读什么专业，眼里放光不说还时时惊叫连连，引得绿色抹布般的窗帘也不安分地跳动，几个不老实的影子在走廊上小心翼翼地晃来晃去，窥探着我们的“欢乐”。

我却是无论如何也笑不出来，无论脸上还是内心。因为我并不觉得就读这些被班主任吹嘘得天花乱坠前程似锦的职业技术学院是一件多么辉煌多么骄傲多么引人注目多么欣喜若狂的一件事，因为只要是个人，只要交了学费，这些学校一概来者不拒，并不需要任何人的推荐，也不需要任何人的吹捧就能自由出入，来去如风。如果你愿意，你甚至不用上学，到了适龄阶段直接就可进入这些学校深造，早知是这个结果，那我为何还要浪费若干年的时间去进行所谓拼搏呢？而父母一次又一次花费辛辛苦苦挣来的钱去为我请那些家教又是为什么呢？

然而我的无助和绝望却并不是这一些东西在发酵在催生，因为那时我的思想还没到一定的境界，自然想不到如此深远的问题，彼时想到的更多的只是关乎现实的面子问题。

我只感到从此以后再也没有脸见人了。不仅父母要为我今后的前程担忧，更在亲友的面前抬不起头。我将要生活在社会的最底层，每日为衣食而艰辛地劳作，我曾经渴求的富裕生活、光荣前程等等尽皆化为泡影。我将会被不同阶层的人鄙视，不同地位的人嘲笑；我将没脸见我的同学，没脸见我的朋友，没脸见那些亲友。更重要的是，我对不起父母，我让他们失望了，我太不争气了，他们将以泪洗面，终日郁郁寡欢，而这一切都是我造成的，我的罪孽是何其沉重。偶尔想想也会在午夜梦回时吓得冷汗涔涔，我会失去快乐，失去幸福，失去自由，成为被人任意践踏的野草，虽然踩不死，但是活着也了无生趣，因为它毕竟是草，它终究是草，它成不了大树，成不了引人注目的焦点。宁做鸡头不做凤尾的人真是傻得可爱，它们自欺欺人的招数拙劣到令人捧腹，最终却不由自主地泪流满面。仔细想想，谁愿意做鸡头，鸡头再漂亮、再雄浑那又怎么样？它们依然是鸡，它们变不了凤凰，它们摆脱不了被屠宰的宿命，这种宿命感是如此无力，如此无奈，谁也改变不了这种既定的宿命，所以它们只希望今世能快些结束，在下一世它们将辉煌无限。如果是凤凰，它的每一个部分都是神圣而不可侵犯的，哪怕是一片羽毛也是弥足珍贵，可望而不可即，可遇而不可求的。它们的优越感可以覆盖一切，它们将永世飞在最高空，俯瞰下方的所有。

也许我注定就是与众不同的，老天不可能薄待我，我今生也就没有沦落到被踩在脚下、被剥夺自由、任人主宰的地步。我，没有选择任何的职业学校。那也是父母所坚决反对的，他们虽然没有许我一个光明的未来，但至少能扫开遮挡在我眼前的一片尘埃。

我并没有苛求更多，因为从父母身上榨取养分这无异于一种不孝和大逆不道的行为，我可不想被天打雷劈五雷轰顶，自然不屑为之。

至此，我的九年义务教育生涯彻底结束，没有什么特别留恋的事情，恍如一梦，醒来后了无痕迹。

在父母的努力下，我终于进入了为期三年的高中教育阶段，这是为迈进大学校门进行的最后一轮冲刺。

进入高中新生都要参加军训。一周的军训让我晒掉了一层皮。我只觉得自己的身体素质差到无以复加。从小母亲和外婆为了让我多吃一点饭不知着了多少急，操了多少的心。没想到晒了整整七天我竟然奇迹般没有晕倒。我记得在最炎热的时候十辆停在操场上等待救援的救护车清一色塞满了人，而那个时候，我眼角的余光一直乜斜着那条来来往往接连不断运送晕倒的学生的小路，我当时极其渴望在刹那间倒地，可是虽然汗流如注，皮肤灼热似火也没有一丝晕倒的前兆，无奈之下我只得放弃。

既然晕不了那就坚持下去。

当我终于结束这强化的训练回到家中的时候，感到恍如隔世，心里顿时轻松下来，站在洗漱台边上的我情不自禁伸手抚镜而叹曰：“君不见太阳之光如此温柔，朝如书生暮成煤。”我倒并不想沦为卖炭翁，只是觉得身体上触目惊心的变化让我有一种瞬间错位的感觉，无所适从，如灵魂瞬间被分裂。

不过很快地，当天气渐渐转凉的时候，那煤炭般的肤色很快在薄凉中销声匿迹，我又恢复了书生的“本色”。

高中校园看起来的确要比初中校园的档次高得多，无论是教学楼的建筑还是星罗棋布悄然隐匿在各个拐角处的雕塑，操场的空旷、植被的繁多、食堂的精致、宿舍的齐整而锃亮，这一切，都是初中无法比拟的。我那时会简单地将这一切归结为学校的财力、物力、精力的共同投入的结果，换句话说，钱用在了刀刃上，物有所值，人尽其力，于是很容易就把事情办成了。听说该校刚建立的时候，因为没有名气，虽然县政府拨了六百个学生给该校，谁知家长不放心，当即跑了三百个，校长三顾茅庐，吩咐当时所有教师和随行人员挨个打电话进行劝说，不分昼夜，想尽一切办法表明忠心、决心，让家长百分百放心，大有一种如果你孩子考不上大学，我就自刎谢罪的决心和气概。终于精诚所至，金石为开，那三百个学生终于留住了，并且在三年后的高考中取得了相当令人瞩目的成就。自此，该校脱胎换骨，如凤凰涅槃般腾飞，各种荣誉、奖章纷至沓来，数不胜数，光芒正盛，如日中天。

可是我很快发现其本质并不是像传说中那般可歌可泣，感人肺腑。学校的本质与行政体制息息相关，可以说是行政体制的展现。行政体制最大的弊端就是领导的绝对裁决权，领导是权威，是权力的集中体现，左右围绕的是他们的权力维护者与执行者，而老师只是充当了传达者。这样的传达者实际上有几分无奈，有时候甚至莫名其妙地被学生诋毁和憎恶。因为我在三年之中听到的出自班主任口中最多的一句话就是：“对不起，我没有办法，因为这是学校规定……”老师们做不了主，只能将学生的违规视为一种遗憾。但是遗憾归遗憾，铁血手段是必须要用的，不然受罚的就是自己而不是学生了。最重要的就是他们的奖金问题，虽然班主任并没有直接说明，但是我想我已经看出了问题的症结所在，而且，我相信，看出问题的不止我一人。他们不想跟自己的奖金过不去，只得依照学校规定处罚学生。我记得最深刻也最难忘怀的就是校服问题。学校要求学生穿校服不外乎昭示一种莘莘学子朝气蓬勃的气质，以证明该校的学生充溢着无限活力和生命力。当然，这只是表面现象，学校的领导对校服可是半点兴趣都没有，他们的重点是学校的招生计划和日益可观的资金，校服的统一规划只是为了应付教育局的检查。因为树大招风，越是名校受到的关注就越多。这种压力虽然是自上而下的，但是往往处在最底层的阶级受到的重压却是最深重的。学生所受的痛苦就只有学生自己明白。

时至今日，我仍然忘不了在一个冬天，学校要迎接什么什么检查，要求连续穿校服一个月。我们的校服只是一种最低劣的化纤所钩织的外套，面料拙劣到令人咋舌，稍微一用力便“皮开肉绽、支离破碎”，脱线更是家常便饭，不值一提。加上南方的冬天极其冷冽潮湿，即使在门窗紧闭的教室内也会冷得瑟瑟发抖。如果外套只是一件校服，那很容易感冒。那一段时间，很多人就这样因为学校的发展而献出了自己的健康，感冒者层出不穷，四十多个人的班级，竟然有二十多个人都因此而发了高烧。学校似乎也感到这样不太好，但是也没有办法，为了学校的辉煌，只能委屈一下我们。关怀的话自是免不了，不然就太不仁慈了。老师叫我们穿厚一点，我们只得往里面加，然后再套上校服。好了，这样校领导又嫌臃肿了，没办法，改变策略，变成外围发展，将外套穿在外面，这下，校领导又嫌看不见学校的标志和称谓，也不好。最后没有办法，只得硬扛。而硬扛的结果就是，那一个冬天，我们哭了，病毒放肆地笑了！

如果说感冒可以一笑而过，那不穿校服的后果就是欲哭无泪。我们班当时有几个转校生，校服的发放期早过，他们领不到校服这很正常，就事论事学校也不应深究。不过学校却并没有对这种情况作出正常的回应，只是将禁令下放到每个班，各班的班主任依照此禁令严厉执行。如此一来，那几个人很无奈地被赶出了教室，班主任只给出了一句话：自己想办法。经过不懈努力，皇天不负有心人，他们终于在即将毕业的高三学长手里借到了几套陈旧破烂却还能勉强着身的校服，这才终于“凯旋”。即将毕业的高三学生因为时间紧迫，压力山大，抱着以冲刺高考为终极目标的宗旨，校服穿不穿就变得不那么重要了，如此一来，他们就自然徘徊在规则之外。我忽然想起初中时候的化学老师曾经说过的一句话：任何规则都有例外。

因为高中是应试教育，所以很多时候你学不学习都与任课老师没有任何关系，只要你不影响他们的讲课，触犯他们的威严，克扣他们的奖金，那一切就万事大吉，相安无事。

那个时候“睡神”很多。每个班都不例外。特别是在冬天，以小规模为代表的“睡神集团”在教室的犄角旮旯处从清晨踏进教室的五分钟之内便次第进入沉睡状态，一直到放学的铃声响起，他们才会睁开睡眼惺忪的眼步出教室去吃饭。不过这都是对于一般“睡神”而言，如果是特殊“睡神”，那足以让人叹为观止，顶礼膜拜。宋宏亮，我们班的“超级睡神王”，在那几年中，我几乎没见他真正醒过。他每天到学校的第一件事就是垫一件衣服在桌子上，再披一件衣服就开始睡觉。有时候中午会醒一下去吃个饭，吃完饭回来又继续睡。一直睡到晚自习方才悠悠醒转过来，不过这个时候他还没有完全醒脑，待得完全清醒，恢复充沛的精力之后差不多就放学了。

对于“睡神”来说，他们绝对不会承认自己是“睡神”的，虽然在老师看来他们的睡眠确实有些长，但是其实我们心里都清楚，他们只是把别人睡觉的时间充分运用起来做了一些对自己来说特别有意义的事情罢了。具体是什么事情，在我所知晓的范围内主要还是以上网为主。至于其他，还并不盛行。

我们每一个人都有成为“睡神”的潜质，至少在学生时代。连老师也经常会无端发慨叹：“要是我也拥有如你们一般的睡眠那该多好啊！”人生如梦，梦如人生，一辈子就这么恍恍惚惚地睡过去了，没有什么烦恼倒也是一件颇为幸福的事。然而事实上，班主任是不容许这种现象存在的。因为年级主任会不定时地在每个班的门口晃来晃去，美其名曰“上洗手间”，实际上就是查课。年级主任的眼光非常刁钻，只要有人睡觉，立马扣分，即使你没有睡觉，哪怕头只是微微低着，从远处看就像在睡觉，这种情况也会被记。因为有些人睡眠技巧很高明，他不用趴在桌子上睡，只要眼睛轻轻一闭，头轻轻往下一垂，不一会儿，就进入酣眠状态。年级主任为了彻底打击“睡神集团”的嚣张气焰，于是不遗余力以雷霆万钧的速度、狮子搏兔的手段、鹰隼一般的眼光搜寻、捕捉一系列该集团的“犯罪分子”，秉承着“宁可错杀一千，不可放过一人”的严酷宗旨，铺天盖地，席卷而来。在此万马齐喑的非常时刻，确实有许多冤枉的人，有时候刚刚埋下头就被莫名其妙地记下了，这就是名副其实的“被”登记。可是有什么办法？你是被年级主任给登记的，有本事去找年级主任理论想办法将自己的名字划掉，不然的话，惩罚是逃不过的。年级主任一般是不会擦掉任何人的名字的，哪怕你有诸葛亮舌战群儒之能也于事无补。因为年级主任的权威和尊严在那摆着，他是领导核心坚定不移的维护者和拥有者，他不可能拂了自己的面子去给你擦掉名字，因为那无异于一种变相给你认错道歉，想想可能吗？既然不可能那就只有自己噎着、吞着，自认倒霉了。

处罚的手段很简单也很实在，既然你扣了班上的纪律分也就是扣了班主任的奖金那就交钱补缺就行了。当时一个人是五十，那就交五十就行了。可是对于高中生来说，这五十块钱并不是一笔小数目。住校生一般一周也就一百块钱左右，我是走读生，但中午要在学校吃饭，也只有五十左右。这一次睡觉被记就交五十，谁受得了？罚了几次就囊空如洗，开始叫苦连天，这样一来，在一段时间之内倒也起到了不错的效果。不过好景不长，很快“睡神”们就摸到了一个规律，因为人眼的可视范围有限，只要教室的门没有打开，年级主任也不可能厚颜无耻到直接在众目睽睽之下推门进来查课，那就只有站在窗户外面有意无意地来回逡巡。教室的犄角旮旯处就是一个视线的盲点，不管外面的人如何扫描，除非他有透视眼，否则绝对看不到在这角落里睡觉的学生。这里也自然成了一片得天独厚的风水宝地，经过和老师的磋商，最终默许一部分实在想要睡觉的人干脆去跟那些盲点处的学生换个位置，待得你睡醒之后再调回来。因为座位每周都在轮换，加上当时我们教室的盲点位置又比较多，所以平摊到每个人的头上的机会倒也均等。这样一来，虽然睡觉问题没有得到彻底解决，但至少老师的奖金从此也没再往下滑，睁只眼闭只眼之后倒也相安无事，和谐美好了。

广播体操，这是每个学校都会纳入中学生健康发展教育之中的一项必修内容。也许有很多学校都会马马虎虎或者使一个障眼法就那么搞一套形式主义而已，但是在我们学校，却搞得风生水起，如火如荼。校长为了展示本校的别具一格的发展特色，召集手下得力战将，自行研发设计一套舞蹈，曲名曰“巴拉巴拉舞”，再配上一首不知名的外国音乐，鲜明的节奏、动感的韵律，让人很容易就联想到凤凰传奇的《最炫民族风》。不过那个时候《最炫民族风》还没有诞生，联想穿越不了时空，姑且不作联想。只看这一种近乎街舞的广播体操，在全国的中学教育打响了名声，很多学校不远千里跑来取经，希望能得到我们学校的一套体操教学视频，以将这种跨时代意义的辉煌创举以地域化辐散形式传播开来，不仅能增加学生们的爱“操”热情，更能激发其全面发展的隐性基因。说得冠冕堂皇，言辞恳切，可最终都未能如愿，这些学校只得悻悻而去。有些学校想要东施效颦，无奈学艺不精，记忆不全，跳着跳着就变成了不伦不类，惹得众人哄堂大笑，脸面丢尽。

除了“巴拉巴拉舞”这套特色广播体操之外，还有一套《感恩的心》手语操。这套手语操就不是我们学校独创了，而是中国聋哑人舞蹈艺术团所创，其目的就是叫大家学会感恩，学会爱，学会关怀。

乍听这支歌，乍跳这支舞，我们确曾被感动得热泪盈眶，甚至在开学的第一个月里，都会情不自禁地跟着欧阳晓菲缓缓而歌。可是这一听就是三年，三年里它已经与我们的灵魂紧密交融，挥之不去，似乎随时随地都不受控制地萦绕在耳边，那种感觉再不是被感动得热泪盈眶，而是被折磨成长歌当哭，痛不欲生了，真心是这辈子都不想再听这首歌了。

一套“巴拉巴拉舞”，一套《感恩的心》，就是我们当时的广播体操。

因为高中跨了地域，虽然同在一个省，但是隔着数百公里的距离，数百个乡镇，口音自然不尽相同。这可害苦了我，初来乍到之时，我愣是听不清楚当地同学说的什么，看着他们言笑晏晏、谈笑风生的样子，我硬是插不进一句话。那段时间我是最孤寂而无助的，几乎成了绝缘体。不过坏景不长，凭着我的强大适应力，很快便弄懂了这里的各种方言，自然而然就融入了进去，与他们打成一片。

说句实话，直到现在为止，我依然对故乡的方言情有独钟，至于其他地方的方言，我自始至终都觉得它们难以登大雅之堂，也就难以印入我的心中了。

我深厚的文学功底和对文学与生俱来的钟爱，使我的魅力无法内敛，在恰当的时机到来的那一刻，我不可逆转地被推到了风口浪尖，斗转星移间又一次成为了风云人物。

我感觉自己的灵魂是矛盾而错位的，是截然不同的两个性格深深交织在一起，造成了我时而内向，时而外向的罕见特征。我不知道这样的性格会给我营造怎样的人生和未来，但是不管什么情况，我始终都会感到一种难以言说的孤独和落寞。这并不是我希望出现的情况，但是又不知道应该用什么方法去改变它。直到多年以后，我在聆听一位心理分析师的演讲中才恍然大悟。原来人都是复杂而多变的，没有任何一个人是简单得可以用内向和外向这样毫无生气的词语来概括和诠释的，人们可以根据不同的境况进行转变，一个内向的人也许会是一个出色的交际家，但是一个外向的人有可能是一个具有疯子潜质的“人来疯”。而内向与外向就像祸与福一样是紧密相连、不可分割的。在我学习了唯物主义辩证法哲学之后，我又加深了对这一层道理的理解和感悟。

成为风云人物是有条件的，而我的条件依然是隐匿在灵魂中擎天撼地的朗诵气势。

那是金秋十月的一天，碧空万里，阳光明媚，千丝万缕透过大开的窗户洒向宽敞的教室，照亮每一个角落，却并不使人觉得有多么的炎热。即使灼在眼睛上也是略带着一丝温柔的疼痛而恰到好处，只感觉无比恬淡和心宽。

那天我们正在上着徐志摩的《再别康桥》，其实这首诗大家都很熟悉，诗中所列举的种种意象和表达的意境也都显而易见，不需要多费唇舌进行深究，所以讲这首诗也只花了十分钟不到，剩下的半个小时就让我们自由发挥，也就是朗诵。

这下子,大家的兴致瞬间高涨,即使“睡神”们也猛然从睡神状态中惊醒过来,饶有兴致地瞅着上台人接二连三地出着笑话。

第一个自告奋勇上场的是谭磊，他确实是全情投入，表情也丰富多彩，无奈声音太小，连语文老师陈静都皱着秀眉努力凑到讲台下侧耳倾听，似乎也听得不甚真切，就更别说后面的人了。后面的人急不可耐，大声嚷道：“大声点，听不清楚！”

分贝终于提高了，我们也终于听清楚了，那是最后一句话：“我挥一挥衣袖，不带走一片云彩。”

掌声稀稀拉拉，格外零落，大家眉头微皱，不甚满意。

第二位上场的是柳洁，神色充分，音调不偏不倚，似乎有些刻意为之，做作得有点过了头，不觉间听得大家浑身一阵发麻，鸡皮疙瘩此起彼伏，暗暗低呼受不了，最终也只赢得了稀疏的掌声。很显然，大家有些失望，语文老师也是摇摇头，嘴唇轻噘，无奈地鼓了鼓掌，然后将视线投入众人中搜寻新的希望。

后来又陆续上去了几人，只有一位博得了大家的喝彩，她叫叶珊，长得玲珑秀美、乖巧可人，加之声音甜美，情绪起伏有致，很受大家的喜欢。陈静听后也是笑容满面，不过仍然提出了一丝小小的建议，认为感情还可以不受限制地再放开一点。

还有几分钟就下课了，这个时候，气氛异常紧张，大家面面相觑，再也无一人敢踊跃上台展示自己的风光。

“还有没有人主动上台为大家展示自己的？”陈静微笑地看着大家，声音温柔，眼光如秋水般缓缓漫过每一个角落。

“有没有？大家勇敢一点！这可是一次锻炼自己能力和勇气的千载难逢的机会，如果在这里都不敢展示自己的话，那你们出了社会以后应该怎么办？交际和展示也是人生中最重要的课程，即使你的能力再强，如果不展示出来，就像一层蒙了灰的金子，最终埋在地下，无人知晓……”陈静见无人上台，便晓之以理，动之以情，絮絮叨叨鼓动着我们体内暗无天日的勇气和被胆怯隐匿的壮志雄心，在那一刻，我的心狂跳不止，难以压制。

“喂！你不是说你喜欢朗诵吗？”背后的戴小芳戳了我一下打趣着说道。

“我那是说着玩儿的。”我言不由衷地快速回了一句。

“我当你说的是真的。”戴小芳狡黠地说，“快举手吧！展示一下，我想瞻仰瞻仰你的风采。”

“行了，行了，别推了，我上去就是！”见我这般说，戴小芳终于停止了摇晃我身体的手，惊喜地说道：“你说的是真的？”

我懒得理她，毅然决然地举起了手。

既然已经决定做某件事，我还犹豫什么呢？那一刻，我血液狂飙，灵魂几欲透体而出，须臾直上九霄。

“好！”班主任大声说，满眼惊喜，“我终于看到一位真正的勇士，来，有请这位同学！”

我深吸一口气，缓缓闭上眼睛，勉强压制住狂跳的心脉，然后迈出步子，一步一步，朝讲台上挪去。我感觉自己的脚步格外沉重，似乎背着一座大山，压得我喘不过气来。教室瞬间安静下来，四十多道目光尽皆扫射在我的身上，毫无顾忌地来回穿梭，如万箭穿心般，而我却感觉不到丝毫的痛苦。

亦如三年前。

讲台。

《满江红》。

这首诗我太熟悉了，熟悉到我不假思索也能倒背如流。所以我根本就没有拿书。而第一排的许辉却悄无声息的将打开的那一页摆在了我面前。

我收摄心神，微微一笑，缓缓摆了摆手，然后合上了书，启唇，声音轻的，缥缈的，仿佛来自遥远的天边：

轻轻的，我走了，正如我轻轻的来。

我轻轻的挥手，作别西天的云彩……

眼前的事物越来越朦胧，阳光将四十多张面孔悉数染上一种梦幻的色调，不甚真切，迷离如镜花水月，旋转升腾如扑火的流萤，我从没想见在此时的画卷竟然美丽如斯。恍惚间，我看见了大家如醉酒般迷蒙而沉醉的脸。就连陈静，她的眼光也尽显迷醉的旖旎而遥远的期盼。

一曲终了，我再次闭上了眼，不出所料，耳畔，掌声如电闪雷鸣，经久不息。大家不断地高呼我的名字，几近疯狂。外班的学生不明就里，纷纷挤到我们班教室的窗前，想要探知我们班如此疯狂的原因。

我几乎是被簇拥着回到座位上的。

各种祝贺、恭喜、佩服之声不绝于耳，我虽然表面微笑不停，但内心早已眩晕，深怕无意间跌进一个深层的梦里，就像《盗梦空间》中的梦中梦，一个不慎，就再也醒不过来了，只能永世滞留在混沌世界，空留一副躯壳，与植物人无甚分别。

当大家的激动渐渐冷却，背后忽觉又被人戳了一下，戴小芳笑靥如花，双手捧着自己的语文书，柔声说道："大明星，给我签个名吧。"

"好，拿笔来！"我心情大好，英姿勃发，谈笑间，大笔一挥，行云流水般签下了我的名字。

其余人等见我如此，纷纷群起而效仿，拿着书就冲到我的桌位前：

"仁兄，签个名吧……"

"大哥，也给我签一个吧……"

"帅哥，你朗诵得好好哦！我爱死你啦……"

"同学，给我签一个吧……"

刚刚冷却的激情在我签下第一个名字后顷刻间便死灰复燃，整个班级轰然大乱，熙熙攘攘，热闹非凡。笔在手间不停地急挥，我只感到手臂越来越酸麻，苦不堪言，却也毫无办法，只得勉力支撑。

正待我即将崩溃的时候，一声大喝，如惊天霹雳硬生生将教室给轰了个遍，所有的学生，刹那间万马齐喑。

原来是数学老师贺敏。其实此时早已上课，陈静不知何时已悄然离去，因为我朗诵的震撼太过强烈，导致大家激情澎湃之时忘记了下课，甚至忘了强悍凌厉的数学老师已出现在门口。

众人见此情景，才灰不溜丢地跑回了自己的座位，有部分人却急着朝教室门口冲去。

“干什么？站住！”贺敏厉声喝道。

“上……厕所……”那几个人讪讪地答道。

“你们下课在干吗？知不知道现在已经上课了！下课就知道疯耍，到了上课才想起要拉屎拉尿！高中生了，要高考了啊！还是这个样子！你看看你们！哪里还像高中生……”

“老师，我们没下课……”坐在第一排的曾晓雪小心翼翼地低声解释道，虽然声音细若蚊蝇，却是一次不亚于农民起义般的反击。此话一出，它立刻掀起了一股巨大的浪潮。

（十）

“是啊，我们没下课！”十几个同学随声附和道。

“你们上一节是什么课？”贺敏问道。

“语文！”全班同学齐声答道。

“哟！还挺理直气壮啊！”贺敏怒极反笑，“你们是不是很喜欢上语文课？”全班喑哑无声，不期然纷纷垂下头。

“好！”贺敏拍拍手，沾满指尖的和掌心的粉笔尘埃迅速弥散在空气中，很快消弭不见。

“那这节课就不上了，你们爱干吗干吗！”说完，“啪”的一声将数学书扔在陈旧而满是粉尘浓烈的讲台上，然后径直离去。

待贺敏的脚步声消失之后，全班一片哗然。

“大家安静一下，安静一下！”数学科代表吴霜霜站了起来，大声说道。

“我去请老师来，你们大家不要再说话了。”说完，神色匆匆地奔出了教室，去寻觅贺敏的身影。

吴霜霜走后，班上的混乱情形有增无减，喧闹依然。

班长程博涛走上了讲台，扯开嗓门喝了一声，道：“大家安静，不要讲话，各人先自习。”

也许讲台本来就蕴含着一种无上的威严，在程博涛的用力一喝之下整个喧闹的声音倒也减去了不少，很快变成小心翼翼的窃窃私语。

对于当时的数学老师贺敏，我们很难接受她这种不苟言笑以及严厉到变态以及性格极端古怪的行为和教育方式，彼时并不能理解她的这些浑身是刺的特性，好长一段时间之后，班主任才悄然告诉我们数学老师种种怪相的缘由。原来，贺敏自结婚以来，一直没有孩子，为此，婆婆背地里颇有微词，身为数学老师的她拥有强大的逻辑推理能力，焉能不知？贺敏不愿背上一个“不完整女人”的罪名度过一生，便夜以继日地与君奋战，终于苦心人天不负，怀孕成功，婆婆喜不自胜，飞短流长不攻自破。然而好景不长，上天造化弄人，贺敏因为一次洗澡不慎滑倒导致流产，婆婆闻言如五雷轰顶般当场晕了过去，不省人事。经过一番抢救，命倒是保住了，意识也复苏了，不过却落下了半身不遂的病根儿，每天絮絮叨叨，长吁短叹，不用刻意去听也知道她在叹什么，吁什么。贺敏心中的痛苦并不比婆婆少，但是眼泪总有流尽的时候，在家里不敢乱发脾气，但是在学生面前却不能展现悲伤，只能以冷冽和怒喝伪装自己。可是学生有什么错？自然不能平白蒙冤，所以在相当长的一段时间内，大家怨声载道，一上数学课就做其他的，为此，我们班的数学成绩总是全年级倒数第一。这种情况一直持续了两年。直到两年后班主任才将这个秘密告诉了我们。我们幡然醒悟之际，却想奋起直追，期许超越数个班级，大放异彩，以为班级争光。而学校却在这个异常关键的最后一年里进行了一次班级教师全面大洗牌，很不幸也很幸运地将贺敏给“洗”走了，换来了一个二十多岁的年轻老师，自此，我们的数学课才算真正走上了正轨。后来，直到我们快毕业的时候，我们得到消息，贺敏再得上天眷顾，再次怀孕成功，从此性格三百六十度大变，看见谁都喜笑颜开，温柔如水，众师生都以不同方式表达了对她的祝贺。并且，婆婆也奇迹般地从病床上翻了起来，行走如常，医生护士瞠目结舌，叹为观止，连连感叹此乃生命的奇迹，几乎要达到顶礼膜拜的地步。不过这是后话，我们要说的，不是这个。

新的环境总是会带给人一种异样的兴奋，这一切在高一的学生身上格外明显且引人注目。彼时，学习劲头充足得过了头，大家豪情万丈，觉得考上重点大学那是小菜一碟，易如反掌，还藐视高考怎么这么没水准，拿这些玩意来鼓捣我们，不是侮辱我们的智商吗？太看不起我们了吧！还恨作业为什么这么少，做完了都没什么事干，与初中相比，没有重担，反而减压了。我在那一段时期内特别自负。

因为作业少，因此，我们的闲暇时间便颇多。刚聚在一个新班级的我们谈天说地，什么都聊，也不拘前后左右，哪里有人头，就凑向哪里，眼神放光之际，唇舌弹跳不绝。

刘跃军在我的旁边夜以继日地给我讲着他家乡的奇闻逸事，李倩在我前面给我八卦着班上的帅哥美女。

“哎，我给你讲啊，我们那个村头啊，一到夏天，就会听到‘唬唬’的叫声，大家都不知道事什么，一到晚上特别明显，吓得人们睡不着觉，有些胆大的便想去弄清楚是什么声音，于是组成敢死队去探秘……”刘跃军絮絮叨叨眉飞色舞地描述着。

“哎，我问你啊，你觉得我们班哪个女生好看，哪个男生最帅？”李倩兴致勃勃地问着我，还没等我开口，便自顾自地接道：“我觉得那个角落里的女生最漂亮，那个坐在中间的男生最帅……”

“哎，后来那些人终于找到了声音的来源，来自我们绕村的一条小溪。然后他们就在水边观察，拿着木棍、石头，不停地击打着水面，想把那个发出怪声的东西给弄出来。连续鼓捣了三个晚上，什么也没弄到，却在第四天晚上发生了惊变……”刘跃军眼中忽然绽放一缕神光，犹如神魔附体，着实吓了我一跳，还没有等我平定下来，李倩却喜笑颜开拍了拍的我的手背说：“你有没有女朋友？”

“你知不知道那吓人的东西是什么？”刘跃军的声音在李倩的声音刚刚结束之时便恰逢其时地接了上去，简直是天衣无缝，完美无瑕。

为了兼顾两边，我只得缓缓摇了摇头，一举两得，将两边的问题一齐拿下了。

然后李倩喜笑颜开，刘跃军继续手舞足蹈。

我的脑袋忽然有些眩晕，总感觉哪里不太对劲，这欢乐的场景似乎太过美好，而太过美好的东西总是会在不经意间骤然消逝，留下的，只是一团空气。

“鳄鱼。”刘跃军一本正经地缓缓道出两个字。

“我下课就去找她。”李倩笑意盈盈地说道。

刘跃军家乡那只伤人的鳄鱼终于死于一伙年轻力壮的小伙的乱棍和锄头之下。据说每家每户还不多不少地分了一杯羹。他努力回忆鳄鱼肉的味道，却总是不能确定其味道到底与什么动物最相似。

李倩开始殷勤地给我八卦着那个女同学的一切，一会儿说她长得怎么怎样漂亮，一会儿说她性格怎么怎么好，讲着讲着似乎遗漏了什么，便慌不择路地开始补充、增删，最后塑造了一个我无论如何也无法完整拼凑的女生形象。

第二天，刘跃军突然改口说其实不是什么鳄鱼，就是一条狗，不要见怪，昨天只是调节调节气氛，开了个玩笑，嘿嘿……

李倩忽然正色地告诉我其实那个女生长得不漂亮，性格也不是我昨天说的那么那么好，不过还行，我都约好了，你不会拒绝吧……

我的脑袋又开始眩晕了，耳朵也开始嗡嗡地轰鸣了，刘跃军和李倩的面庞忽然在我眼前快速地交错、重叠，不断变换，表情在瞬息间淡入淡出，时隐时现，笑变成严肃变成迷离最后变成婴儿一般的无知，最后在一片鸿蒙中逐渐消散……

我开始怀疑一些东西，其实在这之前我是很相信一些人说过的一些话，我将他们当成朋友，当成兄弟，他们滔滔不绝的谈天说地，经验老到地侃侃描绘着他们的过往，是那样丰富多彩、如梦如幻、层出不穷、扑朔迷离。我会认真地一丝不苟地倾听着，我总会在恰当的时机起着一个连接点的作用，或者不住地点头，不住地赞叹，总会让他们更加激烈地讲述下去而毫无疲累之感。我想自己是多么上等的倾听者，不论什么人靠近我都会将心中的隐秘、过往的遗迹、无关紧要的小事讲述给我，而我会努力地去听，努力地去剖解、分析，努力地去提出心中的疑问，而从来不会辨别其内容的真伪和可信度的强弱。事实证明，只有我，或者只有少数的几个人才会认真倾听，其余众人都会嗤之以鼻，甚至还暗笑我的愚蠢，以至于我无话可说、难以辩驳。

李倩约好了一个女孩儿，刚一放学就拉着我朝着死水湖那边奔去，一边跑一边催促："可不能让人家等久了！"我说等一下，还有东西没拿，转身立马奔回教室。彼时学校管得甚严，中午实行门禁，晚上出校还要查校牌。李倩说那女生是住校生，住校生无法出校门，如果要吃饭只能在学校吃，那埋单的差事没有任何悬念地就落到了我的头上。因为饭卡中的余额严重不足，我不得不找姜凡借了一张，那臭小子还喋喋不休地叫骂："下次还我两顿！"我懒得理他，径直跑了出去。

我和李倩跑到死水湖的岸边，靠着整齐的石栏。我手抚石栏，四下张望，搜寻任何一个可能是我约见目标的女生。当然，仅限美女，恐龙级别的雌性动物自动被我视网膜中的防火墙隔绝到千里之外。

李倩似乎比我更着急，东张西望了半天，也没有停顿下来。

如此，等了五分钟，也没见个女生在这边驻足。

"喂，她不会放我们鸽子吧？"我不以为意地问道。

其实我并没有抱多大的希望。该来的总会来，不该来的等多久都没用，既来之，则安之，我只是顺其自然罢了。

李倩摇了摇头，坚定地否认道："不会。"

"来了，来了！"李倩忽然发出一声惊叫，震得我差点跌进死水湖里，刚刚稳住身子，就见李倩的身影朝着前方一棵柳树旁奔去。

我顺着李倩的身影看到了一个与她仿佛身形的女生，二人嘀咕了几句，便携手朝我这边走了过来。

我简单地理了理头型，顺了顺衣襟，然后一步一步迎了上去。也许是一直抱着顺其自然和无所谓的态度，我的心竟然异样的平静，没有波澜。

“来,我给你介绍一下,这就是今天的女主角,这是我同学。你们好好聊聊吧,我半个小时之后再过来。”李倩嬉笑连连，语毕，立马闪人。我在电光火石间抓住她，小声质问道：“等等，我连她名字都不知道，怎么聊？”

李倩促狭地看了我一眼，打趣道：“你不知道问啊？”

言罢，如兔子般跑得飞快，转眼就已消失在拐角处。

那女生见李倩跑远，也不禁恨恨地骂了两声，不过因为声音太过微弱，我愣是一个字都没听清。

趁她还没有转过身来，我偷偷瞟了她一眼，发现她的身材娇小玲珑，长发及肩，光从背影来衡量，也能让人有一丝赏心悦目的感觉。

见李倩确实无处寻觅，她才悻悻地转过身来，然后略带羞怯地缓缓朝我走了过来，因为她的头一直低垂着，我也无法看清她此刻的表情。

“你好。”我不冷不热地招呼了她一声。

话一出口，我就后悔了，也许是深受语文课的荼毒，我一张嘴竟然没有任何来由地冒出了普通话，这在普通话极不普及的蜀中地带，简直如北京人进川一样让人瞠目结舌，惊愕不已。

正待我想立马转换音调时，她却用一句标准的普通话略带羞涩地回了一句：“你好。”

我心中的懊丧和窘迫忽如清风拂山岗似的被清扫而空，敢情她是外省人！如此一来，我们极其自然聊了起来。我的普通话不甚标准，平翘舌不分，往往说了一句还要经过郑重其事地修改一番方才罢休，不然只觉得丢了蜀国的脸，抹了天府之国的黑，这种负罪感在外界看来自是不以为意，但在我心中却觉无地自容，难免要战战兢兢一番。

“你好高哦！”她怯怯地说道，语气中带着些微的褒赞，并且顺势侧过了脸。

我终于看清了她的样子。

她的脸如她的身躯一般娇小，刘海叠叠，轻柔地垂下覆盖着淡淡的眉毛，眼睛小而灵动，鼻子娇挺而秀气，嘴唇薄而轻柔，再配上一套差强人意的校服，虽算不上很美，但亦有一种让人顺心的略略赏目的韵味。

“我高？”我疑惑地皱着眉头，“好像从来没有人说过。”我说的是实话，我觉得自己并不高，甚至还一度为自己身高没能达到理想状态而黯然神伤了很长一段时间，直到终于了悟身高乃父母遗传、天命所使，人力难以更改，便乐天知命，渐渐放平了不忿的心态，也没去在意自己的海拔属于高原还是丘陵，如今她如是说倒使我显得异常震惊了。

她察觉到了我语气中的不以为然，旋即笑笑，扭转了语气道：“也许是我太矮了吧，看见比我高的都觉得高。”

“哦，原来如此。”我佯装恍然大悟，不置可否地点点头。

“我叫白灵。”她说道。

“挺好听的名字。”我顺水推舟地说道。

“对了，你是哪里人？”白灵继续问我。

“我就是这里的人。”我淡淡地说道。

“那你为什么说普通话？”白灵疑惑地问道。

这个问题一出，我立刻觉得脑袋嗡的一阵轰响，待稍微清醒一些便又有了一种啼笑皆非的感觉，心下思忖：这句话本是我要问你的，只是懒得问，没想到竟反问起我来了，你如果不说普通话我会莫名其妙地说下去吗？真是让人百口莫辩，不过我依然淡淡地用纯正的四川话回了一句：“我真是天府良民。”

她恍然大悟地哦了一声，然后接下来我们便用四川话开始了交流。

我和白灵的谈论没有什么特定的话题，几乎是东扯一句西扯一句最后再莫名其妙地拼凑成一个话题。这种谈话很奇怪，仿佛我是在不同的空间和地域里来回穿梭，终是找不到一个停顿的地点，只有继续漫无目的地浪荡和飞翔。不过这样一来，时间倒过得很快，不知不觉，李倩就悄然出现在我们的背后，大声说了一句：“你们聊得真开心啊！不过总得吃饭吧！”

白灵不好意思地笑笑，抓着李倩的衣襟就开始嬉笑打闹，而我也只是一直露着礼貌性的微笑。

等她们闹够了，我差不多也不想笑了，然后才开始决定吃饭的问题。此时已经十二点过半了，我们来到食堂却发现菜饭已告罄，虽然还没有卖绝，但尽是些残羹冷炙，别说是李倩和白灵不爽，没有食欲，就是我看着也是嗤之以鼻，提不起丝毫食欲。最后商议还是去二楼买一些小吃果腹。李倩和白灵东挑西选了半天买了一包“浪味仙”、一袋臭干子、一袋泡凤爪、一包鲁记串串、一袋酒鬼花生、两杯豆浆以及一小盒绿箭薄荷糖，我则买了一个汉堡、一杯豆浆。在付账的时候，李倩掏出饭卡，我一见就条件反射似的掏出饭卡在她之前刷了。李倩什么都没说，继续把卡放了上去，我瞟了一眼，无意中发现读卡器上显示着红色的数字：1.6。我心里直嘀咕：这不明摆着是让我埋单吗？李倩似乎不好意思，小声说道：“让你破费了。”我嘴上连连说着“没什么”，心里却想反正这又不是我的卡，刷多刷少又有什么关系呢？虽然这种想法很自私，不过事实却是如此。我们借别人的东西，都会肆无忌惮地榨取着其中的剩余价值。出于情面，我们在物归原主的那一刻露出讪讪的笑容，报一两声“不好意思，这里给你弄坏了”“不好意思，我用超标了”“不好意思，这里给你弄脏了”，理由层出不穷、五花八门，当时借的人什么也无所谓，过后却会深深铭记，以此为辱，发誓再也不借任何东西给某某人。

其实我是这样打算的，当我还卡给姜凡的时候，如果他没有任何疑问，我也不会主动给他讲述事情的经过，更不会给他报知卡里的余额。他如果问起来或者一定要我还，我当时应了他，然后慢慢推脱，最终时间一长，自然就相忘于江湖，岂不美哉！我以为我会小赚一笔，至少觉得没有吃亏，直到很久以后我才明白，人在江湖，欠下的债无论多少都是要还的。殊不知我们在敲打着自己的如意算盘的时候，别人也时时刻刻在敲打着他的如意算盘。

因为食堂就餐的高潮已过，热闹与嘈杂如卷过的狂风一般消弭，空阔安静之中，我和李倩、白灵便随意挑了一处干净的地方坐下，一边聊天一边吃东西。吃完以后，李倩给我使了个颜色，暗示我先行离去。于是我辞别了二女，转身朝教室奔去。回到教室，已临午休时间，加上班主任在教室里来回逡巡，班里安静得出奇。我蹑手蹑脚地回到了座位上，翻出历史练习册信手做了几道选择题，一阵困意猛然来袭，我按捺不住，趴在桌上，沉沉睡去。

下午第一节下课以后，李倩将我拉出了教室之外，小声问我：“怎么样？你想好了没有？”

“什么怎么样？”我有些没反应过来。

“白灵对你的感觉不错，她说如果你愿意……”

“我不愿意。”李倩还没说完我已明白其意，遂摇头摆手否决道。

“为什么？”李倩感到奇怪。

“她不是我喜欢的类型。”我淡淡地说道。

李倩若有所思地点点头，这件事就这样结束了。

其实拒绝白灵除了没感觉之外还有一个原因：那时我已悄然喜欢上坐在我身后的戴小芳。

在我看到戴小芳的第一眼时，我就感觉自己莫名其妙地掉进了一个汹涌澎湃的激流中，无力挣扎，就这样眼睁睁地无动于衷，任凭自己的身体沉入旋涡的最深处。

戴小芳长得不是特别漂亮，但却绝不会与美丽一词分道扬镳。她属于那种温婉娴静却绝不是逆来顺受的闷罐子的女生。她的头发浓密而绵长，蓬松柔软，让人很自然想起天鹅的羽翼，让人浮想联翩，情不自禁。她的眉毛淡而清丽，如在氤氲的夜雾中穿梭的上弦月的涤荡在水中的投影，朦朦胧胧不甚真切，如在梦中，缥缈而旖旎。

她的眼眸如荡漾的碧波，纯净而不染尘埃，美丽不可方物，而且总是带着盈盈的笑意，似乎悲哀与她无缘，伤痛与她决裂，她眼中溢出的似乎只有欢乐与阳光的温热。她的身材高挑而不失婉约，双腿修长而不失皎洁，远远望去，亭亭玉立之中荡漾着清新飘逸的气息。

我总是会不经意地回过头去，然后再装作不经意地去问她一些莫名其妙的问题，或者常常找她借一些我本来就有了的东西。这其实是一种没事找事的脑袋进水的表现，但在旁人看来，却心下甚明。

我以为这样的动作或有事没事的找她搭讪会让她不以为然甚至心生厌烦。但是出乎我的意料之外，她似乎很愿意和我说话，也似乎很愿意给我借一些我明明就有的东西。她乐得说话，我的兴头就更足；她乐得借我东西，我就毫不犹豫地收下，连谢谢都不说，甚至会口是心非地损她两句，她也会义愤填膺地反驳，而我总是以四两拨千斤的手法轻而易举地化解。然后仰天打个“呵呵”，讥笑她反应迟钝，嘲笑她缺乏维生素 ABCDE……我总是赢家，总是凯旋，胜利微笑。可是这是我想要的吗？我为什么感到一阵没来由的失落呢？每当夜阑人静，我坐在屋子的角落里，一遍一遍地追问着自己。

也同时在隔着空间无声地质问着她。

她为什么总是输呢？为什么在与我针锋相对的时候总是不尽心尽力呢？为

什么在最后关头总是无奈地落败呢？她是不想与我争夺这无关紧要的结果还是内心有着不愿说出的顾忌呢？想到顾忌，我心里没来由地一阵恐慌，更不愿深层次地去思索这样一个问题，我会认定这是我的多虑和神经过敏。如果可以，我不愿意让她每次落败在我的面前，我宁愿她奋起反击，说得我无地自容，骂得我溃不成军。那样的话，我至少能够好受些，至少能够感受到真正的快乐。哪怕我从此只能像个小孩子一样仰望她的美丽而小心翼翼、恭敬有加，我也心甘情愿，毫无悔意。

如果爱情注定要卑躬屈膝，我又为什么要倚仗着虚伪的外壳自鸣得意、昂然挺立？

我愿意用一切取换取爱情的残余，贪婪地吮吸着在花开烂漫时节漫天的春雨，也不愿在烟波浩渺的人海中孤独地死去。

戴小芳没有午休的习惯，准确地说她是将午休的时间节约起来做作业。她的成绩很好，总没滑出前十名。我的成绩很差，加之丧失了学习的天赋，我很难赶上她。我习惯了在她面前自鸣得意，如果成绩变成了一道天堑，我伪装的清高便会在刹那间分崩离析，从此以后羞愧到无以复加。

其实我这样想完全是多虑的，甚至是庸人自扰。因为除了父母对你的成绩在意之外，没有人会对你的学习感兴趣。即使是相互喜欢的人也不会将成绩作为一种维系彼此感情的纽带。

戴小芳没有午休的习惯让我受益匪浅，那段时间我的中午也倾尽在与她的“纠葛”之中。我会找一切的机会和她说话，与她打趣，激怒她，讽刺她，口是心非地侮辱她甚至挑逗她，换得她一个嗔怪的眼神或不痛不痒落在我身上的击打，在我感觉都是一种莫大的幸福与快慰。我往往会自得其乐地窃喜很长一段时间，而那段时间的每一分每一秒都闪烁着灿烂光泽。无论是电闪雷鸣还是碧空万里，无论是万里无云还是夜黑风高，无论是彤云密布还是霞光万丈，世界在我眼中，都是如此美好而丰富多彩。至少在那个时候，爱情真的会疯狂到让人什么都顾不上，爱情操纵着你的灵魂，控制着你的躯干，鞭笞着你去做一些从来也没有想过甚至连想都不敢想的事情。即使我没有去做，难道这个世间做过的人还少吗？我忽然想起了一个新闻，曾经有一个女孩为了一个男孩顺利完成学业而竟然去酒吧卖淫，将卖淫的钱悉数拿给男孩并帮助他顺利毕业并成功找到了一份众人羡慕的工作。女孩无怨无悔地作践自己仅仅是为了当初花前月下的海誓山盟和真爱无悔。然而男孩在找到工作以后并没有履行当初的诺言娶女孩为妻并给她一辈子幸福的生活。他很快另结新欢抛弃了女孩过上了一种焕然一新的生活。女孩万念俱灰之下跳楼自杀，香消玉殒之后留下众人七嘴八舌的议论。是什么样的力量让她犯傻，以至贞节操碎了一地，生命云淡风轻，众人悲哀连连，无人见我痴情。这是一个太过让人沉重的东西，世人永远也堪不破，看不透，望不穿。算了吧，算了吧，我还能说些什么呢？只能徒增无谓的感愧罢了。

我必须要叙述一些值得回味的东西了，哪怕这些东西像微尘一样，在对方看来是那么的微不足道甚至从未放在心上，但在我的记忆里却一直闪烁着明亮的光芒。并不如何强烈，像长明灯似的，静静地矗立在角落里，即使历尽千年也未曾熄灭。

当时，全班已做了一次座位大洗牌，所有的座位自行轮换，她已不坐在我的后面。在换位子的当天，她被一个女生拉走了。我当时是有话要说的，她看了我一眼，眼神复杂，似乎也有话要说。我看懂了她眼神所蕴含的意味，她是希望和我坐在一起的。我当然更希望和她坐在一起。于是我想叫住她。

（十一）

可是话刚一涌到喉结处就硬生生地搁浅了，就像刚逃出一只网兜的鸟儿顷刻间却又被另一只网兜网住。这种感觉很无助，但却在顷刻间点醒了我，在我理智刚刚复苏的时候我就明白自己不可能叫得出口。因为我找不到一个理由，一个挨着她坐或者留住她的理由。怎么叫？以什么样的身份？朋友吗？同学吗？呵呵，搞笑，拉她走的那个女生不是她的朋友？在座的不是她的同学？为什么偏偏要我挨着她坐？而且理由竟然还如此拙劣。朋友不值钱，同学更是漫天飞，这些都不是留住一个人的理由，有分量的东西被深深压制在心底，也许不经意的一次闸门的开启便会使其汹涌澎湃，泛滥成灾。但是这一切只存在臆想中。因为扭开闸门的手太软弱，不得已只得颓败地收场，眼睁睁地看着一些东西逐渐远去，最终消失在视线的尽头却无能为力。

教室里闹得不可开交，熙熙攘攘如煮开的八宝粥。班主任在走廊上悠然自得地抽着烟，若有所思地凝望着远处，似乎教室里的一切已被自动隔绝在另一个位面的空间中，无论怎样的喧哗与沸腾都不会影响自己处在烟雾缭绕中拥有的飞仙般的升腾和超脱。

桌椅晃动，发出“吱吱嘎嘎”刺耳的声音，难听得让人情不自禁地皱起了眉头。我茫然地看着眼前晃来晃去的影子，内心空洞而疲乏，竟然找不到一丝倚靠，找不到一丝真实的感觉。如果这是一个梦，我是不是已经在梦的旋涡中失足并跌落在更深层的梦境中了呢？如果这一切是幻觉那我倒也能安之若素，可偏偏在我神游的刹那间，一只手拍了拍我的肩膀，然后一个不痛不痒的声音响起，我立马回到了现实。

“同学，请让一让，你把我们的路挡住了。”我往后一看，三个人推着桌椅朝我这边走来，而我依然像个傻子一样不动声色地屹立在原地，像一尊雕像，而对周遭的改变浑然不觉。

我叹了口气，将桌椅拖到了教室的后面，在拖动的过程中因为心不在焉，桌脚的铝合金钢片有一搭没一搭地磕在了我的胫骨上。一阵一阵的痛由腿部传入了我的神经中枢，我咬着牙，忍受着疼痛的侵袭与内心的失落，完成了一件在平时轻而易举却在此刻无比艰难的事情。

角落里，还有几个同学因为没有找到队伍或“巢穴”抑或是被抛弃而最终无家可归，颠沛流离之下成了“难民”。傻不拉叽地站在那里，茫然无措四处张望，以期盼哪个宽容的地方能够收容他们，好让他们不再孤独无助。看他们的样子，可笑又可怜，我心里想笑，然而却莫名其妙地泛起阵阵苦涩。我笑他们干什么？自己不也和他们一样同属于无家可归的“难民”吗？哈，我明白了，我哪里是笑他们，我笑的分明是自己啊！哈哈哈哈！

我在逐渐安静下来的教室里搜寻着戴小芳的身影，目光四散逡巡间终于找到了她的倩影。她坐的位置很好，靠近窗户，光线充足，前可以看清楚黑板上错综复杂的排列组合，左可以瞥见广袤开阔的操场，就是上课将耳机塞进耳畔听歌也不易被人发现。我为她庆幸，她能坐这样一个好位置。旁边的女生手舞足蹈唾液横飞异常激动地给她讲述着什么奇闻逸事，她会偶尔回过头，从她朱唇轻启间我便能判断出她会不时回复几句，除此之外便以肢体语言中的摇摇头摆摆头作为回答的方式。因为她一直未曾回头瞧向后面，我也看不见她的表情，只有她靓丽的纤瘦的背影和一头如云般的乌黑秀发。“宿昔不梳头，发丝分两肩。婉伸郎膝上，何处不可怜。”《子夜歌》中如是说。我猜测着她的表情应是淡淡的，云淡风轻般地不以为然。不会有特别的惊喜，也不会有特别的遗憾。这只是我的猜测，也是我脑海勾勒的图像。我多么希望她能够回头看我一眼，只要一眼，哪怕一眼，我便能知晓她的心意，我的心才不会惶惑而无助地坠入氤氲的深渊。

可是没有，一直都没有，从始至终她都没有回过头来。也许是失落到无以复加了吧，最后连我是怎么被人拉着推着坐在了一个靠角落的位置上，都已不知道。是的，不知道，因为这一切已经不再重要。

然而在某一天的放学后，我在班主任的办公室里看见了她。她正埋着头，奋笔疾书，不知在写些什么。

我抑制不住地想要同她打趣，刁难她，但乍然之下，再加上久未与她说过话，我竟然在当场喑哑无话。

“你来这里干什么？”她忽然停笔，瞟了我一眼问道。

“问问题。”我竭力控制住自己有些雀跃的心情，不着于皮相。

“什么问题？要不你问我吧，说不定我就能给你解答了，也不用去麻烦老师了。”戴小芳满不在乎地说道。

“你？！”我满脸微笑地看着她，眼神中竟是不屑。

“怎么？看不起我？”戴小芳秀眉轻挑，打趣着说。

我打了个呵呵，放下书包，坐在另一张舒适的电脑椅上，不疾不徐地解释道：“别忘了，我可是历史科代表，我的历史成绩那可是有目共睹的。我都不清楚的问题，你觉得你可能有几成把握？虽然你各科的成绩很好，但是在历史这一门纵贯千年、纷繁复杂的学科中，你未必比我好到哪里去。”

我的口气虽然托大，但说的确实是实话。大多数女生都不喜欢历史，戴小芳也不例外，她的成绩虽然好，但历史成绩也就刚刚及格而已，不像我，因为天生热爱历史的缘故，总能独占鳌头，名列前茅，在全班大放异彩，辉煌自是不用吹嘘，因为事实胜于雄辩。也是由于这个原因，每次历史考试的时候大家都争先围坐在我的周围，企图抄几道选择题以希求能达到及格的水准。选择题满分六十分，不出意外我每次都能拿到满分。秉着“以人为本”的处事原则，我也不会刻意去遮挡我的试卷，只要不将我的卷子扯过去抄我也就不会刻意让试卷守身如玉而保持高尚的节操。其实这是很正常的事情，大家互帮互助，互惠互利，团结一心，同舟共济，终将能共创辉煌。即使这辉煌并不如外表那样光鲜夺目，那又何妨？总之结果是好的，令人满意而无可挑剔的，谁又会在乎这过程是笔直还是曲折呢？

我料定戴小芳绝然回答不出来，也就无所顾忌不以为意甚至用戏谑的眼神看着她，一字一顿，佯装严肃地说：“那你告诉我，日本的明治维新和中国的戊戌变法都发生在19世纪晚期，为什么日本的明治维新成功了而中国的戊戌变法失败了？其原因是什么？请回答，戴小芳同学。”

“额……这，我还没看书呢！”戴小芳在支吾了一声以后立马去翻历史书。

我感觉此时此刻自己的眼神和表情一定像极了一个成功狩猎的猎人，得意而猖狂，看着眼前的猎物，它的一切尽在我的眼底，一览无余。

“行了，别找了，你翻书也找不到的。我还是等老师来吧。”我不疾不徐地说道，然后向后一靠，惬意地舒展着自己的腰肢和臂膀，无比得瑟。

戴小芳翻了一下书，找了一遍，果真找不到，便将书仍在一边，拿着笔又继续着自己刚才的工作。

“你如果要等他，也不是一时半刻回来得了的，反正你现在没事干，就顺便帮我做做事吧。”戴小芳头也不抬地轻描淡写地说道。

“你怎么知道我没事儿干？”我偏不要她得逞，继续饶舌与她争锋。

“好吧，既然你也有事，那我也不勉为其难了，请自便。不过我想提醒你的是，班主任临走之前告诉我，他家里有点事，要马上赶回去处理一下，最早也要五点半之后才赶得过来。如果你有事做的话那还好，要是没事做的话，不知道你坐不坐得住。”说完，她便沉默了。

我抬头一看办公室挂着的时钟，四点半都不到，心想要在这等上一个小时确实不是件好玩儿的事，况且，这一个小时熬不熬得过去还是一个未知数。不过这一切都不是最重要的，最重要的是我在这里碰见了她，她让我帮她做事，是我心里最乐意也毫无怨言的事，何乐而不为呢？别说一件事，就是很多件事叠加在一起我也愿意承受；别说一个钟头，只要有她在旁边，就算很多个钟头我也愿意等候。可是因为脸面问题，我不可能将内心想法以语言的形式传递出来。

我装作漫不经心地问道：“你在写什么？”

“抄水表、电表。”戴小芳头也不抬地答道。

我愣了愣，旋即调侃道：“我到现在才明白原来你的真实身份是水电工啊！”

她忽然放下笔，微微一笑：“是啊，我现在才知道原来当水电工是一件多么快乐而有趣的事情啊。”

我撇撇嘴，感到碰了个软钉子，顿觉没趣，只得正色问她：“你到底抄的是什么？”

她也没再继续打哑谜，将一本白色册子递给了我，我接过一看，只见上面写着漆黑的油墨大字“户籍登记表”，再翻开一看，里面整整齐齐地列着一竖名字，我看了看，竟然一个都不认识。眼神向上移动，标着“户籍所在地”、“家庭住址”、“联系方式”、“家庭成员”、“亲属工作单位”、“家庭成员”以及“小学、初中所在地的情况简介”等一些内容。敢情是每个班都必填的一些情况报告。

“为什么班主任会让你填这个？”我放下花名册，疑惑地问道。

“不知道。”戴小芳摇了摇头。

“你填的那一份是什么？”我瞧着戴小芳自顾自地填写的另一张白色册子问道。

“这是我们班的报告册，另外一份是四班的。因为我们班的情况比较熟悉，所以填起来也比较顺畅。”戴小芳微微抬头，望着我解释道。

“哦。”我恍然大悟，怪不得这上面的名字我一个都不认识，原来是外班的。

“你到底愿不愿意帮忙？”戴小芳忽然问道。

我正想说她两句，然后在她失望和怨怼的神色下一脸微笑地告诉她我是开玩笑的，可是在我抬头的那一刻却看见了她眼神中闪烁的羸弱的光芒，盈盈微光中，我竟是再也说不出任何损人不利己的话了，只得郑重地点点头：“我愿意。”

就这样，我便坐下来帮助戴小芳抄写这烦琐的“户籍登记册”。我从来不愿意做这些冗杂和琐屑又令人心情烦躁的事情，以往只要老师让我帮忙做事，条件反射下我几乎都会杜撰各种理由推掉。然而在此刻，我却心甘情愿地浪费生命，浪费青春而无怨无尤，甚至心花怒放、乐此不疲。

我们有一搭没一搭地说着闲话，不过我会主动将话题引到我熟悉和擅长的方面，这样我便能掌握主动权，而且也能乘此机会将自己的形象塑造成圣人或智多星之类的出类拔萃的人物，以期博得她的惊羡和仰慕。这种做法很油滑也很托大，很狷狂也很浮夸，并不是所有的女生都对这种类型的性格青睐或热衷，至少对她来说，不是那么情有独钟。

这是我从她不紧不慢的回答和淡淡的音色神色中推测出来的。我不知道这能不能算作她的一种漫不经心的外衣和掩饰，但至少她不感兴趣，这点我可以肯定。

这次的时间过得特别的快，不需要用心去计算也不用刻意抬头望向墙上的时钟，当班主任微微喘息着走进办公室的时候，我才恍然原来时间已过去了这么久，黑色的指针挪过了六点的刻痕，窗外一片昏黄。

这一天回味起来确是充满着无以言说的乐趣的。在我内心深处则又无端增加了一层念想和觊觎的欲望。但我终究是惶惑不安的，我知道这种惶惑不安的根源源于觊觎本身，但我并不知道“觊觎”的定义何在。我也不认为觊觎有什么错误，一种东西即使你得不到，总会有别人得到。为什么别人得到就叫作名正言顺，而你得不到就叫作“不属于”。机会人人平等，这不是一个公然的定义吗？既然如此，哪还有什么“属”不“属于”之类的词语呢？如果过程见不得光，而结果却无比辉煌，你要人们的心中作何感想？我一直相信朦胧的才是美好的，雨住霁明，揭开朦胧的面纱，幻想最终都会破碎，但未破碎之前，我会保留着那一抹美丽的真实和美丽的幻象。

我承认我幻想过一些难以启齿的场景。这其实是无可厚非的事，因为这本来就是作为一个正常的男人所勾勒的绮丽的性幻想。这并没有错，更没有罪，与龌龊无关，与道德更无半点渊源。不过我不愿在这个颇似敏感的问题上深度谈论，以免引起一些道貌岸然的道德审判学家似是而非强词夺理的口诛笔伐，还是就此打住。

我记得我曾为她捡过一次钱包。我至今想起来都不得不为当时自己那一番近乎英雄的行径深表叹服。那是在一次跑步的时候。我们整个操场四百米，跑三圈，共一千二百米。高一高二四千余人一起跑，一班接一班地跑，浩浩荡荡，颇为壮观。戴小芳就跑在我的前面。她那天穿着粉红色夹袄，过肩的发丝在阳光下闪烁着柔和的光芒，似乎有一种神秘的吸引力，让我情不自禁地想去追逐她的背影，吮吸她的芳香。

也许并不是一种自觉意识，因为她本来就在队伍的前面，而我在后面，她的服饰又那样醒目，我不可能回避她，她就在我的视线范围内，所以自然而然地便注视着她并看见她的一切细微动作。

当跑到第二圈的拐角处，她的钱包掉了出来，因为随着惯性，后面的我们都不可能停下来，在跑过几步之后，后面的队伍接上了。她跑了一段之后才发现自己的钱包掉了，惊惶地回过头来。

其实我比她还惊惶，至少我的眼睛一直注视着她钱包掉落的那个位置，我之所以没在第一时间冲上去是因为我觉得肯定会有人在我之前去抢占这个功劳。

但我的想法错了，没有一个人愿意效劳，更没有人想去抢占这个功劳。在这种人潮涌动之中又是在众目睽睽之下，面子还在其次，最主要的是怕有被践踏的危险。

我再也控制不住自己，至少意识已经先行一步。我已下定决心，即使我被践踏得体无完肤，我也不愿看到她因为钱包被践踏得遍体鳞伤而伤心难过的样子，那样的话，我也不会快乐。

我如一阵疾风般冲了过去，在密密麻麻起伏的脚柱中穿行，逆流而上，所有的脚步消失了，人群消失了，我的眼里只剩下钱包，她的钱包。

也许是我逆向前行使得那些人群本能地闪避，也许是我的运气好，竟然在捡到钱包之后在密密麻麻的人群向前的涌动之下全身而退安然无恙，并以最快的速度将钱包塞到了依然惊惶无措的她的手里，然后继续向前奔跑，没有看她。

然后我听到了一声“谢谢”，虽然那么的微弱，微弱到几乎细不可闻，但我却听得清清楚楚。那声音中充溢着不可抑制的欣喜和感激，和她的笑容一样，美丽而纯真。

够了，我还能奢求什么呢？这不是一件很幸福的事吗？我不是希望她幸福吗？我不是希望看见她的笑吗？可是为什么心里总有那么一丝淡淡的忧伤呢？我缓缓闭上眼睛，让心跳的节奏慢慢与步履的节奏保持一致。

明眼人都看出来了，群众的眼睛可都是雪亮的啊！我真是太佩服他们了，班上流言四起，到处流传着一些关于我和她的闲言碎语，大家说三道四，背后指指点点，不管是与我亲近的还是生疏的都会有事没事地跑来问我，向我求证这事件的真伪虚实。我当然是笑笑，不予解释。因为这一切与旁人无关，我无须多费唇舌。然而在有一搭没一搭之间，在我没有任何言语进行回应时，他们往往会在后面自顾自地说下去：“其实，我说兄弟啊，我听到一件事儿，她已经有男朋友啦，好像是她的初中同学，对她很好………”

后面的就再也听不清了，我还是不动声色地听着，继续报之以微笑。我不笑干什么？难道还哭吗？不过哭也哭不出来，完全找不到一个哭的理由，只是觉得心里堵得慌，胸腔里好像只剩下了一颗跳动的心脏，其他的都不复存在了。一切都空荡荡的，没有一种实质的东西可以安心地放入。

我似乎又来到了一个荒无人烟的小岛，整日翘首以盼有过往的船只能将我救出绝境。有一天，终于来了一条船，可是我却被告知这条船已载满了人，再也载不下任何人，哪怕是一个人，否则就会翻船，全船的人都会遭殃。于是顺理成章地我又成为了一个被抛弃的孤儿呆立在原地，继续做着一个又一个不切实际的梦，即使梦会破碎，我也依然会矢志不渝地坚守，不会后悔，不会流泪。

必须要找到一个宣泄的隘口才能使我惶惑无助的心得以短暂地停靠而不至于因为漫无目的的航行而触礁倾覆。我没有将这件事告诉与我关系还算好的甚至可以说比较亲近的人，而是告诉了一个与我关系不是太密切顶多也就是见个面打个招呼就没有话说的人。也许是因为旁人更容易扮演好一个观众的角色而不会像戏中人一样看着自己的戏却永远挑不出哪里好哪里不好。或者简单一点来说，平常人以平常心度之，他们不会冷嘲热讽也不会让你无地自容，你会感到一种想象不到的轻松和坦然。

他名叫邹益东，外号“小情圣”。“小情圣”的概念就是只限在小范围之内充当情场高手而脱离了此范围就泯然众人矣。我并没觉得有什么不妥。我喜欢的人也不在天边，何苦要去追求成为什么超凡脱俗的“大情圣”。“小情圣”足以应付一切，无须格外累赘。再说，他经常找我借MP3耳机，给我听坏了一副我都没让他赔，现在也是该他还我人情的时候了，所以，我觉他是最好的人选，至少当时是这样想的。

邹益东听完了我的叙述，沉吟了一下，然后问我：“她知道你喜欢她吗？”

我点点头，道：“她应该知道。”

“什么叫应该知道？”邹益东撇撇嘴，皱眉道，“你向她表白过吗？”

我摇摇头：“没有。”

“那就是了。”邹益东双手一摊，微微一笑：“你没表白过她怎么知道你喜欢她呢？”

“我……我感觉得到……应该没错，我相信我的感觉。”我心里虽然坚持着自己的判断和感觉，但是嘴上却不期然出现了松动。

待得说完了这句话就感觉底气越来越薄弱，疑惑也越来越深，就像双脚踩在一块坚不可摧的冰层上，以为坚冰永远不会融化，可是忽然太阳穿透了冰层，我似乎听到了冰层下有水波涌动的声音，而我妄图欺骗自己那只是一阵幻听，于是拚命堵住耳朵，以为可以将这声音隔绝在另一个空间，殊不知这声音却永远烙印在心底，随着时间的推移则益发地汹涌澎湃，终于有一天会变成了海啸将你无情地吞噬，什么都不剩，什么都不留。而其他人早已远远退避到安全线外，好奇地瞧着站在冰上的那个人，窃窃私语，议论纷纷，更有小孩子失声尖叫：“那个人为什么这么傻？那块冰就要融化了，他为什么还不上来？”孩子的父母们缓缓抚摩他们的额头，微笑着说：“放心，他会游泳，淹不死的。”是啊，我会游泳，我淹不死的。我担心什么呢？旁人永远是清醒的，而我为什么却如此糊涂呢？可是我忽然想起一件事，会游泳又怎么样呢？那冰冷刺骨的海水难道会游泳就能轻而易举地抵御吗？抵挡不了的，它会肆无忌惮地穿过你浑身上下每一个毛孔，连带着灵魂都会不受控制地剧烈震荡，让你生不如死，万念俱灰，那感觉胜过世间最残忍的煎熬。

我不怕死，可我却怕生不如死。我不能苟同于男人的第七感，因为它让我受到了欺骗，可是有时候我却宁愿自欺欺人，至少这样，我会说服自己减少猜疑，不那么心生怨怼。算了吧，不要让自己那么痛苦，有些东西不用那么在意，在意得越多，反而让自己伤得越深。何必呢？

“你不能这样一直拖着，拖能拖出什么样的结果来呢？现在最好的办法就是去向她表白，看她怎么说。你至少先得弄清楚她心里到底是怎么想的……”

“我不敢。”下意识地，我打断了邹益东的话。

“为什么？”

我不答，只是抬起头凝望着远方。

“你怕拒绝？”邹益东见我不答，试探着问道。

我摇摇头，道：“不是，她有男朋友了。”

“她告诉你的？”邹益东疑惑地问道。

“没有，别人都这么说。”我转过头，望着他，“那就应该是真的。如果是真的，你觉得我应该怎么做？”

邹益东沉吟了一下，道：“反正这件事我没有听说过，要不我进去问问她。”说着就转身朝教室走去。

我吓了一跳，连忙上前拉住他，小声呵斥道：“你有毛病啊？你现在问她干什么？”

“我不去问她，怎么确定这件事的真假？”邹益东一本正经地解释道。

我叹了一口气，小声说道：“别说是我问的。”

“我知道。”邹益东会意，拍拍我的肩膀，表情轻松地走进教室。我则转身走向最右侧的栏杆，眺望着远方，尽量让自己平静，可是无论如何也平静不了，六神无主的感觉让我的心一直惴惴不安。

五分钟之后，邹益东走了出来，他的表情平静如常，但我知道，这消息假不了了。所以我只是茫然地看着他，等待着他的回答。

邹益东先假咳了一声，然后抽抽鼻子，手搭着我的肩膀，眉头微蹙，做专心思索状，似乎在组织着语言。半晌不发一言，我都有些不耐烦了，直接推了他一把：“别这样子，有什么就说，弄得我心里怪紧张的。”我强笑着，勉为其难地打趣道。

邹益东轻轻叹了口气，缓缓说道：“嗯，你要做好准备啊……”

“别啰唆，我早就做好准备了。”我强颜欢笑地说道。

“她承认了……不过……”我的心哽咽了一下，就那么一下，好像天地间的一切都已晦暗无光了。

“不过我觉得这也没什么。像她这样长得不错的女生没有男朋友才是怪事，你也不要太过灰心，如果你真的喜欢她的话就更不应该放弃……”

“不放弃能怎么样？难不成我还要死缠烂打，或者还要暗使一些阴损的办法将他们拆开？别说我不屑，就算我做了，那又能改变什么呢？”我适时打断了邹益东的话。

“实在不行就把那男的拖出来打一顿，威胁他离开……”

“得了吧，要打你自己去打好了，我可不想官司缠身。”突然觉察语声有些不对，我转过身，发现我的“狐朋狗友”江一鸣出现在我了我的旁边，挥舞着强壮的手臂嬉皮笑脸地说道。

“江兄，快帮帮你的好兄弟，他都快郁闷而死了！”被江一鸣挤到一旁的邹益东笑容满面地调侃道。

“我能怎么帮他？难不成找一帮人把那女的堵在一个角落逼她就范，看她答不答应……”江一鸣的话还说完他的脖子就被我的右臂给牢牢箍住了。

“我警告你，你要是再出言不逊，出言轻佻淫秽，侮辱了我心中的女神，我就立刻把你的头塞厕所里去，说到做到，决不食言！”我冷冷地说道。

“重色……轻友……啊！益东兄,你看看,这什么人,为了一个……女人……就要把兄弟致于死地……咳咳……”江一鸣没有挣扎，被我手臂压着的头朝向邹益东，陈列着我的“罪状”。

我松开了手臂，叹了口气，久久凝视着远方，空落落的心里竟然莫名升起一种另类的愉悦。我忽然明白，原来人生的快乐有很多种，不管是哪一种快乐，都能达到殊途同归的妙效，使人感到温馨和满足。

江一鸣和邹益东走到一个角落里，相互耳语了几句，背对着我，不知道在说些什么，过了几分钟又走了回来，一人傍着我一只肩膀，郑重其事又漫不经心地说道：“我们商量好了，你现在还有最后一个办法，这是最后一搏，你一定要把握住机会！”

“什么办法？”我忽然来了兴趣。

“表白。”二人齐声说道。

“如果失败了呢？”我淡淡地问道。他们说得不无道理，我应该表白，可是我害怕失败，害怕失败后被沉甸甸的阴霾无情地覆盖。

“喝酒！”二人毫不犹豫地齐齐说道。

我采纳了他们的意见，于是决定就在当天晚上进行表白。

那天的晚自习很奇怪，班主任没来，任课老师没来，办公室里也没有人，不知道去了哪里，教室里熙熙攘攘，大家谈天说地，热闹非凡。

好久没有这么热闹过了。

我的心更是热闹，热闹得怦怦乱跳。

我思忖着应该用什么样的方法什么样的语言才能委婉而不唐突地将我想要表达的内容展现得尽善尽美不留下任何纰漏和瑕疵，可是在我想了很久，瞥了她的背影很久之后，我仍然理不出一个完整而顺畅的头绪。正在我无计可施郁郁寡欢之时，郭丽丽捧着两束百合花走了过来。

彼时，郭丽丽坐在我的前面，苏雨虹坐在我的旁边。本来那一次“大洗牌”，我在神情恍惚中被安排到了最后一排靠右的角落。后来苏雨虹那一组和一个叫夏文静的人不知什么原因有了过节，闹得水火不容，势不两立。苏雨虹凭着自己组长的威严和架势直接指着夏文静的鼻子叫她滚出这组，不要在她眼前出现，否则直接将她的桌椅板凳给扔到操场上去。夏文静只得强压愤怒，向外寻求肯与她调换座位的人。最后找到了我，我却是无所谓，对这个位置也并不留恋，只告诉她如果他们组长同意，我就搬过去。苏雨虹同意后，我就顺利更换了座位，坐到了靠右窗的第二排，与戴小芳“隔海”相望。这是块风水宝地，我也乐得清闲。

“你手中的花是哪来的？”苏雨虹问道，顺道从郭丽丽手中抽过那一支开得最灿烂最娇艳的百合。

“吴老师送给我的。她办公桌上的玻璃杯中插着。”郭丽丽解释道。

“你脸皮还真厚。”苏雨虹一边嗅着花瓣的芬芳一边对郭丽丽打趣道。

“哪里啊，我就说了这花很好看，就闻了闻，吴老师见我爱不释手的样子就送给我啦！”郭丽丽委婉的解释道。

“是吗？”苏雨虹似笑非笑地反诘道，“不是你厚着脸皮要来的？”

“不是，不是，我是这种人吗？”郭丽丽的头摇得跟拨浪鼓似的，极力争辩道。

“这束花送给我吧。”苏雨虹没再跟郭丽丽抬杠，转换语气问道。

“怎么可能白送你？”郭丽丽狡猾地笑了笑，飞快地摊开手掌，“十元。”

苏雨虹也没说什么，伸手从牛仔裤中掏出十元扔在桌子上，郭丽丽也毫不含糊地收下了。

似乎觉得有些不好意思，郭丽丽将另一束百合递到了苏雨虹的面前："诺，这个也送给你吧，反正我拿着也没用。"

苏雨虹接过那束没有盛开的百合花，随手将它搁在了靠墙的课本上，漫不经心道："怎么？良心发现了，怕遭报应啊？"

郭丽丽正待反驳，我却低低地说了一句："给我一束百合花吧。"

"你要百合花干吗？"苏雨虹放下那束盛开得最茂盛的百合，望着我奇怪地问道。

"你一定是送人吧？"郭丽丽插口问道。

"送给谁？"苏雨虹接口问道。

"哦！我知道了！"郭丽丽突然间恍然大悟。

"谁？"苏雨虹的视线转向郭丽丽。

郭丽丽不是傻子，她当然不可能当着我的面说出来，只是撇撇嘴，眼神瞄了瞄最左边的方向。苏雨虹朝那个方向望了一眼，也恍然大悟地"哦"了一声。接着，她们二人就掩嘴娇笑不止。

（十二）

我不想和她们浪费时间也懒得多费唇舌去解释什么，这种事情不解释还好，一解释就越来越乱，越描越黑，适得其反不说，还让自己的面子丢尽，尴尬至极。这还不算，更有甚者，凭着三寸不烂之舌，添油加醋，乾坤互换，污言秽语层出不穷，故事精彩纷呈，可不堪入耳，让人如何能够消受？即使紧塞双耳又有何用？总是会受到伤害的，风会从罅隙中灌入，她难以幸免，这是我不愿看到的。哪怕是一点点的伤害，我也不希望发生在她的身上。就让一切伤害和痛苦都报应在我身上吧，这是我心甘情愿承受的，不后悔，绝不后悔……

“你到底给不给？”我眉头微皱，有些不耐烦了。

“不给。”苏雨虹摇晃着那多灿烂的百合花，漫不经心地说道。

我没有丝毫犹豫，从包里掏出二十元前放在桌上，淡淡地说：“我买。”

我瞧见苏雨虹眼中绽放出极度惊讶的光芒，望了我半晌，愣了几秒后，微微闭了闭眼睛，轻轻吐出一口气道：“这花你拿去吧，钱我不要你的。”说着，就将一支百合花递向我的手中。

“谢谢！”我满心欢喜，激动之情涤荡在胸腔，先前的烦恼一扫而光，只觉得窗外的灯火显得格外明亮。

“等等。”在那支百合花即将递到我掌心的时候，苏雨虹却极快抽回了手，道：“不行，这朵花不能给你，嗯，给你这朵。”说着，就将手中的花放下，去寻找那朵被搁在墙角的百合花。

这朵花没有盛开，它只是一朵花苞，但香气依然，颜色依然，美丽依然。

“这朵花虽然没开，但明天一定会开，你送人的话，说不定她能看到它绽放开来。”苏雨虹见我没说话，以为我被她坑了心里不爽，便假言宽慰道。

不管她是坑我也好，还是真话也罢，总之，她说得有道理，我就不置可否地接受。

我点点头，拿起那束未盛开的花苞，轻轻地嗅了嗅，只觉芳香扑鼻，令我心旷神怡。我沉醉在花香中，几乎忘却了自己身在何处。

随着下课铃声的骤然响起，我才从沉醉状态中回过神来，匆匆瞥了瞥最左侧的她的侧影，也没留意她此刻在做什么，就径直走出了教室。

很快，又有几个人陆续走出了教室，我在那些人中搜寻着我的目标。

很快，谢玉馨进入了我的视线，她是戴小芳的同桌，也是她的好朋友。对，就是她了。我向她走了过去，小声附在她耳边说："帮我一个忙，将你的同桌叫出来一下，谢啦。"

她惊愕地瞧了我一眼，然后若有所思地点点头，一步一步缓缓朝教室走去。

在她即将消失在教室口的刹那，我忽然想起什么，急忙冲过去拉住了她，小声而急促地说道："不好意思，麻烦你先将我桌子上那束花拿出来，谢啦。"

谢玉馨抿嘴一笑，没有拒绝我的请求，只是轻轻说了声："记得请我吃东西啊。"

"嗯。"我点点头，态度诚恳之极。这是套话，无论如何也得答应。至于请不请，日后再作商议不迟。

我拿着那束含苞待放的百合花伫立在教室门外的走廊上，倚着厚厚的围栏，静静地等待戴小芳的出现。

我的大脑有些紊乱，心率极度不稳，如狡兔东突西撞却怎么也找不到出路。我猜测着种种可能出现的情况，无非是她不想出来，即使出来也不会接受我的花。这件事毕竟非同小可，百合毕竟代表爱情不代表有情，她若接受了花是否真的接受了我？我不敢想，也不愿想，在尘埃落定之前，一切都是不切实际的揣测。唯有等待，静静地等待。

她出来了。一步一步，向我走了过来。

我侧着身，却不敢完全将身体扭转过来。我双手轻轻地托着那束白色的花苞，控制不住地微微颤抖。

走廊上的灯坏了，我看不清她的脸，只看得清她的轮廓，袅袅娜娜，轻盈如降临尘寰的仙子，美丽不可方物。我瞧得呆了，竟半晌说不出一句话来。

她已走近了我的身旁，什么都没说，静静地站着，等待着我开口。

隔着黑夜的帘幕，我的胆子似乎大了起来，暗暗咬了咬下唇，将花塞到了她的手里，说道："这花送给你。我不知道你喜不喜欢，不过这代表我的心意，希望你收下她，并且希望你能好好养着它，等待着它的绽放，不要让它……枯萎了。”

“你。”我听到了她温柔如水的声音，带着抑制不住的惊喜和感激。她抬头望了我一眼，眼神中溢满了笑意。不过我看得不甚真切，黑夜的帘幕遮挡得如此恰到好处，让我在这虚虚实实的掩映中感受到朦胧美的最高境界，即使结局不堪回首，但至少这一幕美丽将永远驻留在记忆的最深处，任凭风吹浪打也不会模糊。很多很多年以后，当我再回首这一段记忆时，我发现自己已经记不清她的容颜，记不清她喜欢穿什么颜色什么款式的衣服，记不清她喜欢和谁在一起玩,记不清她的发型,记不清她书写的笔记到底娟秀到何种境界,记不清……忘掉的东西太多了，随着时间的流逝，失真度越来越高，甚至有一天，我或许连她的名字都不会记得了吧！但那一抹在黑暗中影影绰绰的笑容却保留在微微泛黄的荣光中，依然美得令人心碎，美得无可救药，每当这时，我的心中总是被一阵突如其来的温馨塞满，久久不愿遣散。

我撇开她径直走回教室。也许我少了什么步骤，或者还应该做些什么，但是我确实不知道应该怎么做了。还是顺其自然的好，至少我把花给送出去了，没让其覆没在垃圾桶中已经是最可观的结局了，所以也没上心再去奢求什么进一步的动作，反而开始思索刚才说出来的话是否得体或者有什么纰漏。想着想着我忽然一拍脑袋，暗道一声“真是糊涂”，我记起了最后一句话：“不要让它枯萎了。”这句话虽然一语双关，但明面上确实指花而非她。既然指花，花哪有常开不败的？我这不是糊涂是什么，但话已出口，我已无法删改了，只希望她心中的花不会凋零。

晚上回到家，手机的提示音响起，是一条短信，我打开一看，是她发的。

她说：“你有什么话要对我说吗？”

是时候了，这是最好的机会，如果错过了，将遗恨终生。我听到了这句话的言外之意，这不是赤裸裸地质问着我的心声吗？我还犹豫什么呢？指尖不受控制地颤抖，哆嗦着摸索着手机上的按键，指端浸出的汗渍清晰无误地将指纹印刻在九个闪烁着白色镁光灯的小小的键钮上，显得精致而神秘。我费了好大劲好大功夫才终于稳定下心神，输入了几个字：“我喜欢你。”发送的选项小如芥末，但在我的眼中却重如泰山，右手拇指如中邪了一般竟直愣愣地扭曲着，与神经中枢失去了联系，再也无法控制它前进分毫。

一阵急促的震动，她的信息又来了：“你在吗？”

我努力咳嗽一声，按了返回键，迅速删掉先前输入的几个字，重新输入一句话：“在啊，刚才在做作业，没看见，不好意思。”

按了发送键，不到五秒，她回了过来：“谢谢你的花，我很喜欢。”

“这发短信的速度真是太快了吧！”我摇摇头，轻声说道，接着开始回复：“没什么，只要你喜欢就好。”

三秒，她回了过来：“我今天很开心。”

蓦地，我的心里涌上一阵温暖，回道：“只要你开心就好。”

三秒，她回复，转换了话题：“你有什么话要对我说吗？”

我倒吸一口凉气，来了，来了，这个问题又来了，我想要曲折地回避，可还是被它千回百转地追了上来。别再逃避了，该面对了，你逃不了的，是福不是祸，是祸躲不过，该来的总会来，不该来的也终会烟消云散，今日不面对，明日也一样，何苦让自己日夜胆战心惊魂不守舍呢？再说了，这又死不了人，怕什么？拼了！

于是我终于发出了那句话。

看着手机屏幕上显示“发送成功”提示语，我心里忽然涌出一种从未有过的释然和轻松。

这一次我等了很久，足足等了一分钟，她的信息才响起。我缓缓闭上眼睛，心中默默祈祷了一番，然后打开收件箱：

“谢谢你。其实我很早就知道了，或者说感觉到了。你是一个很好的人，真的很好。可是很遗憾，我已经有男朋友了。我们是同班同学，他初二的时候开始追我。开始我对他并没有什么感觉，可是他像雨露一样一点一点滋润着我，一点一点感动着我。他对我很好很好。于是我们就在一起了。我们从没吵过架，我现在心里很满足，以为这就是幸福。我也从没奢求过超越幸福之外的幸福。所以，很抱歉，我们做……好朋友吧。我知道，也许你心里会很难过，也可能会恨我，可是我不希望你一直难过下去。陷得越深，受到的伤害就越大。我只是一个平凡的女子，要的不过是一个平凡的生活。而你不一样，你是个很有才华的人，你有自己的梦想和追求，你的人生一定不平凡，你会遇到更好的人，总有一天，你会明白的。阿祥，你能明白吗？”

这就是我得到的答案，这就是我苦苦寻觅梦寐以求才终于得到的答案。可是这答案是我想要的吗？是我希望看到、听到、见到的吗？当它终于摆在我的面前，告诉我这不是梦这是事实的时候我才终于恍然大悟，原来周遭的人早已知晓前面是一个陷阱，虽然有鲜花为诱饵但没人敢去拾掇，纷纷绕道而行，而且还好心提醒我不要去捡，很危险。可是我充耳不闻，依然固执己见地向前大步流星，面带微笑，却对危险浑然未觉，还欲向周遭的人证明他们都是危言耸听，都是骗人的，我才是对的，我才是正确的，因为真理永远掌握在少数人手里，我相信！直待我一脚踏空，被坑中早已布置好的尖利的玫瑰的刺刺得伤痕累累、血迹斑斑的时候，我才感到了疼。那种锥心蚀骨的疼，让我痛不欲生，仰天嘶吼："为什么？老天为什么残忍？为什么偏偏是我？受到这种伤害？老天！你偏心！你偏心！我不服！我不服！……"

可是老天不会回答的，任凭我叫破了喉咙也无济于事。

"我不明白。为什么要我受到这种伤害？这不公平！我喜欢你，只希望陪在你身边，难道连这个要求也过分？"我愤怒地回复道。

"别傻了，你这样只会让自己越来越痛苦，何必呢？我们做好朋友不行吗？"

"我到底哪里做得不好？还是我不如他？"

"你做得很好，也没有不如他。只是我们有缘无分，如果有来生，也许我们还有机会。"

"别提什么狗屁来生！我根本不信。我只问你，我难道连一点机会也没有了吗？"

过了半分钟，她回了过来："除非我在之前遇到你。"

"既然如此，我祝你们二人白头偕老，地久天长。"

"谢谢。希望你幸福。"

"哐啷"一声脆响，手机从我掌中滑落，在与地面亲密接触的那一刻，摔得支离破碎，土崩瓦解，亦如我此时千疮百孔的心。

真正的伤心是没有眼泪的，所以我没有哭。

安静了，一切都安静了，偶有夜猫凄惨的嘶叫声划过夜空。窗外五彩的霓虹如海绵般温柔，平时一向朦胧而梦幻的它，在此刻的我的眼中却如此真实而清楚，没有一点模糊。

不知是哪一位晚归者在上楼的时候，手机彩铃骤然响起，那是张柏芝唱的《心语心愿》：

我要控制我自己

不会让谁看见我哭泣

眼睁睁地看着你

却无能为力

任你消失在

世界的尽头

………

朋友？可笑！她需要我这样的朋友？我需要她这样的朋友？不可能，不可能了，这种事情很敏感也很微妙，没有人能够将男女之间的友情恰如其分地控制在中规中矩而又随心所欲的区域之中，至少我不能，尤其是对方还是我喜欢的女孩，叫我如何抑制住本性的“贪婪”？所以结局只有两种：要么金榜题名，要么名落孙山。而此刻，我显然是后者，感情的失意人，踽踽独行于荒漠，最终死于孤独、饥渴、疲惫交加。

我笑了。放肆地笑了。笑声充满凄楚与幽怨，苛责与无助，不甘与嘲讽，在空阔的书房中回荡，在我的身躯中肆无忌惮地来回逡巡，然后能量损失，渐渐消弭于无形。

我直愣愣地躺在地板上，只感到身体空落落的，无望。

也不知过了多久，我想起了江一鸣和邹益东劝诫的金玉良言：还能怎么办？大不了喝酒。

脑中一个激灵，忽然全身就有了力量，我一骨碌坐了起来，开始手忙脚乱地拼凑我的那被摔得七零八落的手机。我知道我的手机肯定没坏，呵呵，国产货，最大的特点就是经得起折腾而不坏。果不其然，当我合上后盖拇指紧按在启动键上，屏幕上就出现了我熟悉的“联想”的标志。

我拨通了江一鸣的电话，叫他出来陪我喝酒。他先是愤怒地抱怨了一通，接着沉默了几秒后，才说那就到缤纷广场的那个烧烤摊吧。

我抵达的时候，江一鸣已经坐在那里玩手机了，桌上的酒摆了五六瓶，都是“雪花”，还有一些烤好的串串。

“你怎么现在才来？”江一鸣收了手机，不悦地诘责道。

“你怎么这么快？”我眉头一皱，有些疑惑。江一鸣的家在“黄金左岸”，离学校不下三公里，比我都稍远一些，我是打了电话就骑车过来了，怎么 说也应该比他先到才对，怎么反而超在了我的前面，而且还将酒点好，菜烤好了呢？

“刚从学校过来，两分钟不到。”江一鸣平静地解释道。

“你还真爱学习啊！？”我这句话一语双关，脸上却写满讥诮。

“怎么？不允许啊？”江一鸣咬牙切齿理直气壮地回道。

“只怕醉翁之意不在酒吧！”我心里了然，便继续打趣着他。似乎这已成了我此刻唯一还能觉察的快乐。

“去去去，无聊，喝酒吧。”蒋赓说着，就去开啤酒。

我向老板要了一个起子，丢给他，让他不要跟自己的牙齿过不去，还是使用工具比较好。江一鸣没有甩我，轻松地用门牙磕掉了三瓶啤酒的盖子，然后举起一瓶，就朝我杯子里猛倒。

“是陪李倩妹妹吧。”我继续挖掘着他的八卦。

江一鸣假咳一声，似乎不好意思也不愿承认，只是放下瓶子，随手摆摆：“来，喝酒，不要说其他的。”

江一鸣喜欢李倩的事众人皆知，虽然江一鸣从来没正面承认过，但是只要是个人就看得出来他平时的神魂颠倒和不可思议的举动都与李倩密切相关。而李倩呢也半推半就欲拒还迎地默默接受着江一鸣的好，虽然在表面上也从来没承认过。江一鸣对李倩的好我看在眼里，李倩对江一鸣的好我也看在眼里。我想避开却避不开，还常常十分尴尬地充当二人的传话筒和中介，这让我有一种特别不自在的感觉。特别是李倩，每次听说江一鸣感冒、发烧、没有吃饭什么的，就让我将感冒药啦，零食啊这些东西带给江一鸣，而江一鸣这个时候往往都在离她不远的地方。我问她你为什么不自己拿给她，她白了我一眼语气冷冽如冰地回应我你爱给不给，不给就算了，然后什么话都不再留就转身离去。我皱皱眉头，也只得帮这个忙。时间一长，我就感到厌倦，但是碍着江一鸣的面子我只得忍了。江一鸣这边还好点，没有要我帮着传过多少东西，大多是他自己亲自给的，一般都是默默地，话都不会多出一句。比如说买水吧，江一鸣买好以后就揣在自己的怀里，回到教室走到李倩的座位前拿出饮料放在她桌上，转身离开。大多数情况下李倩头都不会抬一下，好像很心安理得顺理成章的样子。有时候心情不好，江一鸣刚将买好的饮料一放下，李倩就会厉声斥责道：“拿走！我不想喝！”如果江一鸣不拿走，李倩就会直接扔在地上。江一鸣也不生气，直接走过去捡起那瓶饮料，打开就喝，然后若无其事地找我出去溜达。别说是我，很多人都看不下去了，纷纷劝江一鸣不要那么傻，李倩性格有问题，根本不适合他，让他另觅良缘，我也苦口婆心地劝过他很多次，每次他总是笑笑，含糊其辞地答应后，却不见任何改变，一切照旧，该关心李倩的地方却丝毫不会减少，敢情是阳奉阴违。我也不好再说什么，这种事旁人都是火眼金睛，看得太真实反而失去了美感。如果自己觉得痛并快乐着的感觉是任何东西都无法代替而自己也是难以割舍的，我又何必再多费唇舌去做无用功呢？说了几次不见效我也懒得说了。就让他们顺其自然，看他们最后能有个什么结果。

那件事我起初一直被蒙在鼓里，很多人来问我的时候我都不知所云。虽然我和江一鸣很要好，但有一段时间他忽隐忽现，神神叨叨，我也没去在意，直到出事那天我才如梦方醒。

江一鸣打人了。打的是一个女生。那个女生是高二上半学期从理科班转过来的，名叫黎薇。长得肥硕黝黑，很不讨人喜欢，加上又是从理科班转过来的，在我们班更是不受待见。她也有些神经质，常常做一些莫名其妙的事情，上课拿刀雕刻木桌，涂改液涂指甲，在书上画一些淫秽的图案，心理扭曲，不太正常。有一次不知为什么惹到了李倩，李倩心里嫌恶，怨气喷涌，骂了黎薇几句。黎怀恨在心，趁李倩不注意之时将一枚烧烫的硬币丢在了其胳膊上，所幸李倩闪得快，没有留下什么疤痕，不过还是被突如其来的灼热给烫哭了。江一鸣闻讯，怒发冲冠之下如美洲豹般冲了过去，挥舞双拳毫不留情狠狠捶在黎薇的脸上……这是江一鸣后来悄悄告诉我的。由于这件事，他被学校下了警告处分，本来还要通知家长来接受教育，可江一鸣的家庭“辎重”不浅，不好过于开罪，以免影响学校发展，再者，这事影响不大，没捅出什么无法填补的娄子，干脆就这样内部消化了。校领导接受了班主任的建议，遂将此事翻过。黎薇后来也没读书了，去到什么地方谁也不知道并且也不想关心。这次事件后的很长一段时间里都风靡在我们班的茶余饭后和间隙的休憩时分，不过最终都变成了笑话，随着时间的推移，渐渐消弭被人淡忘。

而更奇怪的是，江一鸣在这段时间里性格大变，整天挂着一副憨厚的笑脸，说话低声下气，柔声细语，实在让人无法联想到他打人时的凶狠乖戾，和李倩的关系也改善了不少，李倩不再横眉冷眼，送东西也不让我代劳了，我也乐得清闲，逍遥自在。可惜好景不长，很快一切又回到了原点。

“我说你们这到底像什么？”我喝了一杯啤酒，不解地问道，“哪有耍朋友像你们这样的？女的在前面走头也不回，男的在后面垂首，头也不抬，中间隔着七八米不说，男的举止猥琐，形迹可疑，哪里像个男朋友，简直就是个强奸犯！我真担心你走在街上冷不防就被警察抓走了。”

“去你妹的！”江一鸣想要大声反驳，无奈事实胜于雄辩，找不到恰当的论据和论证又加上心中底气不足，戳到了他的痛处，所以冒出的愤怒却也缩减了不少。

“喂，我说你小子，你自己不是心里有事吗？怎么尽摊着我的事说？你要没事，我就先走了，我作业还没做呢？”江一鸣转变了话题，撇开了他的事。

我一听，心里一动。是啊，我不是来找他倾诉的吗？我不是心里闷得慌吗？我不是觉得整个世界坍塌了吗？我不是一个颓然而无助的人吗？我不是在重重夜雾当中苦苦寻觅着那一线光明的人吗？为什么？我却要管着别人的闲事呢？颠倒了，颠倒了，不该是这样，我应该痛苦的，我应该挣扎的，我应该放声大哭的！我应该捶胸顿足、呼天抢地的！我应该剑指苍穹，淋漓尽致地痛陈着上苍的不公的！我应该……我还应该干什么？啊，我凌乱了，总之，我至少应该喝酒，对，喝酒！

于是我端起酒杯，一饮而尽。二氧化碳顺着我的喉管倾泻而下，如瀑布般洗刷着我的肠胃，干冰在五脏六腑间徘徊，诀别后带走我体内的火焰和能量，再随着一声响亮的饱嗝喷薄而出。

“爽！”我大喝一声，精神百倍高涨，“真他妈的爽啊！酒果真是好东西，好东西！”我重重地搁下空空如也的酒杯，望着周围渐渐稀疏零落的人群，望着昏黄的路灯，望着深沉而漆黑的夜空，我的意识竟前所未有的明朗。

“来，继续，我们用瓶子喝。”我开了一瓶新的，递到了江一鸣手上，自己也顺手开了一瓶。

“我说你悠着点儿，别逞强啊！量力而行，适可而止，别过了。”江一鸣悠闲地酌了一大口，漫不经心地劝慰道。

“我说你他妈怎么这么啰唆，像个男人吗？喝！”说着，我率先举起了酒瓶。江一鸣撇撇嘴，无可奈何地与我碰了杯，两瓶相撞，发出“砰砰”的脆响，险些把瓶子撞破。

酒真是一种很奇怪的东西，明明你的身体醉了，可是意识却偏偏是最清醒的，你能解出最难的数学题，你能背出平时怎么也背不住的文章，你能说平时不敢说的话，你能做平时不敢做的事。难怪古人说“醉生梦死”，梦中的永远是死的，枯竭的，无望的，只有醉了，彻底地醉了，才能感觉到生命的鲜活和真实。那才是最真的东西啊！没有压抑，没有桎梏，没有束缚，没有禁忌，世界在我眼中，永远是那么美好，我的灵魂在腾飞，在升华，向着太阳，那永远没有污点的太阳，那璀璨的星斗，永不熄灭的星斗，我来了，我来了……

我的身体开始左摇右晃，手中握着的酒瓶中的酒不知还剩一半抑或是三分之一，桌上更不知堆了多少酒瓶，我眨了无数次眼睛，却怎么也数不清，瓶子变得梦幻，如施了仙法般变化莫测，若隐若现。恍惚中我听见谁在呼唤我，然后一个身影静静地伫立在我的对面，她像极了一个人，那熟悉的眉眼，那婉约的身姿，星光下更显得温柔如水，端庄如画。那不是她是谁？

“你来了？”我惊讶地问道，欣喜之情如海潮般蠢蠢欲动。

“怎么？不欢迎吗？”朱唇轻启，她巧笑嫣然。

我微微一愣，问出了心中的疑惑：“你来干什么？”

“干什么？！”她瞪大眼睛看着我，像在看一个傻子，眼中满是笑意，却没有一丝讥讽，“我当然是来喝酒啊！”

“我记得你不喝酒……”我缓缓摇摇头否定道。

“人总是会变的嘛。”她说着，就倒了一杯酒放在自己面前，举到半空，“来，我敬你！”

我稀里糊涂地举起手中的酒瓶，却发现已空空如也。

“换这个。”她递了一杯已经倒好的酒放在我的面前，我毫不犹豫地举杯一饮而下。

喝到一半我察觉不对，立马如喷泉般喷薄而出。

“这不是酒！”我重重地磕下杯子，恨恨地盯着她：“你不是她。你是谁？你为什么要骗我？”

她还没来得及回答，我就飞速站了起来，探身扣住了她的手腕，她尖叫一声，急欲向后躲避。

“告诉我！你是谁？你是谁？”我失去理智般抓着她的手腕。

“我是曹慧啊，你清醒一点，快放手！”她一边挣扎，一边惊惶地解释着。

“曹慧……曹慧……”我喃喃着，不断重复，感觉有点熟悉，·可是脑海中没有一点关于她的记忆。

“曹慧，又是谁？”

“江一鸣，快来救我！”曹慧极力高呼着。

正在结账的江一鸣闻讯立马赶了过来，扯开了我抓着曹慧的手，笑容满面地赔礼道：“我说曹慧同学，请多多担待一点，他今天心情不好，又喝多了，这个脑袋……不是很清醒，望您大人有大量，不要往心里去。为了表达对你的歉意，这样吧，我把你烧烤钱也给结了吧。”

本来欲将江一鸣数落一番，但见自己最重要的账单问题都被解决了，立马笑逐颜开地道：“江兄你太客气了，这叫我如何敢当？不过呢？还是谢谢了。你好好看着你兄弟吧，别让他闹出了什么事儿了……”

“臭婊子！自甘下贱还想立牌坊，我呸！还要不要脸啊！？”我坐在凳子上，疯魔般地冷言冷语。

“你骂谁是臭婊子？你给我说清楚！”曹慧勃然大怒。

“哟？婊子还发火了！呵呵！还想讨尊严！真是奇葩！奇葩！哈哈哈哈！……”

“你！？”曹慧更是怒不可遏，咬牙切齿，直欲冲上来跟我拼命，幸亏被江一鸣眼疾手快地拦住了。

“他……喝多了……这……不清醒……不清醒……”江一鸣连忙解释道。

“他再不清醒也不能乱骂人啊！他这算什么？”曹慧气不打一处来。

“对不起，对不起，我向他给你道歉，请你大人不记小人过，啊，不要往心上去……”江一鸣小心翼翼地赔着不是。

“好，你不用道歉，你没有错，让他给我道歉……”曹慧收住了拼命的姿势，双手交错环抱胸前，冷冷地说道。

“道歉！你算什么东西？我凭什么要道歉？你他妈当婊子当上瘾了啊，竟然装她来骗我？你要不要脸？”我双手没有规则地胡乱比画着，也不知是指她还是指街道对面的厕所。

“我说，你就少说两句吧！”江一鸣说着就伸手捂住了我的嘴巴。

此时的曹慧忽然冷静了下来，她忽然笑了，妩媚地看着我，柔声问道：“好啊！大才子，大诗人，那你告诉我，我骗了你什么？”

我撇开江一鸣的手，大声喝道：“你骗了我……”我忽然脑袋一片空白，偏头望向江一鸣，茫然地问道：“她骗了我什么？”

“我怎么知道她骗了你什么？”江一鸣摇摇头，对曹慧无可奈何地笑了一声，似乎在告诉她：看吧，我说他喝醉了，脑袋不清醒了吧，现在你信了吧！

曹慧咯咯笑了起来，约莫半晌，方才止息，然后向我们告辞而去。而我却依然傻坐在座位上喃喃地道：“她骗了我……骗了我……骗了我……骗了我的欲望……”最后头一歪，我就沉沉睡了过去。

至于最后怎么回去的我是完全记不起来了，只记得第二天醒来我仍然是在床上，而且也按时去上了课，没有迟到，没有旷课。

曹慧依然和同伴嬉笑如常，好像什么事都没有发生过一样，只是用眼角的余光偷偷地瞟了我一眼，再没有任何的动作。

江一鸣将昨天的细节给我还原了一遍：昨天晚上我和他在缤纷广场喝酒喝到一半，我已经醉了，这时候曹慧忽然走了过来买烧烤，见我喝醉并且胡言乱语，于是决定给我醒醒酒，遂将空瓶放在我的面前，自己倒了一杯茶，也给我倒了一杯茶，半有戏谑，半有帮助之意。可是我将她的好心当成了驴肝肺，还以为她巧笑倩兮的风情是倚门卖笑的自甘下贱、寡廉鲜耻，以为她给我倒的酒是故意整蛊我的玩意儿，酒精的刺激，心中的抑郁，融合搅拌在一起后发生化学反应，产生裂变，威力奇大，连我自己都觉得不可思议，因此莫名其妙地开罪了她。现在想来，却觉得一种深深的愧疚油然而生，难以言表，想道歉吧，又拉不下面子，就这样不了了之，也好，让往事都随风，都随风……

曹慧爱笑，但却不是天生笑脸，性格开朗，成绩虽然不好，但却喜欢美容。据说后来开了一家美容店，生意不错，只是一直没有机会去拜访。我想，以她爱笑宽容的特性，她的生意必将芝麻开花——节节高。我相信，一定是这样。

蔡松，我的另一个“狐朋狗友”，吃喝玩乐无所不为，对学习一样无所用心，整天看小说，打游戏。我的小说阅读欲和写作素材的迅猛扩张以及现在持之以恒的想象力的没有边界的膨胀，或多或少都受了一些他的影响，而同时，我的网游生涯也在此时第二次被开启。

（十三）

蔡松上课的时候总是全班最安静的，无论是夏天还是冬天，他的桌前都会用一本本教科书和练习册或笔记本等杂七杂八的东西层层堆砌成“堡垒”，然后头轻轻低垂着，给老师造成一种专心致志思索问题的错觉，可是坐在下面的我们都心知肚明，他确实是在专心致志地思索问题——那是小说中的种种问题与学业并无任何关联。

彼时的手机已经开始流行并蔚然成风，智能机成为最受追捧的对象，不过价格不菲，最便宜的一款也要一千五百块以上，而且还是水货，没有三包，没有售后。蔡松买了一款最引人注目的诺基亚 N81，售价两千七，水货，在当时可是手机中的佼佼者，一个好手机拿在手中，无形当中便增加了自己炫耀的资本和一种无形闪耀的荣光，因为大家的称赞往往是从你的手机开始的，虽然醉翁之意不在酒，但是你是手机的拥有者，必然跟着沾光。

自从有了这个新手机，蔡松脸上的笑容就从没有断过。他就是每天拿着这样的手机看小说，打游戏的。看小说占了大部分时间，玩游戏还在其次。蔡松给我推荐过很多小说，都是清一色玄幻修真类，这种小说看多了也失去了新鲜感，久而久之自然觉得空洞乏味，乐趣尽失。不过有一次他给我推荐的一部小说却是让人津津乐道即使在现在想来也觉得回味无穷，名字叫《文理双修》。它是一本特工、青春类型的小说，语言华美流畅，情节扣人心弦，跌宕起伏，总字数超过七百万字，我不眠不休整整看了两个星期才将其看完。那段时间，我几乎每时每刻都沉浸在该小说所营造的跌宕起伏的情境当中不可自拔，每天都会兴致勃勃地与蔡松讨论小说中的精彩细节，乐此不疲，感觉生活已和小说融为一体，难以分割。

都是性情中人，为小说流泪属正常现象。有一次我们为了一个共同的情节而流泪，那是一个悲剧，也是一个小插曲。还是《文理双修》中的情节，一个女配角，名字叫唐娜，全家死于一场离奇的惨案中，唐娜被神秘人带走，送入一个秘密杀人基地进行惨绝人寰的地狱杀手训练，这一练就是十年。十八岁的时候，该组织首领“女皇”送给了这些杀手少女一个巨大的“礼物”——破处。她们被事先准备好的麻药迷昏，失去了反抗能力，可是意识却是清醒的。她们眼睁睁地看着一群肮脏可鄙的雇佣军在她们如花似玉的身体上肆意揉捏、摧残、发泄。唐娜流下了屈辱和绝望的泪水。尔后唐娜被派去执行一个任务，杀害一个公司的高层，而主角李三思却受组织命令保护这位高层。李三思知道唐娜是杀手，唐娜也知道李三思是特工，不过为了顾全大局，彼此都没有揭穿身份，还不可思议地合演了一出情侣间的浪漫情缘。唐娜爱上了李三思，并决定倒戈相向，和盘托出了杀手组织的全盘秘密。秘密泄露，杀手组织震怒，决定除掉唐娜。唐娜为了不连累李三思，提前离去。当李三思赶到之时，唐娜已深受重伤，问李三思爱不爱她，李三思说出了那个字，唐娜泪流满面，最终死在李三思的怀中……

每每谈及此处，我和蔡松总是唏嘘不已，深为女配角如此不公的命运而义愤填膺。不过愤怒归愤怒，我们也只是伤感一阵，过一会口瘾，当沉浸在另一部小说时，这种悲伤与愤怒便渐渐消弭于无形。

爱看小说的人都不会忽略其中一部具有标志性意义的小说，那就是曾经风靡大江南北如日中天让无数少男少女疯狂的仙侠修真小说《诛仙》。《诛仙》在少年人心目中不啻为一种神迹般的存在，曾经有女生放出豪言：“一生只为《诛仙》活！”这不得不不说一种疯狂的举动，像这样的人比比皆是，不胜枚举。蔡松虽不至于如此疯狂，但狂热也到了一种令人咋舌的程度。凡是关于《诛仙》的一切动画、游戏、续集他都会不遗余力地去搜集、寻觅，最终囊括在自己的电脑或手机之中。在有一次的课堂三分钟演讲上，蔡松主讲《诛仙》，讲了整整一节课不说，还把课后十分钟都占完了都还没有讲完，第二天语文课又讲了半个小时才将这浩大的工程完满竣工。全班傻眼，班主任傻眼，连我都傻眼了。

当他下台的时候，我拍着他的肩膀，竖起了大拇指：“兄弟，牛！真牛！”

除此之外，《诛仙》也是我们课余时间争论最激烈的一部小说，争论的导火线就发生在两个女主角的抉择问题上。蔡松喜欢魔女碧瑶，而我则喜欢仙女陆雪琪。他喜欢碧瑶的原因是因为她漂亮、活泼、开朗、爱笑，而且为了爱可以付出生命，极具完美女生的一切品性和特征，讨厌陆雪琪的理由是因为她冷若冰霜，不苟言笑，给人一种拒人于千里之外的感觉，很不爽。而我反驳她的理由是，碧瑶这种类型的女生太普遍了，几乎遍地开花，也就是说凡是漂亮、活泼、开朗、爱笑的女生都是碧瑶，难不成他们都是你的所爱？再者，碧瑶再好，也终究是小女生，怎么能与陆雪琪处变不惊、临危不乱的气质相媲美？冷若冰霜，不苟言笑，那也只是因人而异，只要遇到自己钟爱的人，再坚硬的冰山也会消融，再冷的容颜也会灿烂如花。没有必要对每个人都要言笑晏晏，关爱有加吧？那成什么了？

蔡松一听，不乐意了，怒气一上来，就开始抨击陆雪琪，我当然不示弱，也以其人之道还治其人之身，抨击碧瑶，最后唾沫横飞，吵作一团，不了了之，很久之后，这一股热度才逐渐消散。

那时《穿越火线》游戏正如火如荼地行进着，除《诛仙》之外，我们谈论得最多的便是该游戏的作战方法、战略部署、等级经验、武器装备、人物角色的选择等一系列问题。

《穿越火线》是腾讯出品的一款对战类枪战版网游，以对战的输赢获取经验用以升级，提升军衔，另开通 Q 币购买系统，用以购买威力更强、外形更炫的武器装备。为了游戏的平衡，购买的装备都有时间限制，一般都在一周左右，过后便被系统刷掉。如还想继续延伸这种装备所带来的优越感，必须要继续以等价值的 Q 币来续费，如果嫌麻烦还可以包月或包年。有一点则必须要区分开来，装备的好坏和战斗技巧之间的高低强弱并不能画等号，装备越好只能说明你充的钱越多，而不是等同于你的技术越高超。如果你的技术不行，装备再炫、再酷、再奢华，也与外强中干的稻草人没什么区别，甚至在倒地的那一刻还哭笑不得地给对手提供了武器的便利（玩家在倒地的时候，留下的枪支装备等都可被同伴或者对手拾起用以作战），这可以说是一件让人头疼的事。所以归根结底，要想成为此游戏的高手，技巧的训练是非常重要的，他是你升级的基础，也是你成为高手的必不可少的途径之一，当然，还有天赋。

也许我天生就没有多少打游戏的天赋，无论打什么游戏，总是最次的一个，这常常让我感到很苦恼。我实在不明白，这些游戏角色在那些高手的指尖为什么像被赋予了最强大的战斗灵魂一样轻而易举就将敌人砍翻在地，或者出其不意地冲入敌营，如入无人之境，最后大胜而归，博得满堂喝彩。每到这时，我的心里总是充满了惊讶与敬服。

何子明，我的另一个“狐朋狗友”兼“难兄难弟”，外号“游戏王”，对时下一切流行游戏尽皆玩弄于股掌之间，且级别都清一色处在封顶的边缘，他和我初中时代的彭宇翔一样，有异曲同工之妙，令人叹为观止，拍案叫绝。

不过他和彭宇翔不同，彭宇翔是锋芒毕露，光芒尽现，而何子明是锋芒尽敛，光芒隐现。他从来不会认为自己是高手，哪怕常常让我们目瞪口呆，他表现出来的也只是云淡风轻的不以为意。这在与我们一起去上网的时候展现得尤为明显。往往在一起打“穿越火线”的时候，彼此一队还好，如果敌对，那我们这队必死无疑，害得我们叫苦不迭，唉声叹气不止，叫得最凶的就是蔡松，然后是江一鸣，最后是我。其实按该游戏的模式设定，无论你水平多么垃圾，挂掉的次数让人瞠目结舌也不会对你的升级造成什么影响，大可不必怨声载道。蔡松的不爽更多的是因为他那时正处在升级的关键的时期，时间的宝贵甚于一切，他可不想在这个节骨眼上掉了链子，浪费时间，所以怨怼最重。江一鸣的埋怨更多的是一种附和，他倒不是真的不爽，而我就更无所谓了，不就是打个游戏吗？胜负都乃兵家常事，更何况是一个虚拟的游戏呢？所以我的埋怨是最无足轻重的一种，最多可以归结为一种口是心非的淡淡的渲染罢了。

关于游戏就先说到这里。我现在要来说一说关于排球比赛的事情，这件事我必须要说，因为我觉得它很重要，重要到在我此时此刻想起来都觉得内心有一种如海啸前的隐隐澎湃。

学校为了加强学生的综合素质，在一个秋季如火如荼地展开排球比赛。每个班必须参加，不得以任何理由推拒。这是学校下达的硬性规定，却未必考虑到一个事实。排球比赛不同于运动会，可以单人参加，它有人数上的规定和限制，男生九人，预备队员三人，总共十二人。理科班还好，文科班就惨了，有一个文科班男生只有五个，且还有三个“娘炮”，一个毫无战斗力的“书呆子”，只有一个有战斗能力。你叫这个班怎么办？不得已而放弃，学校也无话可说。总之，全年级所有文科班，除了我们班之外，其余皆是棉絮，不堪一击。我们班运气很好，男女平等，男生人数超过二十，除了一个“娘炮”，余众皆可上阵。

小组赛，没有任何悬念，过关斩将，所向披靡，轻松打进半决赛。而这个时候，剩下的四个班，我们是唯一的文科班。

开始的时候我们一路领先，感觉胜券在握，心想这一局是赢定了，没什么担心的。可没想到状况就在这时候发生了。

与我们对阵的是八班，他们的战绩是四胜一负一平，以小组第二出线，而我们是全胜，没有输掉任何一场，以综合实力来看我们强于四班是没有任何悬念的，拿下这一场也没有任何问题。可是当我们赢下了一个球之后，裁判却突然做了一个暂停的手势，改判本来已经尘埃落定的这个球为我们出界，这让我们全班哗然，欲找裁判理论。裁判在那里叽里咕噜解释了一遍，我听得不甚真切，争了半天也没有得到我们预期的结果，只得作罢，继续比赛。也许是因为心里的愤愤不平，我们的战斗力和气势受到了破坏，发球屡屡出界，失分严重，不过后来还是赶上了，最后关头，李科一个暴扣，我们拿下了这局，欢呼声惊天动地，可转瞬间却喑哑无声。

“出界。”裁判面无表情地宣判。

“怎么可能？”如惊雷坠入大地，我们班立即炸开了锅，愤怒的火焰如野火燎原般扩散，烧得操场亮如白昼。

可是裁判早已经跑去将比赛结果呈报给了年级主任及体委办公室。

八班不知是想要无赖还是要把水搅浑，总之也怒不可遏地与我们班针锋相对。

吵着吵着气势骤然变紧，一百多人彼此对峙着，剑拔弩张，兵戎相向。

“谁说要打我们？”一个气势低沉却震人心魄的声音自人群中炸开。

我循声望去，只见一个身材魁梧、膀粗腰圆的彪形大汉自人群中大步流星地走了出来。

众人倒吸一口凉气，浑身不自主的微微瑟缩，满腔怒火在顷刻间烟消云散，继而被惊恐和胆怯塞满。

这人是八班的体育委员——肖晨。身高一米八五，体重二百五十斤，性格冷冽自傲，任何人都不放在眼里，无论何人，即使校领导见了他，都会被他这副人猿泰山的身材骇得心惊肉跳，要么绕道而行，要么礼让三分。刚入校那会儿就不知因为什么原因殴打了军训时期我隔壁寝室的一个学生，吓得那个学生当即转学，打死也不就读该校。因为伤得不重，也没留下什么后遗症，肖晨并没有受到处罚。不过此事一传开，大家都知晓八班有个魔神，不要轻易招惹八班，也不要轻易招惹肖晨，否则麻烦和灾难就会接踵而至。

这些挨过打的人都不会吭声，原因有很多，但最主要的原因就是惧怕。印在心底深处的恐惧。只要他一出现，他们就会认为自己是个弱者，是个被欺凌的人，脑海中的梦魇就是那一幅被殴打的画面，周围人都是看客，无一人敢上前劝阻，还是恐惧，恐惧他的报复，恐惧他的一次又一次变本加厉的肆虐。俗话说光脚的不怕穿鞋的，如果一个人心存死志要和肖晨对着干倒也不是一桩太过复杂的事情，关键是没人想死，即使他们在潜意识中已想好了数百种方法对付肖晨，但是一觉醒来，所有的方法都是泡影，一切依然如昨。

这所有的一切因素拼凑在一起就无形当中汇聚成了一股邪恶的力量，终于在一个烈日当头的下午不可逆转地爆发了。

肖晨及其追随者将保安队队长打成重伤。

事情的起因是这样的：为了加强学生的管理以及人身安全，学校规定进出校门必须携带校牌，或校徽，肖晨可不会带这些东西，每次进校门都是借得别人的，可是借了又不还，别人不敢要，忍气吞声之下还得去补办，渐渐地就没人再借给他了。肖晨虽然暴虐蛮横，但是也爱面子，实在借不到也只得作罢。没有校牌许多次倒也混得进得去，可是偏偏那一天却撞到了保安队队长。这保安队长可不是一个好糊弄的角色，没牌绝对不让进，不管你是什么，都不买账。和保安口舌了几句，肖晨就火了，揪着保安的衣领，当面就给了他一拳。这队长可能平时忙于公关、升迁，训练荒废，功力有所不逮，连一拳都受不了就给打趴在了地上。当时就被送进了医院。学校闻知，当即震怒，无法再姑息更不可能偃旗息鼓，就欲报警，移交给司法机构处理。如果学校当时真将肖晨移交给了司法机构，倒也不失公平与正义。可是最后，学校只是找他进行了长谈，过后这件事就不了了之。至于到底谈了些什么，我们不得而知。当时谁也并没有去深究，直到很多年以后，当我再回首这段往事时，再结合肖晨后来的种种表现来看，我终于明白了学校这样做的目的。

这是学校所使用的一种手段。学校利用他的这种霸气来震慑和管理学生，虽然方法欠妥，但也不得不承认，这远比老师直接去管理更加有效，学校在运用了肖晨后学生闹事的概率是越来越小了。肖晨也很乐意充当学校的“管理者”的角色，这样便能让自己的霸气和威严发挥得酣畅淋漓而不用再受到追究。不仅如此，在此期间，肖晨还经常去看望那位被自己打伤的保安队队长，后来彼此称兄道弟，关系颇为不一般。由此可见，任何人都有好的一面，更何况肖晨并不是一个不讲道理的人，如果你没有招惹到他，自然相安无事，不会有危险降临，但如果你骂了他，他的报复是显而易见的，危险可能随时都会降临。所以一般人都避而远之，不想与他有任何瓜葛。我们班也有几个与肖晨相熟稔的，在那样激愤的关头却没有一个挺身而出，维护一种叫“正义”的东西，因为没人愿意将祸事引到自己身上，那样不仅首当其冲不说还得不偿失，聪明人都会退一步海阔天空，哪怕自己的实力、心里与他势均力敌、旗鼓相当也不会强出头去争做这无谓的英雄。

“刚才谁在骂我们？！”肖晨凶神恶煞，如虎狼般厉声吼道。

“我们！”喑哑无声中忽然爆发出了一个沙哑的男声。

“谁！”肖晨横眉冷对，眼神如杀人犯般可怖至极。

“四班所有人都骂了的！”刘鹏一字一顿地说道，“有本事你把我们班的每一个人都打一顿！”

肖晨愣了愣，众人愣了愣。

“对！我们班所有人都骂了的，怎么了嘛！怎么了嘛！”李岳敏、郭丽丽、吴伊丽、唐蓝、苏欣、刘悦、王瑶等一拨女生如洪水与猛兽般冲到了八班的阵营面前，指着那些男生的鼻子破口大骂，怔得那些男生硬是说不出一句话。肖晨傻站在一旁，抠抠后脑勺，暴虐之气如被扎破的皮球般干瘪，尴尬之情溢于言表，不知道该干什么。八班的女生自知理亏，本来就底气不足，见这阵仗，哪里还敢上前，纷纷退避三舍，躲到排球场最右边的角落里静观其变，大有一副“事不关己，高高挂起”的悠然自得的神态。

周围的人越来越多，大都抱着瞧热闹的心态朝这边慢慢汇聚，最终竟恰到好处地形成了一个颇有艺术美感的同心圆。而八班的那一拨女生早就被汹涌的人潮推到了同心圆之外，成了看客，现在想重新变成主角却再也挤不进来了。

我的双拳慢慢紧握，刚才因肖晨出现所带来的心理恐惧也逐渐烟消云散。怒气上涌，直有一种冲入敌营的冲动。

心为行动做好了超越一切的表率，可是却依旧无法操纵身体保持一致的步调，所以我的双腿仍牢牢定在水泥地面上，疯狂抽搐、颤抖而不敢向前迈出。

我为此感到窝囊而无助，为自己，也为全班的男生。在灾难来临的那一刻，在班级荣誉受到威胁的时刻，冲到前面去奋勇拼搏的不是铮铮男儿而是一群娇弱无力的女生。这让男生情何以堪？这让身为男生的我如何能安？女生成了英雄，男生成了兔子，这要是传到坊间，必将沦为笑谈。那个时候，我真想找个地洞钻进去，一辈子躲在里面，再也不出来。至少这样，也强过颜面丢尽、尊严扫地、永远夹着尾巴再也抬不起头来好上很多，很多。

“啊！”只听一声大喝，如晴空霹雳般划破天空，砸向大地，我们班众人中突然跃出一道人影，像疾风，又像一只飞奔的藏獒，在大家的思维尽皆凝滞的刹那间，对方的人群中，为首一排的正中，一个人闷哼一声，倒在了地上。

场面在转瞬间失控。

八班为首那排的所有男生几乎是在最短的时间冲了过去，拳脚如雨点般落在了我们班那个勇士的身上。那勇士奋力还击。

可是双拳难敌四手，勇士很快被打翻在地，反击渐渐微弱，很快就变成了全盘防御。

李岳敏、郭丽丽、吴伊丽、唐蓝、苏欣、刘悦、王瑶等女生见我们班的勇士被打，怒火中烧之下纷纷伸出一只脚向那些围殴我班勇士的四个男生的臀部上踹去。

那四个男生臀部受到猛攻，身形一个踉跄，险些跌倒，稳住身形后转过身来，怒目相向，一见是女生，错愕之下竟忘了出手。

肖晨不知何时已然离去。我班的男生依然如木桩般矗立不动，眼神中虽有怒火，却强制隐忍不发。在我看来，这一切与微笑看客无异。

是可忍，孰不可忍？我再也忍不住了，身形一跃，朝前奔去，再也顾不得那么多了，哪怕受伤倒地，我也不要窝囊地矗立！

突然右臂一紧，有人拉住了我，接着一个娇柔的女声响彻耳畔：“别去了，你看谁来了？”

我转身一看，发现拉着我的人是我们班的秦晓玲，顺着她的眼光看过去，发现一群人正朝这边走了过来。

有个出类拔萃的人立在中间，我一眼便认出他就是肖晨，他身旁的人正装革履，身材微福，举止从容不惊却流露着一副官派作风，一副银边眼镜昭示着其文学素养的卓尔不群，下巴的赘肉又出卖了其不学无术阿谀奉承的庐山真面。步履沉稳、不慌不忙，一边与肖晨低声交谈一边挥手嘱咐着什么。这人正是本校的校长冯光明，他的身侧还有一人，身材纤瘦，多有弱不禁风之兆，应该是副校长，他们身后还跟着几个人，两男一女，均为学校政治处领导，女的却是体育老师许雪仪。跟在他们身后还有几个学生，我看见了其中一个正是我们班的卢超，也就是那个“娘炮”。他是学校广播站站长，旁边的几个大概是学生会的成员。

不知是谁大喊了一声“校长来了”，然后所有的打斗刹那间停止。几个女生趁此机会扶起了被打倒在地的那位勇士，不住地给他拍打衣服、裤子上的灰尘，抽出纸巾给他擦拭脸上的血迹。

这个时候我才看清楚原来那位被打的勇士竟然是刚刚转学到我们班不久的刘应生。我心里莫名涌上一股震惊，羞耻之情更甚，想人家作为一个新生都能为班级的荣誉挺身而出，而我们作为老生却无一人愿冲锋陷阵维护班级的尊严，此情何堪？想到此处，再无脸朝那边看去，只得将视线转移，瞧着越来越近的领导的身影向这边移将过来。

冯校长不慌不忙地走到我们面前，当先让人将刘应生扶了过来，借着操场的灯光瞧了他几眼，便让人将其送到医务室去上药。然后便叫来了那几个动手打人的人，例行公事般批评了几句，便立即转身将体育老师许雪仪招了过来，在她耳畔吩咐了几句，便率领“文武百官”离开。肖晨也跟在校长身侧走了。留下来的只有许雪仪和几个学生会干部，然后就是处在云里雾里的一大群学生。

“四班的同学们，这件事我已经了解清楚了，其实说到底，就是一个裁判的问题，你们不服这个裁判，认为他吹了黑哨……”

“他本来就吹黑哨！”刘悦突然高声打断了许雪仪的叙述。

“我没有吹黑哨！”那个裁判高声辩驳道。

“好好好！先不要吵！听我说！”许雪仪挥挥手大声说道，“不管你有没有吹黑哨，也不论四班的队员有没有冤枉你们，总之，事情既然闹到这个地步，终究是没办法再继续比赛下去了。再加上这里没有摄像头，无法还原事件的真相。所以，为了比赛的公正，你们班的比赛重新比一次，由我许雪仪，来当裁判。我想，我还是应该比较公正吧，你们两个班都是我在教，应该知道我是一视同仁吧！是不是？四班的同学，八班的同学，有没有什么问题？”

许雪仪这一番话讲得中肯合理让人无懈可击，语音平易近人又不失威严。大家一听，面面相觑，几乎忘了回答。不得已，许雪仪又重复了一遍。大家齐齐点头，而后缓缓散开，这件事就算这样过去了，也没再往更不堪设想的地步发展。

第二天阳光灿烂，在体育老师许雪仪亲身监督下，秉着公平、公正、透明的原则，我们以一分之差险胜八班，晋级决赛，最后输给了二十二班，获得了第二名。全班欣喜之余，班主任以犒劳壮士为由请参赛选手出去大吃了一顿。这本无可厚非，可是天然的嫉妒心却让我们这些非参赛选手心里闷闷不乐了许久，甚至还在背地里怒斥班主任拿着“纳税人”的钱“肆意挥霍”，“花天酒地”，一点也不考虑我们的感受，真是让人嫌恶。再怎么说我们也属于拉拉队，喊了加油打了士气，没有功劳也有苦劳，凭什么我们什么都没有？不仅如此，连那位勇士刘应生也没得到班主任的一句赞扬，我们更是愤愤不平，只觉得班主任是个怕事的小瘪三，心里越发瞧他不起。

这种观点滞留在我的心底很多年，不过近年来却逐渐淡化甚至模糊不清。我不再单纯地将班主任当年的做法归类为懦弱或胆怯，只觉得这是一种理智升华的立体化展现。也许当年的班主任并不认为刘应生是个勇士，也不认为他为我们班争得了怎样的耀眼生花的荣光，那一群女生的做法也未必可取，刘鹏的那一声大吼也许只是一种对事情推波助澜的导火线，男生的做法表面上是窝囊，更多的也许是一种恰到好处的机智的沉着……我们进行反面思考，会发现这个事情远远没有从前我们所认为的那么单纯，如果我们的愤怒化成一种暴动的武器，不顾一切地群起而攻之，跟八班生死相搏，后果将不堪设想，而仅仅只为了一个有争议的黑哨。仔细一想，可不可笑？

我突然想起当年那个晚上站在我旁边不远处的一位同班同学。他叫周强，身材高大，体格健壮，练过泰拳，曾遭七个人围殴却反把对方掀翻在地而自己毫发无损，可想而知，他的实力是多么强大。可是那一晚，他一句话都没说，只是冷眼旁观着这一切。他当时瞅到了我有挺身而出的冲动，在散场之后走到我旁边笑着对我说了一句：“出手的人都是傻瓜。”我还没有出言反驳，他就随着浩浩荡荡的人潮消失在暗夜中。很久之后，我都没有回过神来。

也许他是对的。我错了。

也许班主任是对的，我们都错了。

也许勇士的这种勇气是对的，但却用错了地方。

也许我们都错了，但至少，我们还没有错到无可救药。因为在校领导和体育老师的调停下，那次事件没有进一步地恶化以致酿成一场惨祸，现在想想，是应该值得庆幸的。因此，那过程在我们的记忆中就是虚惊一场，无须再挂在心上。

高考如约而至，即使任何天灾或人祸也无法阻挡。很不幸，也很幸运，我名落孙山，成了名副其实的落第书生。

那时候的我虽然很悲观，但并不绝望，我隐约想到了自己今后要走的路。那就是通过大量阅读文学作品，然后笔耕不辍，闯入文坛，立足于小说界。我一直认为这才是我的长处和天赋。可是我的这种想法在家庭中并没有得到赞同。没有谁相信这种近乎天方夜谭的想法，他们总是简单的一句话便将我打入万丈深渊："你一个高中生能写出什么名堂（东西）？"是啊，我能写出什么名堂呢？连我自己都没有底气，更不可能一意孤行地坚持到底。父母痛定思痛的结果是：让我复读，我自己也同意了，不过我给他们提出了一个请求，那就是：走艺术高考的道路。

彼时，艺术高考如日中天，繁花似锦，音乐、美术暂且不说，就连最冷门儿的播音、表演、编导也在一夜之间"忽如一夜春风来，千树万树梨花开"，耀得人目眩神迷，应接不暇。家长们动心了，所以这方面的培训机构便如雨后春笋般密密匝匝，层出不穷。广告漫天飞舞，宣传手册遍地开花，吸引着、勾引着、挑逗着、迷惑着家长们的眼。他们从分数线着手，本科文凭下笔，再加以滔滔不绝的天花乱坠的说辞，最后，给了家长和学生一个观点就是：只要报艺术高考，你一定能考上本科。艺术高考的本科分数线低于普通高考一百分左右，这是事实，倒也不算欺骗。而艺术考试这边，各培训学校也相继承诺并争先恐后地与家长签署"保证书"：如果您的孩子没有过艺术本科分数线，我培训机构将实行全额退款。甲方为培训机构，乙方为个人，签字、盖章、按手印，如吃了定心丸，家长与学生便高枕无忧了。

（十四）

各个培训机构的手段大都是这样，以家长们的心理为凭借，以学生们的渴求为阶梯，他们伸出一根橄榄枝，于是我们便毫不犹豫地握住，连想都不用去细想，也不知它将我们引向何处，总之，跟着它走，我们就有希望。而这希望恰恰还得到了保证。谁不相信谁就是傻瓜，在这样大环境的影响下结果可想而知，那就是直接促进了该类培训机构生意兴隆，财源滚滚。

我就是在这样的洪流中漂流，最后到了一家颇有名气的艺术培训学校。最终选择了编导专业。

我当时根本不知道什么是编导，我相信很多家长也没有听说过。不过这不要紧。主要是我发现它跟我有缘，一见如故，潜意识告诉我这个专业适合我，一定适合我，千万不要错过。我便紧紧地抓住了，再也没有松开。

该培训机构离我家较远，坐公车耗时太长，为了减少不必要的浪费，我选择了住校。来到学校的那一天，我站在这陈旧的并不宽阔的操场上抬头四处打量，不禁微感失望，原来真实的东西永远不如想象中那么美好，当然，比之广告上的宣传画就更加遥不可及了。这倒不是说该校做了虚假宣传，只是因为一种感觉的丧失。我在宣传画中看到的一种感觉，明朗敞亮，视野开阔，一切焕然一新，远不似眼前这般被岁月的沧桑所腐蚀的颓圮和陈旧。我只觉自己瞬间穿越到了90年代初，没有手机，没有电脑，没有空调，有的只是一个模糊的向前的目标。

帮我拿行李的是一个身材肥硕，一脸福气、眼架黑框眼镜的青年，塌鼻梁，小眼睛，短发，穿一件蓝色T恤，牛仔短裤，给我的感觉就是一个跑堂打杂的，而且还是属于那种被当作夜壶一样提来提去，没有自由、没有权利、没有欢愉的可怜的打工者。及至第二天当他站到讲台上给我们讲课的时候我才发现昨天的想法有些离谱。事实上他是我们的主讲老师，名叫陈思洋，毕业于某传媒大学新闻系，响当当的高才生。我心里一个咯噔，眼球几欲惊爆，好半天才缓缓嘀咕出声："人不可貌相，海水不可斗量。"

那天真是离奇得很，竟然只有我一个学生，一个学生坐在一个空旷的教室当中真让我有一种说不出的怪异。我有点受宠若惊，从来都是待在除了桌子凳子以外连转身都没有多余的空间的中学教室，这真让人不习惯。好像周围的人我都看不见，而他们却看得见我。因为我发现陈思洋的眼光竟时不时地瞧向一些空空的座位，似乎那些座位有人，而这有意无意的动作却在无形当中加深了我内心的恐惧。

这种状况一直持续了几天，直到陆陆续续有新同学加入这个阵营，我的恐惧感才逐渐消散。

住到我寝室来的人都相继跟我成了好朋友，我也不去深究到底是"狐朋狗友"还是"生死之交"，总之，当时只道是寻常。只要开开心心，无拘无束，活得洒脱，不被寂寞萦绕，那就是值得庆幸的事，还去在乎别的做什么呢？

张志强、李明凯、周建兴、陈智、余晓峰加上我，一共六个人，这是我们寝室盛极之时的人数。那些日子，热闹非凡，只觉得时光如飞，快乐在挥霍中转瞬即逝。我们抓不住什么，留不住什么，只是隐约记得发生了些什么，现在想来，也还是能令人捧腹或令人唏嘘而感慨不已。

古老的陈旧的地方总是有意无意地流传着一些闹鬼的传说。是传说也好，亲眼所见也罢，却总能在特定的时间特定的地点吓得一些人神魂颠倒、惴惴不安。

很不幸，有一段时间我们就成了这样一些人。有些东西我真的不知道应该用什么方法去解说，虽然我是一位唯物主义者，不相信什么鬼神，也不相信什么灵异事件，但是当这些事情就发生在我的身边，或者我亲眼见到的时候，我应该如何？相信还是逃避？如果没有人能给我合理的解释，我只能选择相信。

鬼的传说并不是空穴来风。首先这样一则消息来自上一届的一位师兄，说是在我们住的那一层楼的寝室（实际上在那所培训学校，男生都住在那一层）的"1404"号房，两年前，死了人。然后就沸沸扬扬，所有人都知道了。那位师兄究竟是怎么死的，答案没有定论，有说是被电打死的，有说是从床上翻下来摔死的，有说是突发心肌梗死猝死的，有说是失恋后服毒自杀而死的，五花八门，莫可区分。学校将这消息封锁了，校长冉晓锋也不知道用什么方法将这件事给压了下来，总之，知道的人很少。学校认为那间寝室不吉利，所以就将它锁了起来，外面还贴了一张符咒，不知是道教还是佛教，看样子，应该做了法事。可是这一切都不是重点，如果我们仅仅是因为这里死了个人就感到害怕那倒也说不过去，至多只是心里有点芥蒂罢了。我们其实是被鬼魅的灵异事件吓得六神无主的。

周建兴最先遇上怪事。他说他在晚上无意中醒过来的时候会看到一闪即逝的白影，或者听到咚咚的脚步声朝厕所的方向走去，然后就再也没有响起。有时候怎么也睡不着，等到好不容易睡着了却总感觉有人在推他。还有他记得明明有一天晚上拖鞋是正着摆的而早上醒来的时候却发现鞋尖朝着墙的方向……

我当时只是极力反驳着，认为他胆小怕事，神经过敏，堂堂铁血男儿竟然会因这些子虚乌有的妖邪鬼魅而胆怯。可是渐渐地，我的想法动摇了，因为他说的次数越多，我的心里总会将一切不太寻常的东西视为不可思议灵异征兆：偶尔响起的脚步声消失在暗夜中，夜晚凄惨惊悚的猫叫，婴儿莫名其妙止不住的啼哭，阴恻恻的大风刮得窗户“吱剌剌”的响，蝙蝠没有任何预兆地撞入深蓝色如抹布般的窗帘中拼命挣扎……不仅是我，张志强、周建兴、陈智、余晓峰等不约而同地与我有了相似的灵异遭遇……

我的抵抗力越来越薄弱，理智的唯物主义世界观也越来越不堪一击。我感到四周尽是一片被超自然的意念力所控制的非人类的世界。阳光变得晦暗无光，没有温暖；地板冰凉，背后总是莫名其妙地泛起阵阵阴冷；一个人走在长长的走廊上，脚步声在空阔的四周回响，总疑心是不是有什么鬼魅般的东西紧紧尾随着我，在我转身的刹那，狞笑着看着我……

我们渐渐不敢再单独行动，特别是晚上，上个厕所都必须组团前去，而且还要雄赳赳气昂昂地唱着凯歌，绝不敢一人涉险。这中间有个原因，那次我去上厕所，大概是晚上十点钟左右，我看见一个哥们儿蹲在第一排的格子里，我瞟了一眼，没有在意，完事之后便回到寝室，告诉他们厕所里有个人很奇怪，我像是从来没有见过。这话还没说完，周建兴就朝厕所冲过去，过了十秒面如死灰般跑了回来，有气无力地说：“厕所里没人……”

当我们跑到厕所一看，里面确实一个人也没有。

我心里感到纳闷，慢慢想到，这厕所到我们寝室的距离绝不超过二十米，步行的话也就三十秒左右，疾奔的话不到十秒，我刚才从厕所出来直到寝室再将这事说出来也没有超过一分钟，这一分钟之间我们的门是开着的，我们也一直是站在门口说话，我、陈智、余晓峰的眼光也一直觑着门外，如果说有什么人走过他们都应该看得清清楚楚。退一步来讲，就算我们关着门，什么也没看见，这走廊发生的一切动静在隔音并不好的情况下逃不过我们的耳朵，只要有声音，哪怕是厕所冲水、两端尽头寝室内说话的声音，我们都能听见，虽然听不清具体内容，但终归能收入耳中。可是那神秘人上了厕所，即使他没有冲厕所的习惯，难道走路也没有发出任何声音？不过这不是重点，重点是这个人我不认识，我向他们描述了他的长相，也没有一个人认识。当时正值暑假，来这里培训的人寥寥无几，男生寝室在彼时只有十多人，为了方便管理，这十五人合为了一个班，也就是说，这里所有的人我都认识，而那个人我却从没有见过。

“会不会是新同学？”李明凯语声有些颤抖地问道。

“不会。”我摇摇头，不用解释原因，大家也心知肚明，新同学怎会在晚上来报名？晚上十点一过，所有的老师都作鸟兽散，报名处锁得跟铁桶似的，黢黑一片，要报名？找阎王吧。很明显，这个反驳是如此的苍白无力，即使不需要任何论据，也不能让我们的心里恢复一丝清明。

“会不会是……你看错了？”李明凯的声音越来越颤，颤得我们都情不自禁地跟着颤。原来颤抖也能相互传染。

“但愿……我看错了吧……”我没有足够的信心相信这是幻觉。因为我从来没有产生过幻觉，所以便不知幻觉为何物。

“会不会那个是保安？”周建兴皱着眉头做沉思状，冷不丁问了我一句。

我努力回想着那张脸，陌生的脸，却有那么一点点熟悉的轮廓，当时灯光昏黄，我看得不甚真切，只是隐约觉得他们有相似之处，于是我使劲摇摇头，将他们融合在一起。

“也许是吧。”我尽量给大家建立一个希望，希望这是我的恍惚之中带给大家的一个错觉而非让人坐立不安的灵异事件。至少这样，能让大家舒一口气，得到短暂的放松和安歇。

“我们一起去看看吧。”周建兴提议。

保安坐在走廊尽头的沙发上看电视，淡蓝色的制服还穿在身上，神态悠闲，见我们走了过来，立马招呼我们。

“小孙！”我们向他打招呼，他微笑地朝我们回应。

保安姓孙，因为年纪与我们一般大，且长着一张娃娃脸，很有亲和力，领导都叫他小孙，我们也跟着叫，他也友好地接受且不以为意，似乎这样便更能得到大家的青睐和支持。

“不不不，我们不坐了。”我们慌忙摆手道。

“那，吃瓜子吧！”小孙又端了一盘瓜子放在我们的旁边。

我们心不在焉地捻了一个瓜子，连壳都没剥就塞进了嘴里，迫不及待地问出了那个让我们寝食难安倍感惶恐的问题：“小孙，你刚才上厕所了吗？”

小孙一脸茫然，不明白我们一大帮人为什么会问他这样一个完全不着边际的问题，愣了愣，还是微笑着说道：“没有啊，我刚从大门那边过来，今天下班比较早……”

心脏如遭重击，我们五个人呆立当场，面如白纸，瞬间石化……

自始至终，我也没弄明白那天晚上在厕所里见到的那位神秘人究系何人。总之，他再也没有出现过。

少年的好奇心害死人，越是在这种恐怖气息中越是谈论得津津有味，还去寻找一些这方面的资料和记载来充当催化剂和调味品，从而使得这样的气氛变得更加诡谲。最胆小的人反而变成了最亢奋的人，收集资料乐此不疲，夜黑风高之下总是一本正经。他就是周建兴，在一个无所事事的晚上，他突然提议要玩一个灵异游戏。

众所周知，迄今为止，世界上流传下来的灵异游戏多如牛毛，不胜枚举，但是最恐怖、最经典、最让人难以释怀也最受欢迎的灵异游戏有十种，它们分别是：请碟仙、吃粮、进门鬼、镜子鬼、四角游戏、血腥玛丽、致命游戏、镜子巫婆、浴缸游戏、招鬼术。其中，致命游戏又是十大灵异游戏之最，凡是玩过此游戏的人无一不被死神眷顾，所以也在无形当中将其恐怖系数提升到了前所未有的高度，也同时被列为禁忌游戏。我不想在这里夸大其词，是否玩过的人都必须会死，我不敢妄言定论，但有一点，这些游戏在坊间传得沸沸扬扬，经过多年而不衰，谈“灵”色变，至少能说明其确有不可解释之处。曾经有家电视台播过一档灵异类新闻，我还清晰地记得那期的标题叫作“凶宅迷雾”，讲述的是在一个偏远的农村有一座老宅，其年岁已逾百年，住有夫妻二人，孩子长到三岁突发癫痫而死。这本没什么奇怪，可是怪就怪在这对夫妻已经连续死了五个孩子了，而且都是在三岁左右突发癫痫而死。医院怀疑他们有遗传病，可是详细调查之后却排除了这种可能。后有环保质检部门的专家怀疑他们的水有问题，于是又派遣质检小组去检查他们的饮用水，结果水质正常，无异状。

又有人怀疑他们的房子的空气、墙壁、锅碗瓢盆，总之怀疑什么就检查什么，甚至有人将他们后山的泥土都拿去化验也依然没找到任何可以解释小孩突然猝死的原因。无论是专家还是平民，虽然众说纷纭，但最终矛头都指向他这座祖宅，但是这座祖宅到底哪里出了问题，却没有任何机构能解释得清。迷信的方法他们也用过，请风水师、茅山道士、阴阳师，贴符咒，修道场，做法事，喝圣水，驱鬼，开光……结果还是一样，无济于事，孩子的癫痫频繁发生，送医院后恢复如初，检查不出任何病症，只得通过他们症状暂定为癫痫，但到底是什么癫痫又成了一个疑问。那时他们的第六个孩子，还不到两岁，离三岁也不远了。于是有人劝他们搬离这栋老宅，他们依言住进了城里的亲戚家，异兆从此消失，再无发生。还有一件事，也是相当骇人，那就是据他们那村的人们传说，他们每死一个孩子的前一天晚上，都有异象迭起，猫作婴儿啼哭，狗流泪，猪撞墙自杀，牛暴怒，鸡跳河淹死……如今那一座宅院已成了空宅，时至今日，依然有专家学者慕名前去探索这座“凶宅”的疑团，若干年过去，却无任何进展……

周建兴所提出的灵异游戏叫“四角游戏”，此游戏正是世界十大灵异游戏之一，据说恐怖程度超过请碟仙。请碟仙到底有多恐怖我就不多费笔墨来阐释，相信玩过的朋友都心有余悸，难以释怀。

“四角游戏”的玩法是：找四个人，在夜半时分，选一间方形的空白房间，将所有的灯都关掉，然后在房间的四个角落分别站上一个人，面朝角落，最好不要向后看。游戏开始时，其中一个角的人向另一个角落的人走去，轻轻拍一拍前面那个人的肩膀。接着，被拍的人就按照同样的方法向下一个角落的人走去（大家走的方向是一致的，都是顺时针或逆时针），然后拍第三个人的肩膀，以此类推。整个过程都是闭着眼睛，摸索着墙垣踽踽而行。有一点要注意，当你走到一个没有人的角落，就要先咳嗽一声，以示这个角落没有人，然后越过这个无人的角落朝下一个角落走去。游戏的最后会出现一个现象：没有一个人咳嗽。也就是说，会莫名其妙地多出一个人……

那一晚，我们一共有七个人，人数明显超标，我本想退出，可是周建兴说什么也要我加入进来，没奈何，我只有堕入了这个恐怖的旋涡之中。周建兴是游戏的发起人，他也要参加。最后，两个女生自动退出，另一个人是年轻的美术老师，他也退出。周建兴突然想到，反正他们也没事干，何不让他们做一个游戏的见证人，瞧一瞧最后到底会不会多出一个“人”而证实证实这游戏的恐怖程度是否如传说中那等骇人？那两位女生想了想，就答应了，那个美术老师说有事便先行离去。

我们选了二楼的一间空阔的教室，只见窗外蓝光莹莹，反射着霓虹灯的幽光，有些鬼魅，又有些静谧。为了营造更好的恐怖气氛，我们将陈旧的厚厚的蓝色窗帘放了下来，并关闭了所有的窗户，霎时间，一切光线尽皆隐遁，已然看不清每个人的脸，但是依然能依稀辨别出每个人身形的轮廓和大致的体貌特征。

我们各自选了一个角落面朝里站好，随着周建兴一声轻声示意，我们闭上眼睛，向前走去。我们是按照逆时针的方向走的，我记得前面的人是周建兴，于是在走到下一个角落的时候便停住了，然后轻轻拍了拍他的肩膀。

咳嗽声第一次响了起来，我从咳嗽的声音判断出这人应该是余晓峰，也就是说那个角落没有人。我大致判断应该是在我所处位置的西北角。

间隔了一阵，又有咳嗽声响起，我揣测应该是李明凯；过了一会儿，又是两声咳嗽，是周建兴。接着该轮到我了，很快我也摸到了一个空洞无人的角落，咳嗽示意以后便继续向前走去。

时间悄无声息地流逝，偌大的教室除了咳嗽声便是轻微的脚步声，井然有序，仿佛一切都被操纵，我们只能这样走着，漫无边际，期待着那可能出现的灵异。我忽然有种奇怪的感觉，如果我们停不下来了，一直走，一直走，忘记了时间，忘记了忧愁，忘记了欢乐，忘记了外间的一切，会不会像观棋的王质一样待一局终了世上已过百年，换了人间？

不知道从什么时候开始咳嗽声中断，余晓峰适时打开了电灯，推开了门，我们才如梦方醒。

“怎么咳嗽声停了？”我们不约而同地问道。

“没有摸到无人的角落啊！”我们喃喃说道。

此语一出，如晴天惊雷，我们面面相觑，半晌处在凝滞状态。

难道这个游戏真的应验了？难道我们真的摸到了传说中的“第五人”？还是……有人故弄玄虚隐忍不发？我们互相细细地瞧着每一个人的表情，即使是撒谎后留下的稍纵即逝的示弱的胆怯也不可能逃过我们的细细搜索。最终，我们什么也没有发现，也找不到人为捣鼓的任何疑点。

“那两个女生呢？”李明凯突然开口问道。

对啊，我也突然记起不是在游戏开始之前还有两个女生在窗口充当见证人吗？她们应该瞅得清清楚楚才对啊！可是我们当时并没有发现她们，也不知什么时候已经离去了。

余晓峰气愤地掏出手机，摁亮了屏幕，拨打她们其中一个的电话，本欲好好训斥她们一顿，却不料只发出“哦”“好吧”两声之后走便挂掉了电话。然后解释她们肚子不舒服先回寝室去了。我们听罢，除觉有些遗憾外，别无他法，也只得归寝。

回到寝室以后，我们依然喋喋不休地讨论着刚才的灵异事件，周建兴还拉下画板给我们分析我们走的方位、时间，再加上一些努力回忆的细节，想设法找出我们是在什么时候停止咳嗽的。我记得最后的咳嗽声是从李明凯的身上响起，但是李明凯却极力否认，说应是周建兴，周建兴却说是余晓峰，余晓峰又说是我，我又说是李明凯，如此推诿，实是无法找出问题的关键。线索在这里出现了分歧，无法深入，只得再一次不了了之。

这件事压在我们心中如糊紧的窗纸般密不透风让人憋得神经紧张，惴惴不安，睡到半夜又发生了一件怪事，让我们脆弱的心脏和神经再一次受到惨无人道的蹂躏和摧残。怪事来源于陈智，他是打死都不信鬼神的，可是在那一晚他却被“鬼压床”了。

准确地说应该是“鬼附身”。如果仅仅是“鬼压床”的话，其实他的意识是清醒的，只是身体四肢暂时丧失了与大脑之间的联系，有可能会出现幻觉或者恐怖的情景，当他醒来之后却依然能够清晰地记得刚才发生的事。这种情况在医学上被称为“睡眠瘫痪症”，在古代被称为“梦魇”，大多处在半睡半醒之间不可自拔。

那天晚上，我们先是听到了一阵低低的笑声，然后间隔两分钟左右，又是一阵笑声，音量提高，音色变调，我一个激灵，从床上翻了起来，瞧着我对面上铺的陈智，确定这声音是从他嘴里发出来的。

睡在我上铺的是余晓峰，他似乎刚睡着，却被这笑声惊醒，以为陈智在给哪个女的发短信调情，心下不满，又吵到了自己的睡眠，喃喃地咕哝了一句：“陈智，不要闹，深更半夜的，睡觉。”咕哝完了之后，翻了一个身又继续睡去。

我也以为是陈智在搞怪，也不以为意，重新躺了回去，还没闭眼，一声怪笑便又响了起来。

“咦！呵呵……”

“陈智！”余晓峰醒了过来，大声叫着陈智的名字。

“咦！呵呵……”又是一声怪笑传出，声音高亢了很多，高低相间，阴阳怪气，在三更半夜响起，使人毛骨悚然。

我的床紧靠着的一边过去一点就是周建兴，因为隔得近，我能真切地感受到他的人连带着床都在剧烈地颤抖，气氛骤然紧张，恐惧再次升级。

“陈智！”余晓峰见陈智毫无反应，立马大声喝道。

“陈智，你醒醒！”

对面寝床下铺忽然发出一阵咕噜声，睡得最死的李明凯也醒了过来，听到陈智非人的笑声之后也在顷刻间吓得三魂掉了两魂般扑腾一声跳到了我的床上，死死抓着我的手臂，牙齿如吃了冰棍一样格格打战。我的胆子也大不到哪里去，见此情景，焉有不惧？双眼紧紧盯着怪笑的陈智，脑海中一片空白。

周建兴也扑了过来，紧抓李明凯的手臂，眼神呆滞而无助，黑暗中，我听到了他们浓重而惊恐的喘息声。

余晓峰适时按开了床上的小灯，淡淡的白色的灯光如银河一般倾洒，显得鬼魅而阴鸷。当时正值夏季，我们瞥见了彼此的汗水涔涔而下。每个人脸色苍白如纸，似乎随时随地都有灵魂出窍的危险。

余晓峰不叫了。他忽然俯下身对我们说：“你们都醒了？”

我们支吾着点点头。

“他好像被‘鬼压床’了。”余晓峰淡淡地说，似乎见惯了这样的怪事反而习以为常不似我们这样从未见过此等现象的人坐立不安而恐慌。

“怎么办？”我们焦急而惶恐地问道。

“叫醒他。”余晓峰道。

“但是我们必须一起叫。我一个人叫不醒他。”

我们正准备一齐大叫的时候，陈智的怪笑陡然转变，成了一阵低低的啜泣，很快又转为婴儿的啼哭。起初还能分辨出陈智的本音，到得哭声越来越嘹亮，越来越凄厉，越来越阴深，已完全找不出一丝人的气息时候，我们已然觉得这是一只孤魂野鬼在旷野的坟茔间为自己无法洗脱的冤孽而号啕大哭，而这冤孽似乎积淀了数百年或者更久，无一位有缘人能为他超渡以达极乐。我们如泥塑般呆滞了，那本来还有着一些底气的叫喊硬生生地搁浅在喉结间，怎么也叫不出来了。

忽然，陈智发出了一句让我们毛骨悚然的哀求：“妈妈救我！妈妈救我！……”

仿佛来自地狱，来自幽冥，穿过奈何桥，穿过忘川河，穿过沸腾的油锅，歇斯底里的凄厉的哀鸣，我们吓得几欲停止呼吸，冷汗如雨，顷刻间湿透了衣襟。

余晓峰一个箭步跳下床，打开了寝室的大灯，白色的光线瞬间溢满整个空间，我们仿佛重获光明般，惊惧之情稍稍退却。

“陈智！”余晓峰站在我床边，对着上面的陈智大声叫喊。

“陈智！”我、李明凯、周建兴也一齐大喊道，企图以这样的喊声震醒兀自沉溺在梦魇中的陈智。

可是没有用，无论我们的喊声多么震人心魄，陈智依然沉湎在“炼狱”中不可自拔，兀自喃喃地重复着“妈妈救我”这般的凄厉的哀求，或者时不时地陡然转变为“嘻嘻”的阴阳怪气的非人的笑声。

“怎么办？”李明凯无可奈何地问道。

“只有将他打醒。”余晓峰道，伸手用力拍在陈智的床沿，木质的床沿顷刻发出一阵剧烈的震荡，伴着“嘎吱嘎吱”的响动，他几欲将整个木床拍垮。

余晓峰一边大声喊着陈智的名字一边使劲拍打着床沿足足有一分钟，可是床上的陈智依然没有清醒的征兆。

我陡然一阵豪气涌将上来，冲过去使劲拍陈智的床沿，两两相加的力量更加强大，床沿边紧紧贴着的挂钩都被我们拍掉了。

余晓峰忽然停止了拍打，径直攀上了陈智的床位，不顾三七二十一就“啪啪”扇了两个耳光，陈智痛苦得呻吟了一声，然后“哎哟、哎哟”地叫唤起来，然后便是咂嘴的声音，似乎已经醒了过来。

“陈智，陈智！”余晓峰兀自不停地摇晃着陈智的身躯。

“干什么？”陈智打了一个哈欠，伸了个懒腰，虽然醒了，又似乎极度疲惫，眼睛虚睁，声音倦怠慵懒至极。

“你刚才被鬼附身了你知不知道？”余晓峰郑重其事地问道。

“你才被鬼附身了！三更半夜的不睡觉，跑到我床上来干什么？真是的。”陈智侧了侧身，就欲继续睡去。

“你刚才真被鬼附身了，我们都被你吓傻了！”我、周建兴、李明凯见陈智不信，立马齐声佐证道。

“你们真无聊！”陈智撇撇嘴，不想理会我们。

“你记不记得你刚才干什么？”余晓继峰续问道。

“当然是睡觉啊，还能干什么？”陈智不悦地皱皱眉头，表情颇为不耐。

“我是说你还记不记得刚才说了什么话？”余晓峰不依不饶。

“我说个屁啊！”陈智抽抽鼻子，“我拜托你们就算不睡觉也要把灯关了吧，这灯晃得我眼睛生疼，叫我怎么睡？还有，拜托你，你的床在对面，不要在这里挤着我，这大夏天的，闷得我忒热！”

“你刚才真的是被鬼附身了！”我大声正色道。

“真是真的，我们都被吓傻了！”李明凯大声道。

“吓得我想死的心都有了。”周建兴的情绪恢复了正常，不过脸色依然苍白如纸，声音也有些中气不足，但依然竭力为这件事进行佐证。

陈智腾的从床上翻起来，怔怔地瞧了瞧我们，又瞧了瞧余晓峰，阴恻恻地笑了一声，道：“你们，一二三，好，很好，连在一起整我吓我是吧，哼，我可不吃这套，任凭你们说得天花乱坠，地涌金莲，我也是不相信的。”说完，又倒回了床上。

“陈智，我正儿八经的问你，你真的什么都不记得了？你刚才说的话？你的怪笑？”余晓峰决定打开天窗说亮话，直接质问，不再迂回。

“记得什么？我正在睡觉，你就莫名其妙爬到我床上来，还有你们三个，帮着他一起来吓我。你要我说什么？”陈智理直气壮地反诘道。

“我们说的是真的，你真的什么都不记得了？你再好好想一想。”余晓峰誓要将此事弄个水落石出，一遍又一遍诘问着陈智。

“哎呀，我说大哥，我求求你放过我吧，我现在真的很想睡觉，麻烦你走吧，有什么事明天再说好吗？”陈智可怜兮兮地乞求着，一面翻身推搡着余晓峰，似乎想要立即将眼前这个半夜三更发神经的“疯子”驱逐出境。

余晓峰一边伸手拦截着陈智的推搡，一边正声说道：“不行，你不说清楚我是不会走的！”

“你到底要我说什么？”陈智再次从床上一骨碌翻了起来，无奈地瞅着余晓峰。

“你刚才是不是在做噩梦？”余晓峰试探地问道。

陈智摇摇头。

“你记不记得你说过什么话？”余晓峰继续问道，同时眼睛一眨不眨地注视着陈智的眼睛，似要从他的眼睛当中找出什么破绽。

“我真什么都不知道。”陈智摊开双手，“你们说的什么我完全处在云里雾里，我感觉自己很无辜，莫名其妙就被你叫了起来，连觉都不要睡！”语声里全是不满和埋怨。

“你刚才是不是故意在吓我们？”余晓峰盯着陈智的眼睛，忽然转换了话题问道。

“我吓你们干什么？我有毛病啊！”陈智极力争辩道。

“那你敢发誓吗？”我忽然插口问道。

“发生么誓？”陈智似乎没反应过来。

“如果刚才我们说的这一切都不是你故意吓我们的，你敢发誓吗？”我解释道。

“好，我发誓。”陈智伸出右手，举过头顶，一字一顿地道：“我陈智对天发誓，如果我今天晚上像你们所说的故意装鬼吓你们，我不得好死！”说完，垂下手，瞧着我们。

（十五）

各自就寝后，本来应该将灯熄灭，可是我们在受了这种异乎寻常的惊吓之后心理变得敏感而脆弱。虽然陈智已恢复了正常，焉知在熄灯之后四周又不会不会再一次陷入令人毛骨悚然的恐惧之中呢？所以我们坚持不能关灯，以免各种鬼魅趁着暗夜的掩护卷土重来。

陈智不乐意了，不停地叫嚷，想要再度进入酣睡却已不能，我们也是一样，此刻感到分外疲惫，特别是在受到惊吓恢复正常之后就更加困倦不堪。然而明晃晃的白色的灯光始终轻而易举地穿透我们的眼帘，在视觉神经中形成一幅混沌初开时的莽莽画卷，搅得我们辗转反侧，不能正常入眠。

没办法，只得全部将灯熄灭，室内又陷入一片黑暗，我们的心又一次抽紧。但为了保险起见，大家相互慰藉一番，并互相嘱咐倘若自己也被“鬼附身”的话，要让离自己距离最近的人毫不犹豫地将其弄醒，不管采用什么方法，总之决不能让自己堕入“地狱”。就这样，在一阵又一阵倦意的侵袭下，我们终于沉沉睡去。

直到第二天的太阳重新照在我们身上，我们睁开眼睛的时候，看见自己完好无损地躺在床上，并且能欣赏窗外美丽的世界时，我们才发现，能够好好地活着，是多么美好，多么幸福的一件事！

此灵异事件之后，我们开始筹备一切抵御“鬼魅附体”的措施。周建兴花了一百多买了一块红色的护身符，据说还是开过光的，法力极强，能抵御任何邪魔妖魅；余晓峰本来就有一块家传玉观音，一直揣在包里，这段时间没有戴，那夜之后便挂在脖颈上不离不弃；李明凯绑了四个红绳，双手双脚都被护佑着，倒也安心；我忽然想起前段时间有个同学送给我一个翡翠色貔貅，属真玉，透体晶莹璀璨，手感光滑而温润，据说能避邪、招财，我当时没在意，就将它放包里，现在则锁在柜子里，在这非常时刻，也不得不拿出来戴在脖子上招摇过市一番。此外，我们的手机中都下满了大大小小的佛教音乐，什么《大悲咒》、《金刚经》、《楞伽经》将内存塞得满满当当，再没有多余的空间下个竞技之类的游戏。不过这并不打紧，那段时间，我们的全副心思统统用在抵御“鬼魅”上面，其他的娱乐事件倒也不以为意地忽略掉了。我们只想求个平安，为自己那并不坚强的心灵和对未来美好生活的企盼。

说来也离奇不已，自从那次灵异事件之后，再也没出现任何异象扰乱我们的生活。是不是我们充分的准备让护身符散发出了强大的震慑能力让各种邪魔妖魅不敢越雷池一步？我不敢妄下结论，但在那种情况下，毕竟我们平安了，这比什么都重要。

这件事到这里也可以画上句号了，后面遇到得最多的只是一些传说和描述，其中还有我们当时的形体老师给我们讲述的她遇鬼的亲身经历，彼时也吓得我们够呛。但恐惧感却大打折扣，因为毕竟是听别人经历，真实度有多少尚待商榷，哪有那么容易就深信不疑呢？谁知道她有没有想象和夸张的成分呢？相比之下，比那晚我们亲身经历的凶险失色不少。

这一年高考过后，最终我进入了省城的一所艺术类大学，选择了编导专业，继续着我的学业和人生旅程的跋涉。该大学虽然只是一座三流艺术院校，但综合实力却超过了国内任何三流院校，不管是艺术院校还是综合类院校。在我进入的那一年本校正毫不懈怠地积极晋升，希图升到二本，大有一飞冲天、勇夺桂冠的实力和勇气。

与其他一些公立学校相比，该校创立的时间可以说是很短的，从九几年至今，也就十多年，一开始与其他任何一所艺术类院校相比都显得稚嫩而孱弱，稍有不慎便会被滔滔激流淹没于无形。但是在这十多年的时间中却异军突起，芝麻开花般越来越强大，从最初的连自己上课的教室都还要与其他学校合用的羸弱阶段，到如今拥有占地三千亩、在校学生突破两万的强大实力，着实让人慨叹良多。而该校的发展势如破竹，如日中天，再加上全校上下同心，假以时日，该校必将称霸全国。而实际上，该校的硬件设施和软件设施在全国艺术高校中已经名列前茅，无人能出其右了。

该校拥有西部首台3D大型转播车，价值三千万人民币，省级电视台的转播设备都难以与其争锋。与台湾商业电影院合作共同修建“九州星辰电影院”和可容纳五千人的“环形舞台”，二者与接见省级领导的“贵宾接待室”三位一体，气势恢宏，豪奢至极。剪辑软件全部采用最先进的大洋非编和苹果运行设备，效率之高，输出画面清晰无格，省级电视台的很多包装系节目和特色动画的制作均以外包形式承接给该校并建立了长期的合作式发展机制。至于拍摄器材均以索尼 190 为普遍器材，一般到下半年就换为小高清 Z50，如果技术纯熟，还可尝试最高端的索尼高清蓝光。索尼 190 为最便宜的录影器材，均价一万九，小高清 Z50 为均价四万，高清蓝光最贵，均价二十七万。

该校远离城区，植物繁茂，环境优雅，空气清新。凡立足在此，都不忍匆匆离去。我突然有一个奇妙的想法：如果所有大学都开放成为旅游胜地，不也是一件十分美好的事情吗？不过作为旅游胜地的大学得有一个前提，那就是旅游资本，即可供旅人观赏的硬件设施和地理环境，人工开凿景致或构筑的亭台轩榭也未尝不可。这方面做得最好的就是清华的清华园和北大的未名湖，这两处地方已成为家喻户晓的标志性景观，在高校当中是一种伟大的创举。如果该艺术院校也能拥有一处标志性景观，那很容易便在全国多如牛毛的高校当中脱颖而出、声名鹊起了。

该艺术院校倒有一处环境优雅景色清新的“星光湖”，此乃人工湖，不与外界连通，面积不大，资源有限，火候不够，时辰不到，自是不能与未名湖相媲美。在校长的精心策划下，或许几年之后，便会发生巨大蜕变也说不定。总之，在短期内，它还是会保留着最初的样子静待朝暾的到来。

该校有八个大系和十六个专业，分别是编导与戏剧影视文学系、播音与主持艺术系、表演系、音乐舞蹈系、数字媒体技术系、摄影系、录音系、影视编导与管理系及各系内部所开设的专业方向。近年来又开设了一项与艺术毫不沾边的航空系空乘专业，据说还有专业的航空模拟仓，不过我没见过，只是略有耳闻。如此一来，就变成了九个系，假以时日，可能会更多。

以商人的头脑来运营一所民办学校，在资本运作的模式下运用好国际先进理念的管理方式自是能够产生一系列的积极效应，这远比一般的公立学校更具有强大的生命力与竞争力，甩开一般的公立学校便不是什么难事。该校与其他兄弟学校相比，最大的特点就是想方设法通过已有资源进行开发。

学校的主要收入来源还是学费。对于民办兼艺术类院校，本身的学费与公立院校相比就高不可攀，再加上书费、住宿费，接近两万。这是一年的学费，四年的话就是八万。这还仅仅只是学费，不包含生活费。彼时学校的在校生人数已逾两万，教师人数数百，除开教师人数，算得学校的总收入为十六个亿，这是主要收入，也是最大的经济蛋糕。而学生在学校里，除了按进度学习各种专业知识以外，业余时间就是花钱、花钱、再花钱。今日看到一个新闻，讲的是一个学生的入学支出一次性花掉父母四个月工资，具体是多少，在这里我就不去统计。总之，这必是一笔不菲的开销。这就是九零后的我们所踏进大学做的第一个壮举，将父母辛苦挣来的钱无止尽挥霍，并且毫无愧疚、心安理得、其乐无穷。四年时间弹指一挥间，我们最后得到的不过是一张结业证或者一张补考成绩单，好一点的混了个毕业证，然后就磕磕绊绊地去找工作。家里有关系的可能会进单位，找一个稳定的饭碗，吃一辈子，平淡无奇，再也没有波澜。

我的大学生活仅两年就终止。是我自己强行停止了它。我想我必须要停止，从这象牙塔里走出来，好好地思考我的未来，作这一个九零后真正的未来。

回想起我们曾有无数次憧憬着踏进人生最高学府，那是燃烧着青春和理想的地方。可是当我们真正到达象牙塔的时候，才发现它并不是我们想象的那样让人充满激情，只不过多了一分整洁和优雅，就像超市，我们被障眼法所蒙蔽了。

对于这样的生活，我们无能为力。因为其烟熏火燎的软环境已经慢慢磨蚀了我们的雄心和激情，除了极少数特立独行的学生之外，很难有人在此种空间下坚守自己曾经最初的梦想矢志不渝。因为这种人会受到打击，受到排挤，在同处一个屋檐下的大众的眼中，他们逐渐变成了异类，冷嘲热讽如同飓风般自四面八方刮来，他们会承受比普通人更严重的打击和压力，尤以心里为盛。他们很难有朋友，因为无论任何人与其走得稍微近一点就会被大家指指点点，归为另类，给他们贴上“怪物”或者“神经病”、“疯子”一类的标签。但他们坚持下去了。我看着，一直看着，我在心里默默地祝福他们，他们是真正的梦想的守护者。他们终有一天会将这些无知的大众踩在脚下，屹立在巍峨的山顶，绽放着灿烂的光华，披着朝露，迎着晨曦，唱出最美的歌谣。

吴鑫，我的同学，我心中尊敬的梦想守护者，班上的“怪胎”，爱好写作，从未放弃。他不为班上的人所待见，常常被讥笑、嘲讽、作弄。他却全然不理，走自己的路，捧着书、杂志，无论在任何时候，他的脚步总是慢腾腾有如蜗牛，那是他的标志性背影，被夕阳无尽地拉扯，然后在人们的嘲笑声中走向远方。他沉浸在自己的杂志小说的世界中不可自拔，使他的思维纵横驰骋，无拘无束，空灵梦幻如神秘多姿的太阳雨。

我是将他当作朋友的，并时时和他进行攀谈，谈小说的创作内容，谈杂志的选择和题材的圈定。我受益颇多，觉得在此获得的知识和对未来一些东西的认识逐渐清晰，并大有付诸行动的激动和欲念。因为我也喜欢小说、热爱文学并默默努力坚守着那一份信念，就算生命脱离躯壳也不会放弃。可是我却没有他那么勇敢，我不敢表现得那么兴趣盎然，那么毫不在乎，那么无所顾忌，那么理直气壮又那么超然物外。事实上我胆怯了，我用华丽的外衣遮蔽着我内心热切的冲动。于是从外表上看我和普通人没什么区别，或者更准确一点，我想在这个时候躲进滚滚人流中，变得平凡而平庸，抛却理想，流落凡尘，庸庸碌碌。我需要一些刺激，如吴鑫一样的特立独行的刺激和“蛊惑”，它让我在最消沉的时候能够看到至少有一部分人与我并肩。他们是我的战友，给我力量，给我支持，让我明白，我不是一个人在战斗。

我心里不禁泛起阵阵温暖，同时又被阵阵悲哀和无奈掩埋。我无法拥有抛却一切的疯狂。我受不了那种精神的折磨和孤独，我需要在一定的时间内变得平庸而毫无光泽，因为这至少能够证明我还能与时俱进，得过且过，即使平庸我也认了，大部分人都是如此，我又能苛求什么？可是那些“怪物”勾起了我的欲望之火，让我体内的血液蠢蠢欲动，于是命运的神符在我的天庭中开启，告诫我我不是一个平庸的人，我有自己的梦想，我是与他们一类的人啊，同样是“怪物”，同样是备受鄙夷的天才。

六门功课的连续挂科与不去上课的旷课记录，直到一学期结束后，年级领导是再也无法容忍这位天才的胡作非为了，劝其休学，降级。吴鑫领命，当天就卷着铺盖走人。他们宿舍的人还假惺惺地去送了他一番，后来我才知道那些人不过是混一顿饭吃罢了，心里巴不得他早早离去。

直到第二年，也就是我们读大二的时候，我再一次看到曾经的朋友。他还是那样的满不在乎，天真如幼童般的微笑在脸上灿烂绽放，没什么改变，一切照旧，不过依照学校的命令顺利降级，他成了新生，也终于获得了“新生”。

我不知道他未来的命运会怎样，是继续坎坷不被人理解，还是顺利抓住了机会一飞冲天，抑或最终放弃屈就于现实的残酷和冷漠？不管怎样，我会选择相信在未来的某一天里看到一个天才最辉煌的闪光的瞬间。

瞿东升，我的另一位同学和朋友，他被贴上了“疯子”的标签，同样不受待见，不受欢迎，不受喜爱。他行事乖张，做事特立独行，别出心裁，上课我行我素，做着对未来的发展有用的种种练习。他意志力很强，做事非常坚定，不管这件事再难再艰巨，他也会想尽一切办法去做得尽善尽美。他会为了拍摄一个飞机的镜头坐四五个小时的汽车去双流机场等候，哪怕最后被告知不准拍摄他也并不懊丧；他会为了拍摄日出的光辉照亮整个城市的过程，找那个城市最高的建筑，半夜跑到天台架好机器等着日出，而毫不在乎那个太阳快速升起的镜头在剪辑软件浓缩之后只有短短的十秒时间；他会为了拍摄一个年轻人追梦的旅程冒着生命危险出入经常有人闹事的酒吧而仅仅是为了拍那个年轻人所唱的一首五音不全的歌；他会为了说一次相声练到声音嘶哑，为了把最好的状态带给台下的观众而毫不犹豫地吞服各种莫名其妙的抗生素……

瞿东升每天都忙于正事，所谓的正事，就是对未来的发展有用的足以让自己抛却玩耍的时间来夜以继日地工作的事。我们是无论如何也无法与他相提并论的，了解他的人都会由衷地佩服并私下里啧啧称赞。他是将自己用得有点狠，只要有空闲的时间绝对会充分利用，所以他的每天都很忙，踪影缥缈，无迹可寻。他会认为闲下来是一种罪过，自己承担不起这种罪过，哪怕累得精疲力竭他也毫无怨言。作为朋友，了解他的真正的朋友，我是不止一次苦口婆心地劝过他这样下去迟早会出问题，不要因为年轻而将自己的身体恣意蹂躏为所欲为。可是他听不进去，或者不放在心上。时间一长，我也无能为力。我曾经思考过一些事情，我发现人与人之间的不同有很大程度上是早已注定的，当先天的勤奋和激进占据整个身体的时候，任何闲散的念头都不会停留太长的时间，而如果身体是被懒惰和倦怠所占据，那情况则恰恰相反。

这样一来，我便想通了，大学生活其实是很空闲的，而空闲的时间聚集在一起会使人产生一种非常无聊和烦闷的情绪，于是一切用以打发无聊的东西相继应运而生：斗地主、搓麻将、玩游戏、泡酒吧、谈恋爱、抽烟、喝酒、打架等一系列不太美妙的事情。

斗地主、搓麻将属于赌博，而学校明文规定禁止赌博，可风气日久，早已根深蒂固在学生的心中，检查之风一过，暗地里便风生水起，异常热闹。如果仅仅是为了娱乐而赌博，倒也无可厚非，但如今娱乐的概念早已抛在了脑后，剩下的只是无穷无尽的金钱的刺激和贪婪的怂恿。大学生的赌博几与其他成人无异，押注大，时间长，精神高度集中并且很容易上瘾。彼时和我同住一个寝室的王翰，他一个月本来有一千五的生活费，可是在一个晚上，经不起别人的怂恿，堕入赌博大军，赌了一个通宵，输得分文不剩。可是他不甘心，他要翻本，要力挽狂澜，于是又找人借了五百，继续厮杀，中间反反复复，赢了又输，输了又赢，最后依然败下阵来，分文不剩，拮据之至，到处混吃混喝，艰难度日。到得下个月的生活费到账之时，他的第一件事就是还钱，还完以后，余钱所剩无几，无奈，只得又借。如此，他便陷入了这样一种恶性循环的怪圈之中不可自拔了。吴青骏，家底丰厚，活脱脱的纨绔子弟，一个晚上输了整整八千，可谓一掷千金，气势非凡。

这么多年以来，在我身边加入赌博大军的人数并非寥寥无几，他们用火一样的热情、鹰隼一样的目光日夜流连在赌桌前乐此不疲，高亢的吆喝声、起哄声络绎不绝，通宵达旦后桌面一片狼藉。奇怪的事情发生了，大家都是输家，到底谁赢了呢？至少我周围陷入赌博的人都是连连输，很难找到一个“赌神”级别的人物，大多成了“输神”。我仔细揣测了其中的过程，发现没有赢家的现象其实也并不神秘。因为在一次赌博当中，最后赢掉的人往往会很长一段时间不碰赌具。他们会以最快的时间将到手的赌金挥霍一空而不会让那些输家过长时间惦记而心生不满或招致不必要的麻烦和灾难。还有，赢家在赢得赌金后口风很紧，他决然不会透露自己赢钱的消息，不仅如此，他还会玩失踪，有一段时间谁都找不到他的人影，但是大家都心知肚明，知道他肯定是享受快活去了。同样，输家也不会提赢家的事，这关乎面子问题，他们虽然输了，但是在面子上却很难理直气壮地承认自己今天输了多少多少，最多含糊其辞地说没输多少或者今天手气不好等一笔带过不去深究，心里则暗暗下定决心下次一定要反败为胜，洗刷耻辱。如果把赌博比喻成一场战役，那么每个赌徒都是一位将军，哪个将军不希望自己在疆场上纵横驰骋、威风凛凛、横扫千军呢？哪个将军希望自己输得一败涂地、惨不忍睹呢？这样一想，我们倒能释然了。但是转念一想，赌博毕竟不是战争，战争中有正义战争，可以诞生常胜将军，而赌博却是一个陷阱，一个魔窟，只能让人越陷越深，最终悔不当初。

如果有一个人能将赌徒从越陷越深的泥淖中拯救出来，那这个人只能是自己，除此以外，无人具备此等神力。

玩游戏，在大学当中也是一种不可遏制的寻常现象，和赌博有异曲同工之妙，沉溺其中，很难自拔。若以娱乐为主，倒也无伤大雅，甚至还可开发智力，有益健康。然而这一切都只是一个诱饵，当你踏出了这一步，陷进去了，就知道一切都是谎言。游戏也有瘾，上瘾了，那是很难戒掉的。与我邻班的一位叫杨毅的同学，以网吧为家，常常是两三个月都不回宿舍，也不去上课。若学校有什么重要的事情，他的朋友会风尘仆仆地跑到网吧去找他。事情真的严重，他会在大家错愕的眼神中现身一次，而后立马消失，遁走，回到网吧，重操旧业，继续鏖战，兀兀穷年，乐此不疲。

（十六）

杨毅业已将网吧当成了家，将宿舍当成了旅馆，偶尔回来住住，表明他还没有忘记自己是该校的学生，没有忘记自己是这个寝室的一员，他还有最低的底线没有逾越，他还会在热情退却之后抓住一些现实世界中难能可贵的东西，这种东西就叫作人缘。他的人缘很好，所以他们寝室的三个人都跟着他站在了同一阵线上与他并肩作战，甚至有过之而无不及——有时候他们整整一个学期都不见人影。如此看来，网瘾的传染性与禽流感相比也是不遑多让。抵抗力弱的人当有自知之明，能避多远就避多远，实在避不了也不要往网吧里钻，因为最后的结果往往是竖着进去，横着出来，不容乐观，不太好看，尽兴后生气尽泄，人变枯槁，似丧尸般萎靡而不振，长此以往，大限不久矣。这并非危言耸听，现成案例不胜枚举，猝死者皆是年轻一辈，猝死地点都出乎意料地一致：不是网吧一楼，就是网吧顶楼。

谈恋爱在大学之中早已蔚然成风，不是什么新鲜的事。成得少，败得多，大部分人都无疾而终，毕业后一拍两散已成既定的结局。因为大部分人只是抱着一种玩玩的态度，在好奇和欲望的驱使下，去感受，去体验，并不如何当真，好比一场游戏，当游戏结束后便各奔东西，无牵挂也无忧虑，该干吗干吗，一切照旧，似乎生活从来都不曾改变。青春期的荷尔蒙分泌之旺盛，丧失信仰和理想并且没有远大目标的人很难把持得住，这也造成了数不胜数的悲剧。这些情况无须多说，因为结果都一样，开头都相似，后逐渐丧失新鲜感而变得了然无趣，枯燥无味，甚至业已麻木。我们能做到的最好的结果就是没有结果，不去强求，不去刻意施为，即使无疾而终也比鲜血喷涌的凄厉场景好上百倍、千倍，最不济也还有一段美好的回忆永远驻留在心间，不会湮灭。

不要认为抽烟和喝酒是小事，它们的危害与吸毒相比也是不遑多让。抽烟的直接危害是肺的污染和严重损毁，而这种危害的波及范围及损毁程度是对自己危害的若干倍。也就是说，在一个固定的空间中，如果有一个人抽烟，那其他人就成了直接受害人，他们被迫呼吸着吸烟者吸入肺中又徐徐喷出的废气，经过二次排放，它的杀伤力更大，得肺癌的概率也成几何倍数增加。曾有报道说一位女士从来不抽烟却莫名其妙地得了肺癌，肺被熏成了烟囱，该女士大感纳闷儿，经医生反复询问才知晓是因为她所在的办公室中几位男士烟瘾奇大，几乎每天一包，该女士经过长期“熏陶”，习以为常之下便无可奈何地成了吸烟者的牺牲品了。有些人总喜欢做伤害自己的事情，如果屡劝不改，那也没必要再劝了，他要伤害自己，就由得他去，只是希望他伤害的仅仅是自己，不要将别人牵扯进来。在我看来，吸烟这事是所有损人不利己的事件当中最严重的一件事了，而且级别之高，史无前例，空前绝后，望大家慎重视之。

很多人抽烟只是一种无聊时光中的一种更加无聊的情感的宣泄，不能算是一种瘾。若当真有瘾，完全可以废寝忘食而不顾其他。纵观吸烟者，无一人能达到此种境界。他们一样要吃饭，要睡觉，要工作，要娱乐，他们在做这些事情的时候与抽烟可是泾渭分明，很难混杂在一起，也就不可能同时进行。那么，要戒烟的话也并不是一件多么困难的事情了。只要找到一件比抽烟重要的事情，就立马能够丢掉烟枪，奋勇向前了。

相比之下，酒就不好弄了。因为酒能够醉人，能控制你的神经，模糊你的思想，改变你的志气，降低你的恐惧，让你在浑浑噩噩之中悄然演变成魔鬼的奴隶而自己竟然毫无所觉。出事之后才后悔，只是已然迟了，酿下的惨剧如泼出的水根本无法收回。既然如此，我们为什么不能在喝酒之前好好想想可能出现的后果呢？有些后果完全可以杜绝，可以避免，可是一沾上了酒，什么都忘了。有时候我实在难以理解一些人喝酒的理由，以为醉了以后世界才是最美好的，以为在半睡半醒、浑浑噩噩之间世界才是真实的世界，总而言之，他们追求的是一种理想国，而这种理想国只有在喝酒之后才能感悟得到，那时他们会带着一种凄凉的笑，一种解脱的笑，细看之下，与疯子无异，距死人不远。这种感觉很爽吗？大家很羡慕吗？好啊，那就效仿啊，纷纷喝得酩酊大醉，喝得上吐下泻，喝得死去活来，喝得形容枯槁，等到再也回不了头的时候再来后悔吧，那个时候，会有人看你们的笑话；那个时候，我相信，你再也不会拥有曾经记忆深处那看似风轻云淡的一丝一毫的潇洒了。因为死人都不好看，何来“潇洒”二字？我也会听到一些“人生不喝酒，活着有什么意义”之类的话，我听了往往会笑，然后揣测着他下一句话是不是“人生苦短，还须及时行乐”呢？如果这样，我更会开怀大笑。如果他真尝到了苦短的滋味，他是决计不会喝酒的。我妈有位同事，嗜酒如命，陪下属喝，陪领导喝，最后喝成了胃癌，只剩半条命了，现在是滴酒不沾，只为续命。好了，现在苦短了吧，不喝酒了，戒了，为什么？因为他觉得生命比喝酒更重要。不要说什么有无意义的话，也不要说什么及时行乐的话，因为苦乐永远不是一个界定准确的词语，我们不能简单地将“乐”理解为荒淫无度的生活，也不能将“苦”简单地视为不喝酒、不抽烟、不泡吧、不赌博的简单到枯燥乏味的生活。我们不断地追寻生命的意义是希望内心得到一种宁静和惬意，而不是糟蹋身体，挥霍青春，做一些后悔莫及的事情。当然，古往今来，也多有此类冥顽不化的人，这种人多半自负绝世才华，嗜酒如命，或荣登酒仙，或被后世传颂，如李白、古龙。没人批判他们喝酒有什么不对，只将他们的才华和留下的精神财富大家赞颂，从来没有人告诫过我们“看吧，这就是他们的下场，李白死于酒精中毒，古龙死于酒精导致的肝脏硬化”。仿佛他们喝酒是理所当然，没有任何不对，错的是我们，让我们在冥冥之中感觉他们的天才好像与喝酒有密切关联。李白斗酒诗百篇，很容易让大家误解为喝酒不仅没有害，而且还能增加智商。古龙好像也是，不喝酒好像写不出小说，然后一传十，十传百，很少有人怀疑喝酒能造就天才这一种说法是多么的荒谬而没有科学依据。

大学生打架斗殴的原因，归根结底可归纳为两个字：发热。不错，他们因为发热而打架，发热的诱因也是简单到令人咋舌。

若情节轻微，当事人会很庆幸，后悔不迭之际直怪自己当初为何如此鲁莽，险些酿成大祸贻误终身，并发誓以后再也不打架了。这是幸运的，如不幸运，打死了人，酿成命案，这辈子就毁于一旦，再无美好可言，实在是悲催至极之事。

如今的我退学快一年了，在这一年中，我平静了许多，至少得到了一块暂时的可供憩息的宝岛，减少了很多灾祸的发生，也算是一件值得庆幸的事了。回顾这二十二年的人生，我发现与别人的人生相比总显得单调乏味了许多，不过还有一些值得回味值得描画的东西，它们在记忆的深处永不褪色，历久弥新。

时间在飞速穿梭，回溯到很多很多年之前，我们渴望永远停留在那个阶段，唱着赞歌，学做好人，东奔西跑，永远不知疲惫，每天总有无情无尽的乐趣。那时我们不知道色情为何物，总是在懵懂的意识中贼兮兮地大笑着，笑弯了腰，打发着无聊的时间。

童年的点点滴滴回忆起来，能让我们捧腹。如果我们永远不成长，是不是整个世界都会变得真实而不再模糊？如果我们用儿童的眼光去仰望世界，会发现这个世界并没有我们想象中那么多雾霾。

我最先是在王启祥的家里看到奥特曼的故事的，那个时候着了迷，并将他作为自己的英雄，无论白天黑夜，总希望自己在一觉醒来能拥有超能力，或者出现一个怪兽，将他干翻在地。彼时岛国的动画片和科幻片如雨后春笋般风靡于中国，中国的儿童为之着迷，为之疯狂，为之摇旗呐喊。其中奥特曼系列的真人动画片就是其中之一。

王启祥有一套艾斯奥特曼全集，而且放映机是 DVD，不用拔线和换插头，只需按一下遥控板就能跳台到 DVD 的界面，非常方便。我们都很羡慕他，不过更羡慕的还是他拥有奥特曼系列的光碟。

那一天我们很无聊，几个小伙伴不知道为什么闹了分歧，一时间分裂成几拨，见面也互相嘲讽，然后扬长而去。这种情况很正常，往往过几天就会好，可当时心里还是会有些难过，担心万一永远不会和好岂不是一件很糟糕的事？不过没办法，也只能这样，在没和好之前我们依然有各自的快乐。

我和王启祥一派，于俊申和杜子兴一派，刘春晓和徐东一派。其中，尤以刘春晓和徐东的动静最大，只要在院子里，哪怕躲到犄角旮旯处，他们的嬉闹声也不绝于耳。因为产生了矛盾，所以我们也不去在意他们到底因为玩什么东西玩得这么开心。不过往往在这个时候，一些苍老的愤怒的声音会在他们嬉闹声之后响彻开来：“你们几个小声点，吵到我们睡午觉了！听到没有！”

每到这时，我都会忍俊不禁地对王启祥说：“刘春晓那个蠢蛋，又遭劈了！”接着，王启祥也会跟着笑起来。笑过之后，我们又继续沉浸在艾斯奥特曼的英勇战斗之中。

王启祥的艾斯奥特曼虽然是完整的一套，但因为年岁的沉淀，小孩子的玩闹，变得残缺不全，有些碟片消失不见，有些碟片满是雪花，放不出来，所以我们能正常播放的集数就有些参差不齐了，各种问题也相应产生。我问王启祥为什么艾斯奥特曼的变身一会儿由北斗星司一个人变，一会儿又由北斗星司与南夕子合体变，这到底是怎么回事？还有，为什么后面没有看到南夕子了呢？王启祥对这个问题也不甚明了，只是含糊地说道也许一个人也可以变吧，或者，南夕子死了。我听了摇摇头，难以信服，于是耿耿于怀，直到很久以后我才找到正确的答案，原来南夕子是月星人，在与地球的合约到期以后不得已只得返回月球,将变身戒指留给了北斗星司,所以后面的变身只剩下了北斗星司一个人。当我将这个答案告诉王启祥的时候，他才恍然大悟，茅塞顿开。

当我们看到艾斯奥特曼激战处女座女神阿普拉萨天女超兽阿普拉萨尔时，内心深处涌现无数浪涛，难以控制。因为这一集我们竟然看到了美女怪兽，因为其受到了邪恶力量的控制，使亚波人占据了女神的身体，控制了心智，而艾斯却解救了她，让她恢复了神力，于是阿普拉萨尔倾心于艾斯，在艾斯离开的那一刻便追随他而去，结局不知所踪。我们当时多么希望艾斯能和处女座女神在一起，那样他们该多么幸福和无忧无虑啊！

可是这样的结局我们却永远盼不到，只能处在无垠的幻想之中不可自拔。

那个时候，我发现我对奥特曼的依恋和沉迷度赛过了任何一个人。我不仅晚上做梦梦到奥特曼，早上醒来想奥特曼，连穿衣服、吃饭、做作业都在不可抑制地想着跟奥特曼有关的人和事，上街的时候只要看见关于奥特曼的什么东西我都非买下来不可。我妈认为我中毒颇深，可是我却不以为然，认为他们没有信仰，实是一件很可悲的事。

我也不知从什么时候开始将奥特曼作为自己的信仰，如果这可以称之为信仰的话，那我也认了。只是随着新生事物的不断兴起，小孩子喜新厌旧的固有心理，很快旧信仰又被新的信仰所取代了。

当杜子兴拿着一辆崭新的四驱车要与我们比试的时候，悄然不觉间，我们的矛盾便消弭于无形。

《四驱兄弟》上映的时候，作为智能玩具的四驱车便蔚然成风，如火如荼地大卖特卖。当时一般的四驱车的价格都在六元左右，马达的使用都是清一色的普通型，不甚突出。当时四驱车的比赛通常都是以比拼速度为主，因为现实世界和动画片还有差异，因此不可能如动画片中那样使出能量炮让对手的车子毁于一旦。而马达的高低优劣就显得尤为重要。当时最低劣的马达也就是普通马达都是红黑相间，好一点的马达全系黑色，更高档的全系银色，这是通过颜色来判定,除此之外,还可以通过马达右边的一个小小的轴承来判断马达的优劣。轻轻转动轴承，如果轴承的转动轻快平滑而没有任何阻隔，那此马达定是优质马达，反之亦然。马达是四驱车的核心和灵魂所在，好的马达一启动，便能轻易将普通的四驱车甩在九霄云外，令它们望尘莫及，甚是令人羡慕。

当时杜子兴就买了一辆名为“异形”的四驱车，它属于四驱车当中的极品，各种装备均为上乘。马达自不必说，专业银色马达，外观熠熠生辉，精致而平滑，看着非常舒服，连续运转半个小时都不会发烫，不像我们的普通马达，功率不足不说，连续运转个五六分钟就烫得跟块烙铁似的，必须休息令其冷却，否则马达就废了。马达废了，实际上就等于车子废了。接着，金属外壳，闪闪发光，霸气开阔，令人目眩神迷；车头白色导轮，恰到好处地架设在银色金属片合成的护栏上，保护着车头不至于受到撞击而损坏；轮胎则采用石子路和沙滩通用的软胶抓地轮胎，只要前面没有陷阱，这车子便能勇往直前，一路凯歌的冲到终点；最后再配上一副南孚电池，简直堪称四驱车中的战斗机，完美无瑕，所向披靡。我们看得眼中放光，心中羡慕、嫉妒五味陈杂，既想拥有这超炫的车子又恨不得一拳将其轰个粉碎，至少这样能减少心中莫名的嫉恨感。但这毕竟是邪念，小孩子即使不懂事，也知道这样的做法要遭到严厉批评和训斥，所以，一种可望而不可即的无奈感便油然而生了。

不是每个家庭都能慷慨到满足孩子的一切要求而不加干涉或阻挠，但有些家庭却能轻易满足孩子大部分要求而仅仅是为了让其在同龄人中光彩熠熠地大肆炫耀。那是圣诞老人似的家庭，即使是异想天开的玩具也能来得易如反掌而不费吹灰之力。

很多时候家长们是非常反感给孩子买这些玩具的，他们认为孩子们不务正业，虚掷光阴，不好好学习，贪玩，不争气，让父母不省心，真是该打，该批评，该苦口婆心地劝诫，就像孟母，就像岳母。殊不知孟母三迁迁出了一个“诡辩王”，岳母刺字刺出了一个“愚忠子”，有什么值得骄傲和炫耀的？家长们自己也不知道反省，你们当年是怎么过来的？你们也当过孩子，也有过童年，难道你们当初的童年也是被家长们牢牢禁锢在深牢大狱中吗？是不是长期的禁制和压抑导致了精神和心理的双重扭曲而在有了孩子之后想从他们的身上获得平衡和满足？这不是一种报复是什么？这不是一种变态又是什么？我深深地控诉这种家长以及他们的思想。

我看着自己的“胜利冲锋”，身材瘦小，萎靡不堪，无法与杜子兴的炫光四射威风凛凛的“异形”相比，心下甚是失望而凄凉。心想算了，不比了，还是认输吧，无论如何我也赢不了，何必再做无谓的挣扎呢？可是杜子兴非得让我跟他比比，似乎存心要看我的笑话。我怒不可遏，血气上涌，头脑一热，大声说道："好，比就比！有什么了不起！"说完，我摁开了四驱车底部的开关，马达声嗡嗡作响，车轮滚滚而奔，似乎铆足了劲，想冲向无尽的原野，看看太阳升起的地方究竟是什么模样。

"等等，我也来试试！"刘春晓拿着"蜘蛛王"走了过来，不由分说也摁开了开关。

"蜘蛛王"在动画片中是名副其实的"赛车杀手"，黑影一晃即逝，凡与之相遇的对手都会不约而同地遭受重创，轻者断肢瘸腿，重者机毁车亡，场面震人心魄，令人惊骇莫名。但那毕竟是动画片，现实生活中，完全就是个垃圾，和我的"胜利冲锋"一样，徒有虚名，外强中干，不堪一击，在速度上更是相差甚远，不可相提并论。

"我也加一个。"王启祥拿着"音速使者"跑了过来。"音速使者"与我的"胜利冲锋"一般无二，只是机身的外壳颜色迥异罢了。

"预备！开始！"站在一旁闲着无事的于俊申将手一挥，车子便如流矢一般向前蹿去。

"异形"果不愧是"异形"，超强的马力已使它遥遥领先，将其余三辆车远远抛在了后面，并且距离还在不断拉大，几乎就要消失在远方。

相比之下，我的"胜利冲锋"，刘春晓的"蜘蛛王"，王启祥的"音速使者"则变成了老爷车，在后面不紧不慢地并排而驰，虽努力前行，却终究力有未逮，让人不忍卒睹，叹息不已。

"算了，不比了。"我看着败局已定，摇摇头，无奈地说道。

就在这时，只听"啊"的一声大叫，杜子兴慌慌张张地冲了过去。我们顺着他跑过去的方向望去，发现那威风凛凛的"异形"已翻了车，如乌龟般四脚朝天无力挣扎。原来，因为"异形"的车速过快，加上下盘不稳，在驶过一道洼地的时候就自然而然翻了车，而我们的车虽然不及它的装备豪华，但因为速度不快，稳步前行，所以在过洼地的时候颠簸所产生的震荡力在赛车的可控范围之内，保证了赛车的平稳前行而没有翻车，如此一来，我们在出乎意料的情况下拿了个并列第一。

欢呼声由内心而发，并不蕴含任何嘲笑之意，可在杜子兴听来无异于一种巨大的无形的嘲讽。他默默地拾起翻倒在地上的"异形"，一面默默地收拾着残余的装备，而后在我们无声的注视中快速离开。自始至终，我们都没有说过一句话。

我看着这情形心里着实不是滋味，想上前去宽慰杜子兴两句，却被王启祥紧紧拉住，他不住摇头，意思是叫我什么都不要说。过后我问他为什么，他说管他干什么，过一会儿他自己会好的。事实证明王启祥是对的。杜子兴的自我调节能力很强，无论遇到什么打击和难过的事，总能在最短的时间内恢复如初。

一个新事物的流行往往与动画片的热播有密切关系，当《四驱兄弟》的动画片结束之后，四驱车的热潮渐渐低靡最终消失于无形。我像扔垃圾一样抛弃了曾经热衷的四驱车，奇怪的是我在扔掉的时候竟然没有任何留恋和伤感，只觉得是无尽的累赘，扔了倒能得到更多的轻松和自在。这是我们这一代的童年，一样的善忘，一样的追逐新的物事而抛却旧的玩物却不知伤感为何物。

（十七）

《旋风陀螺》取代了《四驱兄弟》开始在荧幕上热播，商家迎合市场推出备受儿童热捧的新一代陀螺，可用于战斗也可用于显摆并且与动画片上的种种情形大致吻合的陀螺确实风靡了很长时间。这种新式陀螺与普通的木质陀螺迥异。首先从构造上来说，木质陀螺的原材料就是木头，立地旋转的就是最下端的那一根被凿圆的铁钉。使木质陀螺得以旋转的工具是一根半米左右的软鞭，在陀螺旋转的过程中需要不停地挥动软鞭鞭笞在陀身上以使其不会偃旗息鼓，猝然倒地。这是中国的传统游戏，绵延数百年而不衰。在经过岛国的奇思妙想的改进之后，它便拥有了更多的光彩，刺激了儿童争相抢购的欲望。当然，动画片的热播也是使其蔚然成风的重要因素之一。

旋风陀螺的运转实际上依靠机械的齿轮和轴承的配合才得以产生强大的运转力道，使其在坠地后仍能保持风驰电掣的运转速度而达一至两分钟才逐渐式微。它与传统的木质陀螺相比最大的趣味点在于它不是“独乐乐”而是“众乐乐”。动画片中的战斗场面恰到好处地激发了儿童间相互竞争而不服输的天性和斗志。于是陀螺间的比拼也如鞭炮般一触火星立马就能毕毕剥剥地炸响，热闹非凡，笑声久久不能平息。

《旋风陀螺》中，以青龙、白虎、朱雀、玄武四大瑞兽作为四位主角斗争和合作的标志，他们陀螺的亮点是让陀螺融入了神兽的力量，无论是在两两相对的比赛或是混战中，神兽会自陀螺的核心当中腾飞而出，与对方的神兽进行激烈交战，哪个神兽赢了，哪方队员就赢了，反之亦然。而在现实生活中我们是无论如何也不可能抓到一只神兽将它塞入陀螺中的，我们也知道动画片就是假的，只能娱乐，不可复制。但是儿童的想象力无穷无尽，他们可不会让这样的比赛变得枯燥乏味。在陀螺启动器拉响的那一刻，我们不约而同地忘乎所以地叫喊着自己的陀螺中的神兽，给予它们虚拟的力量，以希求比赛更加激烈绝伦，精彩纷呈，也让我们激动万分，欲罢不能。

最初我们购买的旋风陀螺的材质都是清一色的塑料外壳，可是却存在一个问题，那就是：塑料在用于碰撞的时候极易损坏，稍不注意就在高速旋转的碰撞中七零八落、同归于尽、体无完肤而惨遭淘汰。不得已，我们在陀螺的边沿加上了金属护翼，这下子，在相互碰撞的过程中便有了叮咚清越的摩擦声，较之塑料强上许多。可是这样温柔的摩擦让整个战斗变得温婉而儒雅，使得我们的战斗热情如酷热下的坚冰般急速融化，提不起战斗欲望，没有办法，只得换材料。商家为了满足大众的需求，各种材质相继亮相，塑料、铝合金、磨砂石、半石半铁、胶铁、软金属、铁塑料、金属铁石，等等。我在众多材质中挑选了一款半铁半石的陀螺，整整花了我六元钱。当时的六元却是非常宝贵的，我整整存了两个月，在最终掏钱的时候还是心疼不已，可是摩挲着质感光滑的表层，厚重而稳定的特制，让我因为花钱而心疼的不适感刹那间烟消云散，很快陷入自得其乐的无限欣喜之中不可自拔。

当吕强拿着一方塑料竞技场铺设在空地上时，我们纷纷拿出了自己的陀螺。

塑料竞技场圈定了比赛的范围，让没长眼睛的陀螺们能在这个圈子中好好比赛而不会临阵怯场。当然，毫无疑问，这个竞技场也是商家的赚钱手段之一。不过话又说回来，商人们赚钱归赚钱，却也给我们的比赛带来了实际性的好处，在没有塑料竞技场之前，陀螺的比拼就显得参差不齐，毫无战斗力和精彩程度可言，因为没有范围的圈定会让陀螺们在旋转的时候越转越远，最终分道扬镳各奔前程，或者因为路面的泥泞导致陀螺在旋转之时受强大的阻力，在十多秒之后就自行倒毙，还没战斗就衰了，哪里还能继续比赛？这不得不说是一件让人郁闷的事，所以塑料竞技场的出现让我们在顷刻间欣喜若狂，手舞足蹈，激情陡增，欢呼声直冲云霄，震得整个院子不得安宁。

刘春晓拿的是铁塑料的陀螺，贴了一个核心标志，我一看，是神兽白虎；杜子兴拿的是磨砂石材质的陀螺，也贴了一个核心标志，是青龙；王启祥拿的是金属塑料，贴的核心标志是朱雀；于俊申拿的是胶铁材质的陀螺，贴的是玄武；吕强的陀螺材质和我一样，都是属于重量级的半石半铁，但颜色不一样，他是黑色，像深沉的黑蜘蛛，我是褐色，像笨重的棕榈熊。我们都没有贴核心标志，原因是这个东西没有任何用处。我们比拼的是实力，不是徒有其表的没有任何用处的不干胶上所绘的图案。

“预备！开始！”吕强大喝一声，我们不分轩轾地拉开了启动器，陀螺们急不可待地挣脱了启动器的束缚，快若奔雷般涌向了早已铺设好的竞技场，似绽放的花蕾，在广袤的花圃中迫不及待地开放。可是比之花蕾，却多了不可比拟的霸气和吞噬一切的野心与欲望。

“砰砰！”两声清脆的金属碰撞之声响起，刘春晓的“白虎”在与吕强的“黑蜘蛛”轻轻相吻之后便如跳跳球般跳出了竞技场，率先出局。我们哄堂大笑，对刘春晓冷嘲热讽。刘春晓一句话也没说，满面羞惭，拾起了弹在远处瘫倒在地如烂泥般的“白虎”，扶了扶上面的灰尘，检查了一番，见没什么问题，便又回到场中，继续观看比赛。我们之所以要嘲笑刘春晓全是因为他在比赛之前不断吹嘘他的陀螺多么英勇无敌，横扫千军，来一杀一，来双杀双，无人能敌。结果刚一上战场就被率先淘汰，牛皮破了，当场出丑，我们焉能不笑？

场中比赛在继续，激烈程度不言而喻。王启祥的“朱雀”和于俊申的“玄武”在激烈鏖战，双方在高速旋转中不断发出“滋滋”、“砰砰”的响声，并且爆发出一串串橘黄色的火花，非常有趣，精彩之处，我们情不自禁地爆发出阵阵欢呼。实际上，只要是金属材质的陀螺在高速旋转的碰撞中都会有火花产生，而且与动画片中的许多场景相似，这让我们感到既惊奇又刺激。于是，商家又抓住了我们心理的特点，在许多的陀螺的外沿加上了打火石。因此，在陀螺与陀螺高速旋转相碰撞的刹那便会出现火花四溅的绚丽场面，热烈而刺激，吸引着众多的玩伴争相在自己陀螺的外沿嵌上一圈打火石。但这仅仅是增加了比赛的形式和热烈程度，于战斗力没有任何干系，所以也不足为奇，在火花久溅之后也枯燥乏味了。

很快，于俊申的“朱雀”和王启祥的“玄武”在激烈鏖战中显示出了旗鼓相当的竞技实力，之后双双萎靡倒地，再也动弹不得。于俊申和王启祥不约而同地摇摇头，同时从塑料竞技场中拾起了“光荣战死”的陀螺。察视一番后，见没有任何损伤，遂又把视线移回了竞技场的中央。

此时，塑料竞技场中还剩下三个陀螺在兀自旋转：我的“棕榈熊”，吕强的“黑蜘蛛”，以及杜子兴的“青龙”。时间已过去了一分半，眼看陀螺旋转的趋势越来越弱，大有不攻自破的征兆，我们都暗暗焦急，心想这下子算是寿终正寝，与世无争，有什么意思？得想个办法让它们火并一次才行。

我还没有开口，吕强已轻轻掀起了塑料竞技场的一角，整个竞技场陡然倾斜，三个陀螺缓缓向倾斜度最低的角度靠去。只听“砰”的一声，如铁榔头骤然敲击在古老的钟磬上发出的清脆而悠长的响声般，我的“棕榈熊”与吕强的“黑蜘蛛”发生了剧烈的碰撞，一串火花乍然闪现后，两个陀螺南辕北辙，朝相反的方向倒飞出三米多远，然后砰然一声摔在地上，强大的反震力震得坚硬的水泥地面出现了一个小小的凹槽，几片破碎的石片从凹槽中反弹出来，又再度弹回了塑料竞技场中。我们看得挢舌不下，目瞪口呆，半晌没回过神来。

微风飗飗，塑料竞技场中只剩下了杜子兴的“青龙”，晃晃悠悠旋转了最后五圈之后优雅倒地，以此宣告了这场比赛的终结，也标志着他取得了这场比赛的最终胜利。不过这不是焦点，也做不了噱头，大家对胜利者是谁根本就不感兴趣，啧啧称赞喋喋不休叹为观止的无疑是刚才我与吕强两个重量级陀螺的相互暴击所产生的惊人的效应。当然，暴击自身本就精彩绝伦，以至于在很多年后在我回忆起这段比赛时也依然兴奋和得瑟得不可抑制，那蓬火花绚丽多姿，只是短短的一瞬，却在很多个梦中不由自主地闪现，它带给我力量，让我时时能感受到生命的绽放，在与苦难、挫折相碰撞时骤然闪现的火花，才是生命要赐予我们的永恒的荣光。

因为我和吕强那一次的比赛精彩绝伦，热血而刺激，所以我的小伙伴们总希望我们能继续比试分出高下。我虽然外表淡然，不以为意，但内心之中也确实灼热，心痒难当，也想迫不及待地将吕强击败。他们都担心陀螺在受到剧烈撞击之后留下损伤的痕迹，而我一点都不担心，半石半铁的材质，岂是那么容易受损的？就是这样一种想法才促使我想早早地与吕强速战速决，分出伯仲。

在接下来的许多次比赛当中，我们都没能分出胜负，因为材质相同，重量相等，在受到剧烈撞击后都没有任何悬念地闪出火花，然后迸出竞技场，再重重地砸在地上，结束比赛。偶尔有碎石飞溅，但大多是平坦无波，地面完好无损，战况也相差无几，看多了也渐渐乏味，总想着就此了结算了。此时，《旋风陀螺》的动画片已接近尾声，我们对陀螺的狂热也渐渐冷却，再也提不起最初的那股子热情和冲动了。

于是我们一起商议选择一天最后玩一次陀螺，然后再也不玩了。大伙都欣然同意之后便开始选择日期。在那最后一次大混战中，我们所有人的陀螺都不约而同地变成了残废。我的和吕强的也不例外。我的“棕榈熊”的核心铁块脱落，再也上不了启动器，成了一堆废铁石；吕强的“黑蜘蛛”被撞得从中间裂开，旋转不稳，也废了；于俊申的“朱雀”的护翼硬生生地被削去了一大块，虽可旋转，无颜上场，成了半残；王启祥的“玄武”陀身被刺得千疮百孔，只有陀心还在苦苦支撑，可见伤得不轻；杜子兴的“青龙”和刘春晓的“玄武”同时被摔成了两半，完全烂掉，已与垃圾无异，他俩当场就扔掉了。我却没有扔掉，而是放回了家里，藏在一个角落中，将它作为这个时代的纪念品。

生活似乎又恢复了正轨。正轨的意思就是没有什么新鲜的东西，和许多年前一样，什么都没有，只有最初最纯最真的快乐陪我们度过。那样的快乐是最原始的也是最实在的，以至于在每次夕阳西下的时候，我都会久久凝视着远方逐渐拉长逐渐隐没的夕阳的余晖，一股忧伤便没有任何征兆地涌上心头，欲哭无泪，无奈又彷徨，可是我又不知道该干些什么。在那个年纪，那个瞬间，只有静静地坐着，遐想着远方的远方是什么模样。

在没有任何新生物事出现的时候，我们也总能找到玩的东西而不会感到寂寞和无聊。当然前提是得有几个小伙伴在一起。否则，一个人独处的时候，总是会闷闷不乐的，像陷入梦魇中，等待着有缘人的救赎。只要他们伸出手，便会热切地呼唤着你的名字，将你从梦魇之中救出来。相由心生，你会看到碧空湛蓝如洗，白云如锦如练，椋鸟如痴如醉，微风飔飔如媚……这是那个时代特有的欢乐，你会发现生活中点点滴滴都充盈着言之不尽的美好。

老掉牙的游戏在儿童当中总是经久不衰，其中频率最高而且定能玩到精疲力竭还不想罢手的就是“藏猫儿”，即躲猫猫。游戏规则很简单，通过石头剪刀布决出输赢，输掉的最后那个人就得闭上眼睛大声数一百声，其他的人迅速跑开，找个地方躲起来，待得数数人数完之后就可以开始寻找各位了。当他找到躲藏在暗处的第一个人的时候，那个人就是下一个“猫儿”，然后昭告大家知道，吩咐完毕后，游戏就可继续进行，如此循环往复，直到不想玩了为止。

这种游戏要人越多才越好玩，才越刺激，越具有惊心动魄之感，而且时机要选在天光将黑未黑的那个时辰，模糊一片，看不真切，最好不过。如果天完全黑下来，四周黑洞洞的，暗处不见天光，阴森恐怖，无人敢躲，没了胆量，也没了意思，就不会玩这个游戏了。所以在天微黑的那段时光，便是最热闹的阶段，加上那段时间又是人们刚吃过晚饭在院子里谈天的时候，各种音色的说话声凑集在一起，掩盖了我们行动的踪迹，在无形之中给我们提供了便利，焉能不喜？何况，此时小伙伴们人数众多，“藏猫儿”便成了首选游戏。

刘春晓爱吹牛皮的天性，导致他在小伙伴中的形象急剧坍塌，加上他性子急躁，易怒，说话嗓门大，整个院子都听得一清二楚，种种因由，也许还不止这些，使得他在有意无意间便会受到大家的排斥。比如在出石头剪刀布的时候，大家会提前悄悄商量，我们都出石头，或者布，或者剪刀，以达到故意作弄刘春晓而使他成为“猫儿”的目的。但这种方法有局限性，倘若我们同时出了布，而刘春晓偏偏巧之又巧地出了剪刀，那我们的计谋不仅功亏一篑不说还搬着石头砸自己的脚，把自己给整了。弄巧成拙，不用点破，一抹羞惭之色便会浮上脸颊，狼狈自不消说，所以我与他们同流合污了两次便退出了。

游戏还是会照常进行的。不管谁是“猫儿”，欢乐总是多多益善。在“猫儿”开始大声数数的那一刻，我们便如飓风般瞬间作鸟兽散，当然，大多数伙伴会聚到一起奔跑，这样的话，被找到的概率便会陡然增加，不过这无所谓，因为他们在向前奔跑的时候根本不知道到底往哪里躲，脑海中没有明确的目标，只能随大流地跟着前进。而我却往往反其道而行之，不跟他们作一处，自己找僻静处躲避。而事实证明，我的方法是最奏效的也是最安全的，无论是什么“猫儿”，最难找到的人绝对是我，而最容易找到的恰恰是那几个聚在一处的伙伴。

这也不是说我躲藏的地方有多么的隐秘，恰恰相反，我躲藏的地方是最危险也是最容易被发现的地方，如果我的旁边再多上一个人，必然会被猫儿发现。我在一个人躲避的当儿是非常非常沉得住气的，几乎可以不发出一点声息，当真是一动不动，宛若雕塑般静止。如果天不会黑，当时的我会不会一直藏到天荒地老，海枯石烂？我不知道，因为每每当我的心快要接近于平静的时候，一声大喝即在我的不远处炸响开来，然后紧接着传来阵阵哄笑，敢情是“猫儿”已找到了他们。既然“猫儿”得手，我也没有在这里继续流连的必要了，缓缓走了出来，拍拍身上的灰尘，准备去看看情况。

伙伴们兀自在争论不休，我会陡然插一句问问发生了什么情况，他们会七嘴八舌地告诉我刘春晓作弊或者埋怨杜子兴动静太大，再不有就是于俊申没躲好连累了他们等等。在几个伙伴中间，杜子兴是最不愿意当“猫儿”的，每次到他当“猫儿”的时候，他总是百般推诿，指斥刘春晓作弊不公平，刘春晓当然不承认作弊，所以好好的一场游戏常常会因为这件事而无法继续进行。刘春晓确实没有作弊，我不可能指责他的不是，碍于面子，我也不好指斥杜子兴什么。实在不行，我为了顾全大全，甘愿自当“猫儿”，让他们尽管躲着乐。

刘春晓没话了，杜子兴也没话了，徐东笑笑不发一言，于俊申摇头，王启祥会大骂刘春晓无耻，叫我不要当“猫儿”。刘春晓怒目相视，我眼看战争即将爆发，忙闭上眼睛，扯开嗓子大声数数：“一！二！三！……”

这时他们会恍然大悟，立马大声喊道“快跑”，然后撒开脚步吆喝着奔向前方。

我会不动声色的微微一笑，感觉自己做了一件很有意义的事情。

寻找并不是一种枯燥乏味的事情，至少暂时隐匿了一种哄闹和喧嚣，让我感到实实在在安静了很多。我会故意放慢脚步、放慢节奏去缓缓找寻，因为我寻觅的不是人，而是一种在寻觅过程中的恬淡和满足。我很享受这种过程，并且倍加珍惜。而这时候，那些纳凉和谈天的大人们见我踅来踅去，以为我找不到他们，便会热情地给我悄悄提示，告诉我某某躲在哪个方向。我微微一笑，谢谢他们的提示，尔后迈开脚步徐徐而去。我并不急于找到他们，那样反而会减少我寻觅的乐趣和兴致。要找到他们简单至极，他们的隐匿功夫与我相比差了可不止一筹，屏气凝神的功夫更是没有。所以只需稍稍竖起耳朵，便能听到他们的窃窃私语和因为紧张而发出的不可抑制的笑声。更重要的是，他们会选择躲藏在一个地方，众多的人数更容易暴露，动静也更大，以至于我还没有靠近他们藏身的角落便已发现了他们的踪迹。

“谁的‘猫儿’？”王启祥问道。

“好像是刘春晓的。”杜子兴信口答道。

“放屁！”刘春晓勃然大怒，向坚硬的大地啐了一口黏痰，强烈反驳道：“我是藏在最里面的，而且又是最后一个出来，怎么可能先看到我？”

于俊申笑弯了腰，引起激烈的气息横亘在横膈膜中，暂时无法说话。

徐东也跟着笑，龋齿的口腔中迸出一个个断章的辞藻：“晓晓盖……有……穿墙术……”

“穿你妈！徐冬瓜！老子踢死你！”刘春晓强忍住欲笑的冲动，猛出右腿朝笑得全身痉挛的徐东踢去。

徐东笑得跟花儿一样灿烂，哪里来得及躲避刘春晓的骤然突袭，结结实实地“挨”了一腿，虽说是虚张声势，轻轻碰了碰徐东的臀部，饶是如此，他也不依，只觉得自己的尊严受到了侵犯。

徐东如穿山甲般朝刘春晓的小腹上撞去，因为尺寸不够，无法与身材高大的刘春晓站在同一海拔进行公平搏斗，只得依靠坚强而坚硬的头颅猛击对手的软肋，方可有获胜之望。

刘春晓猝不及防之下，小腹受挫，踉踉跄跄向后退了好几步直到抵住了墙垣才刹住了失控的势头。他有些狼狈，双手猛向腹中的徐东的头颅推去，推了半天却没有任何效果，徐东的头皮似乎抹了万能胶，无论如何也甩不掉，甩不掉不说，还增加了大铁锤的重量，牢牢地钳制着刘春晓，任何努力的挣扎也难以撼动分毫。

一阵哄笑声传来。杜子兴欢呼雀跃，王启祥手舞足蹈，于俊申拊掌叫嚣，而我，笑着的皮相后却暗藏着一股股苦涩的味道。

“冬瓜，好样的！加油！打他的肚子！”王启祥一边亢奋地挥拳一边怂恿着徐东。

“打他的小弟弟！”于俊申邪恶地补充道。

“扳他的双脚，将他掀翻在地，然后再狠狠地捶他！打死这个没妈的野孬！”杜子兴激烈地笑着火上浇油。

仿佛“轰隆”一声，晴天霹雳般击打在我的心坎上，跟着耳边也是一阵轰鸣，脑中混沌一片，氤氲中有些东西渐渐清晰。我终于明白为什么刘春晓会受到小伙伴们无情的嘲讽和莫名其妙的排挤了。那是因为他没有妈的缘故，而这件事却早已在整个并不宽敞的庭院中人尽皆知，大人们偶有谈及，也只是轻言细语款款低谈，小孩子没有忌讳，四散流言。这本身是一件很不幸的事，而在小孩子的口中说出来却成了一件不以为意的笑柄，尤以杜子兴为盛，其余人众随声附和。

而实际情况不是这样，刘春晓并不是没有妈妈。他的妈妈我见过，是一个朴实而善良的妇女，曾在一家企业上班，后来那家企业倒闭，下岗后待在家，从此就成了地地道道的家庭妇女，没有经济来源，一家三口住在公婆家里，后来与家里不知闹出了什么岔子，导致离婚。抚养权归男方家庭所有，女方一无所有。刘春晓的父亲不知什么原因又得了脑膜炎，碍于当时的医疗条件，抽了脊髓，变得伛偻佝偻，走路一瘸一拐，成了三等残废，甚是滑稽，也经常是我们嘲笑的对象。我深感惭愧和自责，这样的做法无异于落井下石，带给别人的伤害那是不言而喻的。彼时，我的孩童心十分强烈，可是善恶与是非在我心中业已形成多时，我是崇尚扬善而弃恶的孩子，一直都是，我不能这样，像他们一样一起去嘲笑那些不幸的家庭，不幸的孩子以及我们的小伙伴当中的一员。

所以每次在与刘春晓单独玩耍的时候我是决计不会说半句不是，更不会嘲笑他家里的任何事和任何人。所以他爸对我的印象很好，每次刘春晓在阁楼里打游戏他爸都会叫我去，至于其他的小伙伴，他们是从不会受到邀请的。这样的排斥让我心里很不是滋味，总觉得大家都是小伙伴、好伙伴，为什么还会产生这样的挤兑和隔阂呢？

在这样的时刻，我是不能再当作壁上观了，即使我不当英雄，也应该出来伸张一下正义，否则我的良心会夜夜钻出来指责我，叫我日夜都不得安宁。

我连忙冲了上去，伸出双臂插入刘春晓和徐东的相斗的间隙，同时大声喝道："不要打了！快住手！不就是玩个游戏吗？至于这样吗？"我年岁虽然比他们稍长，但先天体质孱弱，气力不足，费了半天劲也没能将他们分开，还弄得汗水涔涔而下，浸湿了衣衫。

我忙回头大声说道："你们过来帮忙啊！还站着干吗？"

于俊申和王启祥闻声忙走了过来，一个分着刘春晓，一个分着徐东，而杜子兴愣了愣，也讪笑着走了过来。

在我和我的小伙伴们的共同努力下，终于将纠缠在一起"难以割舍"的刘春晓和徐东给分了开来。他俩儿被分开后早已累得气喘吁吁，两张脸白里透红，比涂了胭脂还要灿烂。他们的口角本还在继续延续，可没想到于俊申的一句玩笑"你们两个刚才可真亲热啊"，二人转怒为笑。就这样，纠纷消弭，欢笑留存，剩下的便是一片温馨了。

我最喜欢看到这样的结局，一笑泯恩仇，比什么都好。如果任由他们打下去，最后会变成什么样呢？总之，是难以预料难以设想的悲剧。我唾弃煽风点火以此为乐的人，这样的人注定得不到幸福，必将品尝到自己酿下的苦酒——被他人所嘲弄。

于俊申和杜子兴做了包皮手术。

也不知道是哪个大人提出来的，在一个夜黑风高的晚上聚集到庭院中，由此事展开话题大发议论，说什么不做包皮手术要得肾炎、前列腺炎、阴茎龟头炎、膀胱炎、堵塞尿道，影响发育、身高、生育等等，将不做包皮手术的种种危害一一列举，再加以详细论证、阐述，得出结论：一定要带着孩子去做包皮手术，否则，将贻害终身。我当时就站在这些群人中，身高不及他们的肩膀，瘦小而孱弱，很容易被忽视和遗忘。听着他们叽叽喳喳的言论，心里蒙上了一层浅灰色的阴霾，感觉彷徨而无措。

我总觉有一种怪怪的说不出来的味道，从我抻开的毛孔中一一散发出来，萦绕在我的四周，影响着我的判断和决策。

那么我到底要不要做呢？辗转反侧中，我反复思忖着这件事，可终究没有头绪，无法定夺。

第二天，于俊申的家人和杜子兴的家人就带着他们去做了包皮手术。术后用黑色纱线包裹，据说此种纱线是生物材料制成，不用拆线，待伤口愈合后自行脱落，没有痛苦。为了方便伤口的快速愈合，他们都没有穿裤子，成天裸露着下身，待在家里，打游戏，自得其乐。

那段时间，他们很少露面，有一次竟然打电话叫我去打游戏，我迟疑了一下还是去了。走到门口，就瞥见盘腿坐在地上笑嘻嘻眉飞色舞打游戏的于俊申和杜子兴，他们看见了我，热情地朝我招手叫我进去。

可我的笑容僵滞在脸上，额上冷汗涔涔而下，下身传来阵阵战栗，全身毛孔不由自主地收缩又抻开，背脊似阴风在吹抚，喉管的水分莫名其妙地蒸发，干瘪而生疼，眼皮如生了跳蚤般狂跳不已，难以控制。

我看到了什么？

他们的阴茎上包裹着一圈厚厚的黑色的纱线，远远望去，如一群蚂蚁附着在一块肥肉上贪婪地啮噬。

我感到恶心而惶恐，如坐针毡，头脑中浑浊一片，却清晰无比地出现了一张张手术刀在生殖器上纵横驰骋、信马由缰的图片，它让我的汗水流得更快，睾丸隐痛之感如火箭般飙升。

我想转身逃开，可是一时间却不知该如何开口告辞。

“哎，你怎么不进来坐啊？”于俊申见我愣在门口半晌，不觉奇怪地问道。

“我……对了，我待会儿还要去补习奥数，我……先走了……”没等他们回答，我立即转身下楼。

狂奔，闭上眼，向前，凭着直觉，我也不去管前面到底有没有什么墙壁和磕磕绊绊的东西阻挡在前方，只管向前奔去。

我喘着粗气，脑海中那让人心悸又蛋疼的一幕稍稍舒缓，我尽最大的力量想将其清扫一空，可越是清扫越是波涛汹涌涌上脑海，挥之不去，拂之还来。

我终于找到了一个不去做包皮手术的理由：不堪入目。

还有，残忍。

我觉得实在是太残忍了。我实在无法想象当一把明晃晃的手术刀在你的生殖器上来回穿梭的时候是一种什么概念？那跟挥刀自宫的情形何其相似。而你们还会认为这是一项对生殖功能有益的手术吗？虽然医生从来不会认为一个小小的包皮手术对男性朋友们来说有什么危害，而事实上，也确实没有实质性的危害，但无论如何，在我看来，这种手术是对人的尊严一种极大的侮辱。

我反对包皮手术，并且严厉谴责有此意向想将孩子送上手术台的家长！

包皮手术毕竟是一个小手术，术后的恢复期很快，两个星期左右，绑在他们阴茎上如蚂蚁般的纱线就已经掉落，可以穿上裤子过正常的生活了。

不知是因为主刀医生的恍惚还是不以为意的麻痹大意，于俊申的包皮手术没有做好，出现了“尿倾斜”的情况，尿液不向前而向右边倾斜，角度之大，溅得右边的小伙伴的衣裤到处都是尿液，令人愤怒不已，于俊申也颇感无奈。没办法，只得重新找到那家医院，做了一个“阴茎矫正手术”才恢复正常。

王启祥在父亲及家人的威压下不得已也做了这种手术；刘春晓那段时间在千里之外探亲，逃过一劫；徐东因为“睾丸疝气”本就动刀无数，早已脆弱不已，哪里经得起继续折腾，所以也逃过了；吕强那个时候还没有搬来这个庭院中，所以也不用在流言的蛊惑下去“被手术”；最后一个就是我，我的父母从来不与这些市井小民“同流合污”，也倒落得耳根清净，无风无浪，我也获益匪浅，幸运地规避了这次风险，焉能不感到满心欢喜，春意盎然？

（十八）

当吕强最初搬进我们庭院的时候，是受到我们严重排挤和作弄的。而且远远地带着一股乡下人的低劣、邋遢和弱质。我们一直都觉得我们的院子是我们的，神圣不可侵犯，外面的小孩一进来就顺理成章地成了野种。我们会无情地鄙视他们，讥笑他们，最终企图将他们赶出这个庭院。

当然，我要事先做一个无罪声明，我只是打心眼里觉得不能接受他们的邋遢和不讲卫生、粗俗鄙薄，但并没有想过要去欺辱他们讥笑他们甚至将他们撵出庭院。

我不是这样的人，更不屑于做这样的行为，因此对杜子兴提出的这种做法并不热衷，但想要出言制止怕也难以成功，所以只得缄默无言，不置可否，以作壁上观的态度冷眼旁观其接下来所要发生的种种不可预料的情形。

吕强当时带着弟弟吕辉在与我们相隔不远的地方骑着一款陈旧而大的“解放”牌自行车，因为身材短小，吕强连屁股都不能贴着坐垫，只能依靠双腿不离不弃地蹬着脚踏板。脚踏板凹陷如水槽，且年代久远，几欲掉落，吕辉在后面小心翼翼地推着，脸上溢满天真而欢快的笑容。

车子行驶得并不平稳，可见吕强习车的时间尚短，还处在生涩的阶段。他俩晃晃悠悠漫不经心地朝我们这个方向驶来。当快要驶过我们的身旁时，杜子兴忽然奸笑一声，随手拾起旁边花坛的一撮泥土，朝吕强的车轮上砸去，徐东瞧见，眼疾手快，又跟着补了一块。

两块泥土一前一后砸在了自行车的轮子钢丝上，没有声音，自行车剧烈一震，吕强身体一歪，连人带车，“砰”的一声，摔在了地上，吕辉因为掌着车尾，加之身材瘦小，抵敌不住自行车和吕强体重的惯性的冲击力，也紧随其后摔倒在地。吕强闷哼一声，声音低沉，而吕辉则发出一声“哎哟”的大叫，低头一看，原来是膝盖戳破了一块皮并混合着灰尘和泥屑，黑乎乎犹如皮蛋，黏稠的血水很快溢出了皮肤。

吕辉眉头紧皱，面皮微微痉挛，很是痛苦。

杜子兴、徐东、王启祥、刘春晓霎时轰然大笑，我也跟着笑了起来，却不知是嘲笑多一点，还是苦笑多一点。

吕强拍了拍身上的灰尘，转头朝我们瞅了一眼，眼中蕴含着愤怒，似乎要发作，却忍住了。他没有立即扶起倒在地上的自行车，而是先快步奔过去查看弟弟吕辉的伤势，见吕辉并无大碍，又转身朝我们走来，在离我们一米左右的地方停了下来，语气平静地问道："是不是你们？"

他的语声虽然平静，但从他的眼神中我们却可以看出他是无论如何也不能够善罢甘休的，只是碍于身高和威势，他不敢与我们分庭抗礼，大动干戈而已。

徐东离他最近，他本想来个打死不承认，但转眼瞧着这个"三寸布丁"，压根儿就没放在眼里，傲然之情不请自来，心想做了就做了，他又敢怎么样？于是双手环抱胸前，轻蔑地问道："不错，是我，怎么了嘛？"

吕强愣了愣，没想到徐东承认得如此干脆而霸道，一时之间却不知如何回答，倒只能呆呆地矗立在当场不知所措。

我们这几个小伙伴中，徐东长得最矮，但是吕强比之徐东还要犹有过之，可以想象，他矮得多么令人匪夷所思，加上体质羸弱如羔羊，两相比较，高下立判，吕强只有受欺辱的份儿。

"哈哈！"又是一阵哄堂大笑，杜子兴笑得口水乱溅，王启祥笑得蹲在了地上直不了身，徐东笑得左摇右晃，险些摔倒。我能露于皮相的，只有苦笑，无可奈何的苦笑。

也许是尖酸刻薄的笑声刺激了怯弱的吕强的神经末梢，他在我们笑声渐息之际忽然说道："希望……你们……向我的弟弟道歉……"

他费了很大劲才说出来，这样的勇气是我们难以想象也难以企及的。这样的要求虽然不过分，但我们难以答应更难以做到。所以徐东当即就暴跳起来，伸出浑圆的臂膀，用力地推搡着吕强瘦弱的双肩，大声喝道："我道你妈的歉！"

吕强羸弱的身躯怎抵得住徐东如棕熊一般的推搡，踉踉跄跄倒退了好几步，最终没有倒地，可神色已然大变，脸色也吓得苍白，嘴唇发青，眼神中满是惊恐。仅余的愤怒已完全不知所踪。

徐东乘机又补了一搡，吕强闷哼一声，泪水悄然而下。

我见势头不对，想这样下去如何是好。也来不及思索什么，立马冲过去，拦住徐东，大声道："住手！别推了，人家都哭了，不要再得寸进尺了！"

"哟！哭了？"徐东似乎这时才发现吕强已经泪流满面，诧异之下，立马"呵呵"大笑，显得分外邪恶而残酷。

王启祥、杜子兴、于俊申见之，唯恐天下不乱，也跟着煽风点火添油加醋地起哄："啊哈，哭了！农村野娃儿真娇气！唉哟哟哟！笑死老子了！哈哈哈哈……"

"哥！"吕辉一边揉着受伤的膝盖，一边小跑着来到吕强身边，"回去，告诉妈妈！"说着，跟吕强往筒子楼走去。

他俩连自行车都没有扶就走了。

杜子兴和徐东望着他们的背影，仍不忘加上刀刻般的鄙薄和嘲讽："去去去！告告告！告鸡婆！老子会怕你！哈哈哈……"

吕强他们住在筒子楼最左侧的第三层，离得很近，我们都没有走，心想怕个鸟，我们只推脱就是开个玩笑，又没怎么样，晾他妈也不能把我们咋样。再说了，我们当中有的父亲或爷爷在单位都是有权有势的，再加上又是原住民，根深蒂固，还会怕一个毫无知识阅历又毫无关系背景的农村妇女和几个小孬种吗？答案当然是不会。他们有恃无恐，而我，却恰恰相反，有恐无恃。

我恐的是良心的责备，道德的谴责。

而他们，我的小伙伴们，却在不以为意中随意糟践着良心和道德，还有善良秉性的。

吕强的妈妈很快就下来了。一见之下，果然不出我所料，面容憔悴而苍老，劣质的减价衣衫，一副典型地道的农村妇女的形象。我揣测着我的小伙伴的心中一定有三分鄙夷，七分不屑，很可能为了心中阴暗的欢乐而再次将嘲笑加诸这位朴实的农村妇女身上。

我暗暗祈求着老天将神力赐予她，让她大发雷霆，气冲斗牛，义愤填膺不遗余力酣畅淋漓地指斥我们的种种劣迹，甚至可以用同样的手段来讥诮我们，只求让我们的心里能获得忏悔后的那一丝丝若有若无的安宁。不，准确地说，是让我的心里能驻留这样的感觉，不至于让我的罪恶感长久萦绕在心间而挥之不去。

"你们为什么要欺负他？"吕强的母亲平静地问道。

小孩对大人本身就有一种惧怕的心理，我们可以当着吕强的面说“我就是喜欢欺负你你要怎么样”之类的话，但是在大人的面前却是无论如何也说不出来的。天生的顽劣是一个方面，隐隐的怯弱也是一个方面，我们不能理直气壮地让自己的恶性昭示于天下，但还可以颠倒是非，混淆黑白，将水搅浑，让旁观者再也无法知晓事情的真伪。

于是徐东狡辩道：“我们没有欺负他。”

杜子兴接道：“我们只是跟他开玩笑。”

王启祥继续：“大家都是朋友，只是互相玩玩而已。”

于俊申结尾：“我们平时都这么玩的。”

而我，却是缄默无言。

吕强的母亲没说什么，只是眉头皱了皱，有些疑惑，转头看向吕强，问道：“他们怎么欺负你的？”

吕强眼眶红红，陈旧的棕色衬衣无所顾忌地敞开，露出瘦小的身板和微黑的孱弱的胸膛，他伸出双手，做了一个简单的示范，恨恨地说道：“他们就是这样推我。”

这句话音刚一说完，我们就哄堂大笑，徐东边笑边推搡着杜子兴道：“他说我这样叫欺负，我现在就在推你，那我在欺负你，是不是？”

杜子兴也狡黠地笑着回推着徐东：“让你欺负大爷，老子推死你，推死你！”

吕强的母亲转头看向吕强，忽然严厉地说道：“回家去！你哪里废（斗）得赢他们哟！快走！”

“可是我弟娃儿？”吕强见母亲退却，很显然心有不甘，连忙问道。

我这才想起他的弟弟吕辉没有下来，想是在屋里上药无法下楼。

“你弟娃儿该背时！（活该）自己在外头疯耍，怪得了哪个？走！回去！”说完，也不再理会吕强，径直朝筒子楼走去。

吕强无奈地叹了口气，也拖着脚步向前走去，他的眼光越来越犀利，到得最后，委屈已完全被怒火取代，我看见了他的小小的拳头骤然捏紧，如浓缩的实心弹般裹满了力量。他快速地从我们身畔走过，眼光迅速扫过我们的衣衫，最后落在徐东身上的时间稍长一点，之后，在拐角处消失了身影。

徐东不以为意，在他的背影消失的前一刻若无其事地做了一个鬼脸，似乎随时随地欢迎他的愤怒降临在自己的身上。

我心中微微一凛，一种不好的感觉瞬间扩散开来。

这中间前前后后过了大概一个月吧，我因有事离开了小伙伴们，当我回来的时候，杜子兴告诉我徐东被吕强打了。我听后，大吃一惊，连忙询问事情的经过。

原来，在我离开的这一段时间里，吕强和吕辉仍然在院子的一隅自个玩耍，徐东和杜子兴也仍不时去作弄他们，吕强忍无可忍，骤然爆发，抓住徐东就死命捶打，杜子兴因为闪得快才逃过一劫。吕强虽然身材瘦小，但行动迅捷而灵活，加上指甲尖锐，骨骼硬朗，徐东很快便被打趴在地，据说还压坏了一盆仙人掌。也是合该徐东倒霉，那仙人掌的刺也是有一搭没一搭地扎在了他的屁股上，痛得他嗷嗷直叫，连连求饶。

吕强取得了胜利，也没再得寸进尺，放了徐东。徐东被打怕了，不仅再也不敢欺辱吕强，连粗话都不敢再多说一句。我的其余几个小伙伴们当时都在场，震慑于吕强当时的凶悍和暴戾，瞠目结舌，也不再有胆子开罪他。相反，还尽量避而远之，不去招惹。

后来，因为我和善的性格，在陀螺风暴兴起时我趁势顺水推舟，借着陀螺比赛的当儿，与吕强成了很要好的伙伴，童年生活也因之而更加丰富多彩了。

吕强因打败徐东“一战成名”，渐渐地把我们都看成了“纸老虎”，觉得我们都是外强中干、不堪一击的“脓包”，开始有意无意欺辱起我们来了。仿佛当初加诸他身上的魔咒正逐渐反噬在我们的身上，我们饱尝着这种报应的滋味，怨愤之情溢于言表。

可是谁都不敢吱声，徐东更是变成了闷葫芦，只要有吕强在场，他硬是显得温顺老实，中规中矩，言语甚少；于俊申变得友善了许多；杜子兴将矛头尽数转移到刘春晓的身上，以取笑他为乐；王启祥与杜子兴相比，也是不遑多让。

我感到格外怪异而突兀，不明白为什么会出现这种现象。我宁愿大家自然一点，像真正的小伙伴一样玩着应有的游戏，享受着应有的和谐快乐，而不是谁怕谁，谁欺辱着谁，谁躲着谁，谁整蛊着谁。如此，那便可怕之至。后来，我才知道，原来吕强早已在私下里与各位小伙伴们单独较量过了，结果就是我的小伙伴们都相继输在了吕强的手中。即使没有如徐东那样狼狈，但最后还是输了。既然输了，作为胜利者的吕强自然而然就踩在了他们的头上，不说飞扬跋扈，至少也有些目中无人了。

我当时性格再好，心胸再宽阔也只是一个小孩子，与伙伴们一样有气就撒，有泪就流，有火就放，对欺辱我们的东西那是恨得咬牙切齿，所以吕强的一切过分的言行举止使我终于在一个阳光灿烂的日子里忍无可忍地爆发了。

我和吕强打了一架。

我终于明白小伙伴们为什么败给他了。

原因就在于他的双手，那很少修剪的尖锐的指甲。它会毫不留情地深深地陷入肉中，如吸血鬼的尖牙，割破肌肤，然后看鲜血狂涌，他却在邪恶地讪笑。

我一上来就紧紧抓住他的五指，然后依靠腕力向后压去，企图让他投降。左手却没有多大力气，压不过去，只能尽力支撑，所幸他的右手力气也不大，加以左腕受到剧烈的创痛，顾此失彼之下倒也斗了个旗鼓相当。

吕强使劲挣扎，想要抽出左腕，可是我也在使劲向后压，阻断他的进一步动作，就这样互相僵持着，明眼人都能看出来我已占了上风，而且还在步步紧逼。从他紧皱的眉眼我知晓他此刻的痛苦，我想如果他就此认输我立马就放手，毕竟我非善武的人，武力只是一种暂时性的自卫和反抗，但却绝不是最终目的和结果。

忽然，我右手手背一痛，吕强的拇指和中指的指甲已经陷入了我的肉里，并且还在深陷，大有逼迫我放手之意。

我立刻感到一种说不出的厌恶和愤怒。在男孩当中使用指甲抓人这种阴损的招数是特别令人不齿的，此等做法，与禽兽何异？如果再加上牙齿，那就是禽兽无疑。

愤怒之火腾腾燃烧，很快燃遍全身，我在这股火焰的支持下骤然发难，顾不得疼痛，右手手腕猛然加劲，左腿趁势飞起一脚踹向吕强的小腿胫骨，吕强左脚一崴，站立不稳，摔倒在地。我跟着一伸左手，卡住了他的脖子。

“投不投降？”我双眼圆睁，大声喝问道。

吕强微微一笑，还没有等他回答，我已感到手背上的疼痛再度席卷而来。这时才注意到他的指甲扔不离不弃地待在我的手背中不肯搬迁，血液虽还未流出，但却在指甲的凹陷处蓄势待发，跃跃欲试。

“好，你赢了，不过你先放手。”吕强不紧不慢地说道。

我依言放开了他，发现整个左手手背已经由痛变麻。

还好，还好，没有抓破血管，仅仅是一点皮外伤，一个星期后就痊愈了。而吕强的左手腕骨伤得也不是很重，没多久也恢复如初了。

我在这一役中打败了吕强，他的“霸权主义”也土崩瓦解，飞扬跋扈的劲头也消失不见，变成了“正常人”。所有的小伙伴也恢复了平等相处、欢乐无限的状态。包括刘春晓，在那一段时期，也没再受到什么打击和嘲讽。

那段时间我们迷上了篮球，几乎天天都要去单位院校的操场上打球。

单位学院的篮球场很大，很开阔，给人一种想要奋力奔跑的激情。左边是一个陈旧的礼堂，右边是一幢幢的教学楼，而篮球场就横亘其间，显得恰到好处。篮球架共有八个，篮网早已糜烂，不成形状。放假的时候这里的每个篮球架下都会挤满三教九流的人，因为管得不严，街头的混混时常能够混进来，且来去自如，没有约束。他们不会在这里逗留太长时间，也对篮球提不起兴趣，最多只逗留几圈或找几个相熟的少年说几句话，抽上几支烟就离开了。因没有造成什么影响，倒也无可多虑。

我们初次接触篮球的时候，跟盲人摸象没啥区别，都是乱打，乱投，乱运，毫无章法，常常弄得兴味索然，乐趣全无。不过因为我们有球在手，且占着一个绝佳的位置，可以乘凉，便常有一些外员加入进来。

我们起先是拒绝的，因为我们本就不会打，还要比赛，那还不如让我们找个地缝钻进去。所以没有任何理由便拒绝了很多人。直到有一天，忽然来了一个面容憨厚的叔叔，他愿意教我们打球，我才毫不犹豫地率先同意。我一同意，我的小伙伴们也都含糊其辞地答应了。

篮球并不难学，主要是勤加练习。我们在学得基本的运球投篮之后，便开始日复一日地练习。很快便掌握了其中的门道，越运越熟练，一个月以后，差不多可以打比赛了。

当然，这一切变化只在我身上发生，也是由于我兴致高涨才使得自己的篮球技术突飞猛进。我的小伙伴们还是和最初的情况一样，没什么改变，不过篮球规则倒是掌握清楚了，也不至于在比赛的时候一无是处或闹出什么笑话。传传球，防防人，也倒做得有模有样，中规中矩，很少出什么岔子。

谭睿，一个在庭院中深居简出的小伙伴，甚少抛头露面，简直犹如藏在闺阃中的小姐。最初几年里我很少见到他，只知道有这个人的存在，那时也不熟，相互碰面也只是擦肩而过，连招呼都不打，话也不说。我还是从他加入我们小伙伴的圈子中说起吧。

我们最初是在庭院中踢足球，也不打比赛，就这样两边各站两个人，相互对踢，来来回回，循环往复，从早踢到晚，也不知疲惫。情况正常的时候倒还好，踢到天黑就散伙，各自跑回家。情况不正常就是踢到人了，然后马上收球，不约而同地集体装傻，任凭路人甲乙丙丁戊己庚辛破口大骂暴跳如雷也仍有说有笑，不予理睬，等彼方骂够了悻悻而去后再恢复原状。不过这其中还要分情况，如果不小心踢到中年过客，问题还不大，最多骂几句就走了；倘若踢到老头老太婆就没有那么简单了，老头就如同金毛狮王，老太婆就如同灭绝师太，虽然上了年纪，但内力强悍如斯，风采不减当年，他们会奋不顾身不遗余力地来追讨我们，我们吓得只有亡命天涯，四散奔逃，唯恐避之不及。小小的心脏怦怦乱跳，冷汗涔涔，却有一种惊心动魄的刺激和劫后余生的狂喜。待气息平定之后就呶呶不休地絮叨着刚才的凶险和惊惶。而此时，有一个小伙伴定会愤愤不平地问道："那我的球怎么办呀？"然后终皆沉默，再问："刚才那一脚是谁踢的？"纷纷侧首，千夫所指："杜子兴。"杜子兴就会无辜地辩解道："我不是故意的。"

是，杜子兴的确不是故意的，但这无意的频率似乎也太高了吧。在我们踢足球的生涯中，我的两个球被踢"飞"，谭睿的两个球被踢"飞"，刘春晓的三个球被踢"飞"，徐东的一个球被踢"飞"，吕强的一个球被踢"飞"，而这一切，尽皆拜杜子兴所赐。他从没拿出过一个球也没有赔偿过一个球，叫他赔又不好说出口，不赔吧心里又想不通，有时候确实让我们很为难。杜子兴自知理亏，就算你骂他也无济于事。刘春晓性子火爆，骂了杜子兴很多次，几乎天天叫他赔，而结果是球依然没有拿回来，还打了几架，关系也越闹越僵，搞得大家都不好过。

回到踢球的状态上来，我们在对踢的那段时间，有一天下午，谭睿忽然出现在我们的不远处，心血来潮地问道："我能加一个吗？"

小伙伴们面面相觑，不好回答。因为这球是我的，他们没有决定权。我是一贯来者不拒，有朋自远方来，不亦乐乎？更何况，同住长干里，哪有什么理由拒绝？我率先微笑欢迎谭睿的加入。

谭睿加入以后，我们就开始踢比赛。就这样，一来二去也就混熟了。他的足球踢得非常好，球技精湛，带球如风，要过于俊申、王启祥、杜子兴、刘春晓、徐东那是易如反掌，小菜一碟。我看得暗暗佩服，不住称赞，更打起十二分精神全力抗拒。我的球法虽然不及他那样精熟，但全力抗拒之下倒也能堪堪打个平手。俗话说人逢喜事精神爽，但如果人逢对手精神必会百倍增长。所以每次我和谭睿的激烈交锋都会引来小伙伴和旁人的声声喝彩和啧啧称赞。这些喝彩和称赞又像一剂无形的兴奋剂一样通过耳蜗的传递注入我们的体内，产生裂变反应后使我们的力量呈几何倍数飙升，在巅峰对决的刹那间决出胜败。每次剧烈的比赛后我都会觉得心满意足，是何结果并不重要，只觉得人若因比赛而活着，那实在是一件精彩纷呈而绝无遗憾的事了。

谭睿有一次很倒霉，在与我抢球的时候不小心被一颗石头绊倒，右脸颊直愣愣搓在了坚硬的水泥地板上，差点毁容，不过幸好只是皮外伤，加上儿童的再生能力强，两个月后恢复如初，连一丁点儿疤痕都不见。我连连称奇，啧啧称赞他的脸皮比城墙还坚硬，当真是前无古人后无来者固若金汤坚不可摧。他笑笑说不用客气这还是托你的洪福我才恢复得这样好，也还得感谢你那一脚稍稍收了点儿力否则只怕我必须要做颌面整形手术才能出来。说完，冷笑了几声便绝尘而去。

我听得舌挢不下、目瞪口呆，挠挠头皮，恍然大悟：敢情他是认为他的戳伤是我故意所为而致，因此才怏怏不乐、反唇相讥？要真是这样，我可真是跳进黄河也洗不清了。

我对天发誓，我可从来没有整蛊和作弄别人之心，退一步说，即使有这个心，也不会这么做。总而言之，我是决然不会做这种损人利己、阴险毒辣、卑鄙无耻、见不得光的低级游戏的。

骤然被冤枉，我百口莫辩，彷徨无措，甚是无奈。我应该用什么方法告诉谭睿我的那句话仅仅只是一句玩笑，绝没有落井下石之意，更没有幸灾乐祸之情？还有最重要的一点，他的脸确实不是我那一脚造成的……但我不敢贸然开口，在反复思忖之后还是决定以沉默为好。

谭睿在容貌彻底复苏之后就开始向我实施“报复”，虽然表面上看来，他的“报复”都是无意使然，但我却感受得到，他是抓住每一个“无意”的机会来创造“有意”的结果。比如当我再次和他争球的时候，他首先会故意慌乱一番以作掩饰，在我抢到球的那一刹那，便抬脚向我的小腿胫骨飞来，我眼疾脚快，在我急速退却的同时使劲一个铲球，然后“砰”的一声，他的脚便重新踹在了球上；或者，在我当守门员的时候，他略施小技，轻易拿下许多次点球或任意球的机会，然后大力抽射。他的脚法很准，脚力极重，我伸出双手一挡，指骨在剧烈震荡之下泛起阵阵钻心蚴骨的疼痛，几欲断裂，想大声呵斥，却又落不下面子，放不下尊严，只得强制忍耐，待得他再次大力抽射的时候，我干脆闪身躲避，可是这球似乎算准了我躲避的方位，无论我如何躲避，总是向我袭来。于是怒火在一次次地积压，终于在他一次大力抽射击中我太阳穴，我在短暂的惊愕后骤然爆发。

佛都有火！

我是不能再隐忍了。有什么就光明正大地大战一场，何须搞这种低三下四的勾当？我受不了了，我要将这厮狠狠暴揍一顿！

我如疾风般冲了过去，挥拳击向他的左脸颧骨，他脸一侧，头一歪，堪堪避过。我见第一击不中，就欲挥出第二拳，却被他急伸的左腕紧紧钳制。我急忙用劲抽出，因为谭睿在危急关头用劲奇大，我猛抽之际竟然没抽出来。焦惶之下，忽见左手还能挥动，便顺势收掌成拳，猛向谭睿右肩胛骨击去，紧接着传来一声闷响，谭睿明显中招，身躯微微晃了晃，短暂的凝滞之后顺势一拳击向我的胸膛。我闪避不及，胸膛被打了个正着，气息瞬间堵塞，身体也跟着晃了晃。我来不及思索，怒火急蹿之下飞起一脚向谭睿的左膝踢去，谭睿左腿一闪，我右脚的鞋梆擦着他的裤缝线疾驰而过。正欲收腿继续进攻，忽然一双粗壮的手臂从我们纠缠的手臂间霸道地穿过，强行将我们隔离开来。我们的争霸赛也即戛然而止。

来人正是谭睿的父亲谭森林。

谭睿气喘吁吁，满面通红，胸口剧烈起伏，嘴唇翕张，欲言又止。谭睿的父亲什么也没说，也没有看我一眼，直接拉着儿子绝尘而去。

我余怒未消，对着他们的背影，大声喝道：“有本事别跑，回来大战三百回合！”

没有答复，连头都没有回一下。我忽然冷笑一声，低声咕哝道：“真是一群怪人！”

说句实话，在我的记忆中，谭睿的父亲就是一个怪咖加奇葩。打扮永远都是一个大学生的装束：打着摩丝的中分，徐志摩的眼镜，运动衫，休闲裤，跑鞋。下颏从来没有胡碴，从来不跟小伙伴说话，也从没见他跟院子里的任何人说过话，甚至是谭睿的母亲。

他似乎没有工作，出来活动的时间也没有任何规律。他与谭睿的母亲分住两个地方，一个在庭院最内的一栋楼，一个在居中的一侧楼，不相往来，不过都是在一个庭院内，很奇怪。要说离婚了吧，又不像；感情不和吧，为什么几年来都是如此？于是我们左思右想始终想不出任何头绪。直到有一天，我们瞅见了谭睿的母亲和一个陌生男人有说有笑地从最内的那栋楼出来，并且细心地发现从她发丝凌乱、衣衫不整，由此得出了不言而喻的推论。不知怎地，我突然对谭睿生出了一种深深的同情。

（十九）

又是比赛。

谭睿来了，带着冷笑，在唇边。不屑之情溢于言表。那冷笑中，夹杂着太多的复杂的情愫，揶揄和不屑，还有拒人于千里之外的寒芒……

太鲜明了，如大剌剌的红钩，鲜艳夺目，逼着我交锋，灼得我退步，不知不觉间，我顿时心生怯意，想要逃之夭夭。

“你认输了？”谭睿的声音在我的背后响起。

我再也迈不出一步，如雕塑般静伫。

我为什么要逃？我心有何怯？慢慢地，我调理着思路，思索着问题的答案，想为自己的心生怯意而找到一个合理的辩护。终于，我以“相由心生”说服了自己：这一切都是假象，都是罪愆的千变万化，与我无关，我不是罪恶的源头，我没有任何理由承担他所带来的种种复仇因果。这都是他一厢情愿的主观臆想，是飞扬跋扈，是目中无人，是心胸狭隘，是一场命中注定的斗争。

所以，我不能退缩，我没有任何理由退缩。

“只有弱者才会认输。”我气沉丹田，一字一顿地缓缓道出。

“好，有志气。”谭睿微微地笑着。

“怎么比？单挑？群殴？”

“随你便。”我不以为意地答道，心下却丝毫不敢放松戒备。

“那就先单挑吧。”谭睿说着，拿起自己带来的球，右手一抛，笔直地抛给了我，“争球。”

大家都知道，篮球比赛一开始就有一个争球的过程。在篮球中场线上，各站一个队员，并以预备姿势站好。裁判在二人中间，将篮球平举，待他将球抛向半空并同时吹哨的那一刻这双方的两个队员就可以开始抢球了。这就是争球。不过这是针对全场来说，如果只是打半场，这个方法就不能用了，因为半场只需过三分线，投的是一个篮筐，没必要跑到中场线上去争球，所以这种争球方式就不能用。对于半场比赛，在街头篮球和民间篮球中，有一套约定俗成的规矩，那就是“投球争球”。这种方法也很公平。就是双方两个队员站在罚球线上向篮筐投球，谁中了谁就有先行运球的资格。因为是依次投球，如果第一个投球的人没有投中，而第二个投球的人进球的话那就没有任何悬念，发球权归第二个人所有；如果第一个人投中而第二个人没投中，那球权归第一人所有；如果第一人没中第二人也没中那就按顺序继续投下去，直到有人中球为止；如果第一人中了第二人也中了那发球权依然没有归属还是需要继续投下去直到分出胜负为止。

谭睿将第一回合的投球机会让给我并不包含任何客气和礼貌的成分，而是谁先谁后都无所谓，没有任何影响，进球的概率都是一样的。

我站在罚球线上，深吸口气，双膝微屈，眼睛紧紧盯着篮筐，右手托举球底，左手调整方向，瞄准后用力一掷，球在空中沿着抛物线的轨迹漂亮地旋转，最后以一个漂亮的空心入筐。

我心中狂喜，可没表现出过分夸张，只是微微一笑，待球弹回来后又随手抛给了站立在一旁的谭睿。

谭睿刚刚拿到球就用力向前掷去，因为用力过猛，球在砸到篮板后发出沉闷的“当当”声，又顺势弹在了篮筐上，尔后，又弹了回来。

“发球。”谭睿没有进，那发球权就掌握在我的手中。

“那你可要小心了！”我以其人之道还治其人之身，漫不经心之中也或多或少夹杂着嘲讽和轻蔑。

我站定后便飞快地运球朝内线冲去，企图以猛冲快攻突破谭睿的防御。谭睿张开臂膀，快速地上下挥动，眼神如鹰隼般牢牢锁定在我的球面上，俨然一招“狮子搏兔”，以趁我略微分神的一刹那间便即出手抢断。

不过因为我的前期进攻势头太强太快，谭睿根本腾不出手来进行抢断，只能一边随着我的身形飞速运转，一边出其不意地使出一记杀招。

可是我不能给他留下哪怕是一丁点儿的抢断机会，我必须在最短的时间内将球投入篮筐，因为这种攻势虽然强悍、凌厉难以阻挡，但是毕竟消耗过大，不能持久，如果我一击不中，那么在抢板的时候必然会吃亏，再来防守的话体力将大为不济。所以，我无论如何也要在他抢断之前将球投进篮筐以增积分。

如风般，我骤然停在了三秒区，趁谭睿还没停稳的刹那我向篮筐用力一跳，右手轻轻一托，没有任何悬念，球进了篮筐。我率先得分。

心下甚喜，我立刻马不停蹄地朝三分线外跑去，等待着谭睿的快攻。

篮球比赛中，一方投篮成功得分后，下一次的发球权便自动转给对方。

谭睿的攻势并不十分凌厉，也不凶猛，甚至还显得有些悠闲，如闲庭信步般不以为意漫不经心，我看准了势头，向前猛冲，右臂一戳，想出其不意地抢断他的球。

可谭睿似乎已算准了我会向这个方向抢断，因此当我的右臂挥出的瞬间，他便把球绕到了身后，换成了左手运球，这样一来，我扑了个空。

我微微一愣，还没反应过来，谭睿便猛然发难，从我左边的空门大开的地方飞奔而去，待我反应过来想要拦截已是慢了半拍，只见他一个标准的三大步：运球，起跳，出手。球进了。

我摇摇头，向球下落的地方快步奔去。

而后，我又同样以快攻的方式得分很多，但到后来，因为体力消耗过大，我的攻势也越来越弱，不仅投球失误频频，连运球掉球的情况也越来越严重。

当比分的差距越拉越大的时候，我早已累得气喘吁吁，精疲力竭，再也拿捏不稳手中的球，最后，终于瘫倒在地。

我输了，虽然不光彩，也并不丢人。

但至少，我没有输掉拼搏的信心。

王安石云：尽吾志也而不能至者，可以无悔矣。

谭睿所要的就是这样一个结果，他如愿以偿地赢了我，将我踩在脚下。而我知道，这只是一个开始，我的挑战还在后面，他会在各个方面将我击败，然后露出满是嘲讽的笑容，直截了当地告诉我：你不是我的对手。

无论是乒乓球、足球、篮球、排球，还是“泡泡堂”、“梦幻西游”、“魔兽世界”，甚至期末考试的分数，都不可思议地成了他有意或无意向我挑衅和显摆的资本，我心下颇为反感也格外厌恶，只想沉默是金不予理睬，但为了面子，我不得不委曲求全以含糊其辞的言论搪塞过去。我撒谎的本领并不高且没有这个天分，声音没有底气，明眼人一看即知，我想谭睿也一定看出来了，不过却从来没有说破过，他还是会在众目睽睽之下保全我的面子，让我有足够的余地得以转圜，不至于在彼时羞惭满面，狼狈不堪。特别是在我进入市重点之后，我的成绩差得一塌糊涂，每次测验的分数都让我羞于启齿，而谭睿的成绩却是大红灯笼高高挂，一路凯歌。在他问我分数的时候，我也只能强自镇定装出一个不以为意的哂笑再随意捏造出一个不高不低的分数敷衍了事以让自己有一个华丽的转身下得了舞台再缓缓离开。

如果有旁人在场的话，谭睿会对他说“他的成绩不错，我知道”。我的情况他当然清楚，我们班当时有一个女生的跟他关系要好，什么事情都跟他说，他如何不知道？我们班的体育委员经常与他打比赛，他如何不知道？我们班的数学课代表跟他一起学过两年的奥数最后还一起参加过多次比赛，他如何不知道？他是知道的，他了解我的一切情况，比谁都清楚，只是他给我留了面子，没有戳破这个表面上维持着和谐与平静的彩色泡沫。

但是我却忘不了他转身时的那一抹冷笑，仿佛在说：“他的成绩？！不错，我知道……”

侵略仍在蔓延，战火永无止息。这，就是人类痛苦的根源。

虽然单纯，但小孩也有小孩的痛苦，而成人的世界更是烦恼众多。

楼下的夫妻又吵架了，吵了很久，经常乒乒乓乓咚咚锵锵锣鼓喧天气势铿锵，然后在某一天的夜里骤然停止，像突然没电的“酷狗”再也发不出声音。在淅淅沥沥的雨声中，我隐约知道了一点事情：男的出轨，要闹离婚，女人不愿意，遂闹僵，而后刀兵相向、剑拔弩张。男人气急，暴怒中，飞起一脚，踹向那女人的腹部，女的昏倒，险些命丧。

从那时起，我便知道婚姻是脆弱的，泪是甜的，笑是苦的，风是冷的，雨是硬的，天是灰的，鸟是智的，人，是最傻的。

最傻的人做着自以为最聪明的事，无怪乎痛苦会席卷而至。

老子曰：专气以致柔，能无婴儿乎？可世间之人，能有几人做到呢？

我不得不继续向前追溯，追溯，或者更早，更早，那样便更接近于质朴。

缓缓拨开眼前的重重迷雾，我看见了更小的我。那时，没有高楼，只有筒子楼，陈旧未改，只是颜色变得浅了一些。我的小伙伴们都不在，或者，还在襁褓中。我住在筒子楼里的第一层，玩着夜明珠，看它来回在地面和手掌中踅来踅去，欢喜得爱不释手。

那是我，很早很早的我，质朴的我，没有沾染任何尘埃的我，小小的我。

我缓缓蹲了下来，我的思维清晰无误却又如此鸿蒙。我静静地看着他，那个穿越时空的我。

我想要看得更清楚一些，这时，一个稚嫩娇柔的声音在我背后响起：“你在玩什么？”

我猛然回头，看到了另一个小小的娇弱的身影。

然后，刹那间，我变成了我。

“我在玩夜明珠。”我看了她一眼，笑着说，“不过我已经掉了很多颗。”

“能给我玩玩吗？”她轻声问道。

“当然可以。”我伸出手，将夜明珠递给了她，我与她指尖相触，刹那间，温暖无俦。

“真好玩。”她开心地拨弄着手中的夜明珠，轻轻地将它掷在地上，然后又轻轻地将它握在手中，如此循环往复。

我站在一旁，静静地看着。

“它在夜间会发光吗？”她将跳动的夜明珠收回手中，缓缓举向半空，仔细地瞅着它。

“它虽然叫夜明珠，不过我却从来没有看到它发过光。”我摇摇头回答。

“它为什么不发光呢？”她奇怪地问道。

“这我就不知道了。也许，也许它害羞吧，所以，就不愿意让人们看见它美丽闪光的一面。”我想当然地说。

“真希望它不要一直这样害羞下去。”她张开稚嫩的手轻轻摩挲着夜明珠的表面，眼神中溢满了期待和纯净的光芒。

“还给你。”她说着，将夜明珠递了过来，我伸手去接，可是没有接稳，夜明珠从我们的手中滑落，调皮地朝着前方的地面蹦去。

地面不平且杂草丛生，还有一个狭小的地沟，响着哗哗的水流，却不知流向何方。我们手忙脚乱地去拦截，可夜明珠不偏不倚掉进了地沟，顺着水流乘风破浪，刹那间消失在我们的眼前。

“啊，怎么会这样？”她皱了皱眉头，眼神焦灼、失望并夹杂着点点滴滴的愧疚。

“对不起，我应该等你捏紧了我再松手的……”她缓缓低下头，满心惭愧。

“这不能怪你，是我没有拿好。不过，也没什么，反正我已经掉了很多个了，大不了再买一个。”我心下虽有些无奈，却没有丝毫难过。

"再买一个？"她轻声问道。

"是啊，我还想买一个更大的呢！是很大很大的那种，轻轻一蹦，能蹦到天上去，蹦得很高很高，然后要过了很久很久才会落下来。而且，听说那颗夜明珠的光芒非常美丽，非常明亮，一到晚上，就跟太阳公公出来一样，再也看不见黑暗……"我本来絮絮叨叨地说着，可是说到这里却突然顿住了。

"那颗夜明珠，很贵吧？"她试探地问道。

我点点头，道："嗯。所以我爸爸妈妈一直都没给我买。"

"你不用灰心啦！我想，这颗夜明珠既然如此珍贵，世上应该没有人能够得到它。"她安慰我道。

"为什么？"我有些不解。

她支着下巴，想了想说："具体原因我也不知道。不过你看天上的太阳、月亮、星星，它们不都是很美吗？不都是很珍贵吗？我们每天都能仰头望见它们，可是我们却没有一个人能拥有它们，别说是拥有，甚至连靠近也不行。我想，你刚才说的夜明珠既然也是如此，那应该也差不多。所以我觉得既然你买不了，那也就没人买得了。"

"嗯。"我觉得她说得很有道理，心下感到高兴，刚才那淡淡的惆怅一扫而逝，于是便高声欢呼道："太好了，太好了。我不会再为得不到夜明珠而烦恼啦！"

她也高兴地拍手欢呼。

"不过……"她忽然停止了拍手，歉然说，"你那颗小的夜明珠却是我弄丢的。我，赔你一样东西。"

"不用了。"我摇摇头，解释着，"既然大的夜明珠我都不在乎了，更何况小的呢？"

"既然这样……"她晃着脑袋，想了想说，"可是我觉得这样心里会感到不安。"

"没什么。"我摇摇头，不觉得有什么，"你要觉得不安，你有时间可以陪我玩啊！只要玩得开心了，就什么都不在乎啦！"

"嗯，好啊。不过，今天有点晚了，我得回家去了，不然我爸爸妈妈会担心的。"说完，她向我挥挥手作别。

我目送着她远去。

她向前跑出几步后，我忽然想起什么，便大声问道：“对了，你还没告诉我你的名字？”

“我叫欣儿。”她停住了脚步，转身回应道。

“星儿？天上的星星吗？很美的名字。”我思索了片刻，喃喃道。

“不是星星的‘星’。”她摇摇头说。然后小跑到我的面前，拉开我的手掌就在我掌心比画起来，口中兀自纠正我的错误：“是这个字。左边一个‘斤’，右边一个‘欠’字。”

“那这个‘星’跟这个‘欣’有什么区别呢？”我问道。

“我不清楚。”欣儿摇摇头，“这是我妈妈给我起的名字，她们都这么叫我，叫多了我也就习惯了。我从来都没有问过他们这个问题。这恐怕只有我妈妈知道。如果你想知道问题的答案，我回去问问我妈妈，明天再来告诉你，好吗？”

“嗯。好的，我等着你。”我点点头。

欣儿微微一笑，转身朝前奔去。

第二天，我正在院子门前独自玩着泥沙，欣儿果然没有失约，她来陪我玩来了。

“对了。”她嘴唇翕张，蹲下身，也用手薅着泥土，“昨天我回去问过妈妈了，我妈妈告诉我虽然我的名字不是天上的星星，但也是很好很好的意思。”

“那就是星星的朋友啰？”我不假思索地接道。

“星星的朋友是谁啊？”欣儿疑惑地问道。

“是……”我支吾着仰着头，努力想着，忽然想到一个答案，旋即说了出来，“是彗星吧。”

“彗星？就是拖着长长的白色的带子的星星吗？”欣儿问道。

“嗯，就是它。”

欣儿微微皱眉，道：“不好，不好。彗星是颗灾星，它会给其他的星星带来伤害的。它怎么能够成为星星的朋友呢？不对，不对。”

“哦，不是彗星的话，那就是，就是……”我挠挠脑袋，继续思考。

“那就是流星。”我说道。

“流星吗？”欣儿歪着脑袋思索着流星的样子。

“是啊，流星，很美的啊！”我解释道。

“可是，可是……流星会掉下来啊！流星掉下来就死啦！流星死啦，那其他星星都会很伤心很伤心的。既然流星是星星的朋友，它怎么会让星星们伤心呢？还是不对，还是不对。”欣儿继续摇头否定道。

“啊，不是流星。”我有些失望，但并没有泄气，只是觉得她说的话很有道理，我也找不出什么漏洞，只有重新搜寻答案。

（二十）

“彩虹！”我大声叫了出来。

“哪里有彩虹？”欣儿好奇地东张西望。

“不是有彩虹，而是我找到了星星的朋友，就是彩虹。”我兴高采烈地解释着，也希望欣儿因为我找到了问题的答案也跟着一起喝彩和欢呼。

可是欣儿没有高兴的样子，也没有一点开心的表情，甚至露出了疑惑的神色，她的眉头紧皱，手紧紧捏着下巴，喃喃低语，像是自述，又像是在问我：“彩虹……很美，可是，可是它最终会消失的啊！而且，而且它出现的时间很短暂，更何况，我们从来没有看见过它。”

“不，你说的不对！”我用力地摇着头，坚定地反驳道，双手没有规则地比画着，口中也没有闲着，“老师给我们讲过，彩虹不会消失，它就隐藏在太阳公公的光芒之中，只是我们的肉眼看不见罢了。”

“那我们要如何才能看见呢？”欣儿被这个解释吸引住了，眉头舒展开来，换成了满脸的疑惑和好奇。

“你想看彩虹？”我问欣儿。

“嗯。”欣儿点头。

“那你等等。”说完，我就转身跑回屋中拿出一个小小的粉红色的塑料小瓶子，然后缓慢地旋开顶端的盖子，一个小小的羽毛球形状的塑料棍棒赫然展现在我们的眼前。那里面装的是肥皂水，泡沫兀自附着在上面，点点滴滴地累积着，光芒百无聊赖地倾泻，七彩的光芒影影绰绰而又真真切切。

“看到了吗？彩虹在这里。”我将打开的小瓶子暴露在明媚的阳光下，并且用塑料勺子不停地搅拌着里面的肥皂水，水花翻涌，聚集的泡沫越来越多，彩虹反射的光芒也越来越热烈，到得后来，直晃得我们的眼睛也无法睁开。

“好了，快把彩虹收起来吧，不然我们什么都看不见了。”欣儿一边伸手遮挡着光线的侵袭，一边挥手叫我“收回彩虹”。

我也觉得我放出的彩虹有点太过热情，心想如果不及时收回，是不是自己也会变成彩虹的一部分或者就此融化？就像《海的女儿》，那个化为了泡沫的女儿。

想到这里，只觉得一阵惊心，如果我们真变成了泡沫，就什么都没有了，爸爸妈妈找不到我们，爷爷奶奶也找不到我们，他们一定会很着急的。我们怎么能让他们因为找不到我们而着急呢？不行，不行，我们会害怕，我们不喜欢天空那虚无飘缈的陌生世界。那里除了云以外什么都没有，也没有人会疼爱我们。我们不要离开我的亲人，永远都不要。

不知不觉间，我已经合上了盖子。于是泡沫消失了，彩虹消失了，“潘多拉”魔盒带来的梦幻和绮丽的遐想也消失了。

世界恢复了原状。眼前只有我和欣儿，还有满身的泥土，满脸的沙子。静静倚靠着我们的是一座未完成的用泥沙堆成的房子。

“这是你堆的吗？”欣儿见“彩虹”已经消失无影，便轻轻放下捂着眼睛的双手，缓缓蹲下身，指着那个未堆完的房子问我。

“这是我堆的城堡。可惜没有完工。”待欣儿如此问，我才恍然应该继续我的工程，不知何时才能竣工，因为它如此浩大。

“可是这一点也不像城堡啊！”欣儿指着一座凸出的沙丘的顶端说道。

“那像什么？”我奇怪地问道。

“很像一座山顶。”欣儿道。

“唉！”我叹了口气，“那就当它是山顶吧，反正就是城堡我也堆不像。”

“那就别堆了，我们去看电视吧。”欣儿站了起来，拍拍手中的泥沙，泥沙簌簌而落。

“去哪里看？”

“去我家看。”

欣儿的家就在这座阁楼的第三层的中间，很近很近，不过要登上几百层的阶梯，所以，很是费劲。

我虽在欣儿的身后，但爬上到三层楼时，我已累得气喘吁吁，看欣儿也是面泛潮红，显然累得不轻。

“你的家怎么这么高啊？”我有些夸张地问道。

“主要是我们太小了，等我们长大了就不会这么累了。”欣儿答道。

“可是，长大了以后也会老啊，像那个婆婆一样，上楼也会很累，很累。”我忽然指着一位正在拄着拐杖努力向上攀爬的老奶奶说道。

“她是我们的邻居。在这里住了很多很多年,而且她的年龄已经很大很大了，据说连我爸爸妈妈加起来的年龄都没法超过她呢！”欣儿热心地介绍着她的邻居。

“那她知道的故事一定很多很多吧？”我好奇地问道，因为我心里忽然打定了一个主意。

“当然了,她知道的故事一辈子都讲不完呢！”欣儿骄傲地夸赞着她的邻居。

“那，我们就请婆婆给我们讲讲有趣的故事吧！”我热烈地提议道。

“好啊，我也是这么想的，不过，我觉得我们应该先将婆婆扶上楼梯再说。”

“好，那我们先将婆婆扶上楼梯，再请婆婆给我们讲故事吧。”说着，我和欣儿就朝着婆婆走去，一左一右地扶着婆婆的臂膀，尽自己的力量将其扶稳。

“吴要唔我！！！我＄＆％哦！”婆婆大声抗拒着，身体颤动着，嘴里兀自念叨着，听不清再说些什么，我们吓得跳在了一边。

“婆婆说什么？”我试探着问道。

婆婆又重复了一遍。

“哦，我明白了。婆婆说不要用力扶她。”欣儿解释道。

“哦，那是我们的力量用得有点大，让婆婆不舒服了，那我们轻一点扶就行了。”我恍然大悟地说。

说完，我们又朝婆婆走了过去，歉疚地说：“婆婆，真不好意思，我们这次一定小心一点。”

还没有走到婆婆身边，婆婆大喊大叫起来：“无药无我！巫妖无我……”眼神对着我们，很愤怒很生气，拐杖柱得“笃笃”作响，似乎想要拿着拐杖敲我们的头。

我们既惊且怕，见婆婆这个样子，似乎很不欢迎我们，可是我们却猜不出婆婆如此反常的原因，只能面面相觑，缓缓退后。

“欣儿，你在干什么？”一个关切的声音略带疑惑忽然在我们的耳畔响起。我回过头，看见了一位身材略显雍容的中年妇女。

“妈妈，快过来帮我们听听，这位婆婆说的什么？我们一句都听不懂。”

原来是欣儿的妈妈。欣儿挥手招呼着她叫她赶快过来“拯救”此时此刻茫然无措的我们。

欣儿的妈妈快步走了过来，看见我微笑地对我说道：“小朋友，你好！”我微笑地点头回应道：“阿姨好！”并礼貌性地鞠了一个躬。

欣儿的妈妈立刻对我竖起大拇指，啧啧称赞道：“真是一个懂礼貌的好孩子，长大了一定有出息！可比我们家欣儿强多了，我们家欣儿可从来学不会什么叫礼貌。”

“妈妈！我什么时候不懂礼貌？”欣儿一听母亲褒扬别人而贬低自己，心里老大不乐意，立马噘嘴，尖声抗议着，一张小脸气得煞白，白了又红，红了又白。她要维护她的尊严，讨回她的公道，因此不断高声重复着这句话，像是质疑，又像是审问。

她的妈妈倒是很沉着，任凭风吹浪打，也自岿然不动。无论女儿如何争辩反驳也不予回应，只是淡淡笑着，如俯瞰人世的上帝般高深莫测。

婆婆还在努力攀登着眼前的阶梯，此时已经攀登到了第二十五阶，如果坚持不懈，持之以恒，一鼓作气，不再停留，定能到达终点，取得成功。然而她在第二十六阶的时候停了下来，倚着石栏，兀自喘息，并用干枯的眼光凝望着我们。

“对了，阿姨，刚才我们想帮这位婆婆一个忙，可是她似乎不高兴，然后还说了几句话，可是我们听不清楚，请阿姨帮我们听听。”我对欣儿的妈妈说道。

“是啊，她刚才似乎很生气，我们不知道为什么会这样，明明是好心帮助她啊！可是……总之，你去听听！”欣儿一听我的询问，注意被转移，怒气消散，也赶紧附和着并催促着她的妈妈赶紧去听听这位婆婆说的话到底是什么。

“她刚才说什么？”欣儿的妈妈问道。

“嗯……”欣儿皱着眉头，想了想说：“她好像说‘咕咕’……对，‘咕咕’……”

“不对，不对！”我连连摇头打断她，纠正道，“这是青蛙的声音，不是婆婆的声音。婆婆可不是这么叫的！”

“那是怎么叫的？”欣儿明显不服，噘着嘴叉着腰理直气壮地质问着我。

“明明是‘呜呜’，‘呜呜’……”我肯定地说道。

“呵呵！”欣儿笑得前仰后合，连声音也带着颤音，“这……明明……是火车的……声音……怎么……可能……是……婆婆的……呵呵……呵呵……”

“也许婆婆年轻的时候喜欢火车也说不定啊？”我觉得自己的猜测很正确，所以并没有将她的嘲笑放在心里，只是一味地据理力争。

“嗯……”欣儿的笑容顿住了，结结巴巴地说，“好像……也有道理，不过，不过，既然婆婆能喜欢火车，为什么不能喜欢青蛙呢？”

“这……”我抠抠后脑勺，想了想说，“你说的也有道理。那这样吧，你的答案加上我的答案不就是一个完整的答案了吗？‘咕咕’加上‘呜呜’不是就婆婆刚才叫的声音吗？”

“对对对！”欣儿拍手称赞道，“就是，就是，这位婆婆就是这么叫的！”

欣儿的妈妈已呆若木鸡，我从她纠结的表情和拧成蚯蚓的眉毛中获悉她似乎完全处在另一个世界当中，以为我们的对话是葫芦娃和黑猫警长阔别已久的寒暄和插科打诨，飘在云里雾里，不知所云，所以只得下意识地问道：“你们在说什么？我一句也听不懂。”

欣儿正准备向妈妈解释，婆婆的声音在我们身后响起：“我或，巫妖无我，巫妖无我，移门还药，还药，扶不同我！”连连挥手，摇头，拄杖，似乎想将任何动作都用上，以盼我们能听懂她的话。她的样子既着急又生气，与刚才一般无二，要不是欣儿的妈妈就在旁边，我们几乎又要情不自禁地向后撤离。

“哎呀，我说你们呀！”欣儿的妈妈微微一笑，回过头来对我们说道，“婆婆说叫你们不要扶她，因为你们太小了，扶不动她，如果要扶她，等你们长大了再去吧！”

“啊，原来是这样。”我们一听，明白了。

欣儿的妈妈走上前去搀扶那位婆婆，将她送回了屋内，并坐下陪她聊天。

欣儿则拉着我进她家去看电视。

电视还没完全打开，《葫芦兄弟》的主题曲就响了起来：“葫芦娃，葫芦娃，一根藤上七朵花，风吹雨打都不怕，啦啦啦啦……”

然后欣儿也跟着唱。然后我也跟着一起唱。

唱着唱着我们就停下了，电视的画面也完全打开了。

动画片中的三娃正跟蛇精激烈交战。三娃刀枪不入，蛇精打得心惊肉跳。小喽啰们更是不济，吓得抱头鼠窜。

见三娃没有危险并大显神威，我们大声喝彩，喝完彩后便开始互相指责。

“你唱错了！”我率先提出异议。“应该是葫芦娃，葫芦娃，金刚啦嗒嗒嗒搭一个娃……”

“不对，不对！”欣儿使劲摇头，完全不赞成我的观点。

“什么那金刚啦嗒嗒嗒搭葫芦娃，应该是天上掉下来一朵花……”

“不是，不是，我可没有听到歌词里有什么‘一朵花’之类的……”

“有，明明有……”

“没有……”

“哎呀，三娃被害啦！”欣儿忽然大声惊叫起来。

动画片中的三娃被一个紫色的葫芦收了进去，蛇妖捧着葫芦哈哈大笑，笑声妖媚诡谲而肆无忌惮。

我们听着，心里异常愤怒，大声呵斥道：“这个蛇妖好可恶，三娃，三娃，你一定要坚持住，你的好兄弟们一定回来救你的。他们一定会打败蛇妖的！”

动画片的分集拿捏得恰到好处，每每在危急万分的关头戛然而止，让人心痒难当又欲罢不能，可偏偏又无能为力，只能枯坐静守第二天的到来。不过幸运的是，我们所钟情的动画片不止一个，还有很多个，而且除动画片外，一些加了特技特效的神话电视剧也能令我们欣喜若狂。

欣儿正站在电视机前鼓捣，不停地换着频道，我发现她们家的电视机虽然比较新，甚至连商标都还没有撕下，可是上面的按键的外壳已经被拨得体无完肤。我猜这一定是欣儿的杰作。

我忽然问道：“欣儿，你们家的遥控器呢？”

欣儿头也没回地答道：“弄丢了。”

我若有所思地点点头，心想这也一定是欣儿的杰作无疑。

我忽然联想到我们家的那台电视机，虽然已经陈旧，但却是完好无损，尽管它以后也会寿终正寝，但至少没有像欣儿家的电视遭到如此的“摧残”，所以，如果它有灵的话，一定会对我感恩戴德吧！我可是从来没有去碰过电视机，压根儿也没碰过，连遥控器也没摸过。我总是静静地坐在一个角落，不动声色地看着它，看它的外表，看它闪着的画面，其实很多时候我并没有认真地看里面的内容。也许正在放的是爸妈他们喜欢的吧，而我却很安静，很安静，似乎周围的一切也跟着安静了。是不是气氛有些过了呢？我不知道，也许那个年龄我不应该那么安静吧！总是与大家格格不入。可是我的内心明明是渴望着火热的啊！看着蝴蝶在上下翻飞，我也会睇视良久；看着阳光洒满窗台，我也会移步窗前，任阳光照在我的身躯，感觉温暖、温热甚至灼热也不会睁开眼睛；看着黑夜缓缓降临，我会感觉到惶惑不安，然后紧紧拽着被子的一角，蜷缩闭上眼睛想象着窗外的星光璀璨……

“看《新白娘子传奇》！”欣儿拨到了一个让我们欢呼雀跃的频道，从放置电视的柜台上跳了下来，挨着我坐下。

屏幕上的法海正在和白娘子战斗。法海轮抡起禅杖，如风车般旋转，朝白娘子的肩头掷去。白娘子轻轻跃起，轻盈的身姿在半空转了一个圈，白光萦绕，瞬间遍布全身，于是整个屏幕都显得白光熠熠，真是美丽不可方物。

我们看得呆了，情不自禁地惊叫出声。

随后白娘子飞起一脚，踹在法海抡过来的禅杖上，禅杖向后飞去，法海旋转一周，收住禅杖。白娘子趁势跃了过去，跃到法海的背后，猛然出掌，击在法海的后背上。法海立势不稳，一个踉跄，险些跌倒。白娘子没有再趁势进攻，而是跃回原位，盯着法海，仗剑戒备。显然，白娘子胜了，法海败了。

“你说法海厉害还是白娘子厉害？”欣儿忽然转过头问我。

“当然是白娘子厉害啊！法海怎能是白娘子的对手。”我答道。

“可是她为什么会被关在雷峰塔中？”欣儿继续问道。

“她好像自己走进雷峰塔的，不是被关进去的。”我想了想说。

“我很讨厌许仙！”欣儿皱着眉头，嗤之以鼻地说。

“我也是。”我撇撇嘴，感同身受。

语音刚落，这一集又恰到好处地了结，我们听了几句片尾曲，电视屏幕上又弹出了广告，于是我们听歌的兴致转瞬间土崩瓦解。

欣儿又跳过去，蹲下身，伸出细嫩的手指“笃笃笃笃”地飞快地调换着频道，调了一轮又一轮，欣儿依然没有停下，最后因为手腕承受不了负荷而自行停止。感觉没有好看的电视节目，欣儿索性关闭了电视。

欣儿的妈妈已陪那位老婆婆聊完了天走了进来，我抬眼瞧着她妈妈的脸色不太明朗，揣测着她们刚才之间的聊天的内容应该不太愉快。

我见情况有些不妙，招呼都没有打就赶紧撤退了。

筒子楼的第一层非常黑，加上灯坏了，长年累月都没有人修理，所以给人一种非常恐怖的感觉。我因此不敢去找欣儿，即使我知道她住在哪里。而此时夜幕降临，我望着昏黑的夜空，有些踌躇，不知道欣儿会不会下来找我玩。

欣儿始终没有下来。我觉得很无聊，就早早地睡了。

第二天，天色还蒙蒙亮，就听到外面敲锣打鼓的声音，奏着哀乐，声音又嘹亮又清脆，在这宁静的清晨飘得很远，似乎要向世人宣泄它所有的哀伤和逝者一生的不幸。这样的乐音，足以引起人们心里强烈的震动，吓得我把头缩在被子里不敢露出来。

我是最怕见到这种场面的，所以自始至终都不敢开门，也不敢拉开窗帘向外瞧去。

爸爸妈妈拉开门走了出去，然后我隐约听到他们谈话的声音，其中还似乎夹杂着欣儿妈妈的声音。

声音很嘈杂，我即使去听也什么都没有听到。

一个星期之后，这令人心惊肉跳的活动终于结束了。在这期间，我也终于弄清楚了死者是谁。

死者就是那个努力攀登的婆婆，她在与欣儿妈妈的攀谈中告诉欣儿妈妈自己马上就要死了，只希望最后一次和朝夕相处的邻居好好说一说话。欣儿的妈妈当然不信她的话，只是一个劲地安慰她不要想太多。那个婆婆不置可否，兀自絮絮叨叨，说着、说着就闭上了眼睛……

眼看着一个人在面前停止了呼吸，而她，就在刚才还絮絮叨叨地和你拉着家常，试想欣儿的妈妈脸色怎么会好？心神不宁了很长一段时间才慢慢平复。这段时间，她带着欣儿去了三公里外的外婆家暂住，等到心里恢复后才返回。

那段时间我也过得胆战心惊，惶惶不可终日，整日价敲锣打鼓，阴歌弥散，感觉自己已脱离了人间，来到了地府，没有阳光，只有黑暗，没有温暖，只有阴寒。那种透心凉的寒，让灵魂瑟缩的寒。

我不知道那段时间是怎么过来的，当锣鼓、缟素、纸钱已无法让我产生感觉的时候，我知道，他们的仪式结束了，周遭的一切又会归于平静，然后欣儿也会回来，我们的生活又回到以往，没有改变。

欣儿是在一个傍晚回来的，我站在一堆沙子上，百无聊赖地瞧着远方的夕阳一点一点没入云层当中，最后的昏黄也不见了。然后欣儿拍了拍我的肩膀，笑着告诉我她回来了。

我说："你回来得真及时，这里刚刚恢复平静。"

欣儿说："第一天晚上可把我吓坏了，闭上眼睛在做噩梦，睁开眼睛也还是在做噩梦。我还发烧了呢！昨天才好。”

我说：“我的情况也不比你好到哪里去。”

欣儿说：“不说这个了，我们过去看看。”

我奇怪地问道：“看什么？”

欣儿说：“你听到什么声音没有？”

我说：“好像有小鸭子在叫。”

“对啊。我们过去看看。”欣儿说着，率先跑了过去。

我们跑到了大门口，看到两个小女孩在往一个纸箱里喂东西，小鸭子的声音就是从纸箱中发出来的。

“啊，好可爱的小鸭子！”欣儿停住了脚步，情不自禁地叫出了声。

“我能摸一摸吗？”欣儿望着其中一个女孩请求道。

“可以。”其中一个女孩抬头微笑着说，“不过你一定要轻一点，不然的话很可能就把它摸死了。”

欣儿“嗯”了一声，然后蹲下身，伸手轻轻抚摩着一只小鸭子身上的细细的柔柔的羽毛，眼里满是欣喜和怜爱，可小鸭子好像并不领欣儿的情，看着一双“魔掌”伸来，立马扑棱着小小的翅膀向后跃去，踩在了另一只小鸭子的头上。另一只小鸭子也不是那么好欺负的，它见自己无端被踩，怎么可能忍气吞声，愤怒之下伸出一张扁而薄、黄而锐的喙朝那只踩了它头的小鸭子的尾翼啄去。

可是先前那只小鸭子身手敏捷，轻轻一个闪身，便躲过了突如其来的喙的袭击。那只鸭子收势不及，无意间戳在了一只身强体壮的小鸭子屁股上。这只强壮的小鸭子满面怒容，不由分说就朝那只小鸭子撞去。因为纸箱子狭小，它的横冲直撞引起了所有小鸭子的愤愤不平，混战立时展开。只听“嘎嘎嘎嘎”的乱叫，整个纸箱子变得热闹非凡，翅膀扑棱之下，羽毛纷飞，大家推推搡搡，劲力在刹那间陡增，这薄薄的并不结实的纸箱被撞得东倒西歪，大有摇摇欲坠分崩离析之势。

这一切都是在很短的时间内发生的，两个小女孩正在有一搭没一搭地问我问题，我毫不藏私，倾力相吐。所以她们在全神贯注之下一时没有注意到纸箱中的情况。

这两个小女孩一个叫姚灿，一个叫蓝彤。都来自农村，生活窘迫，但成绩很好。不得已而跟随妈妈来到这里守大门，算得到了暂时的安定。这群小鸭子并不是她们自己的，而是别人寄养在这里的。所以她们得细心照顾，稍有差池，她们可承担不起。此时见鸭子们内乱，如何不惊？不过好在她们经验丰富，短暂的惊慌之后便拿起放置在一旁的一碗黑乎乎、黏稠稠的东西倾倒在纸箱中，鸭群蜂拥而至，动乱自动平息。

“姚灿姐姐，你这碗里黑乎乎的是什么啊？”我瞧着那个黑乎乎的东西，皱着眉问道。

“这是葡萄皮和蚂蚁捣碎了混合而成的食物，小鸭子最爱吃了。”姚灿解释道。

我一听，愣了半晌，想这葡萄皮还能接受，这蚂蚁捣碎了的食物却是无论如何也不能接受的，小鸭子们还能将它们当成至宝吃得津津有味，真是不可思议。

群众的力量很强大，在小鸭子们前赴后继争相啄食之下，这黑乎乎的美味被一抢而空。大家似乎都吃饱了，纷纷蹲了下来，或半闭着眼睛小憩，或呷呷嘴回味着刚才的美食，或磨磨嘴清理“油渍”，或挠挠痒，伸伸腿，无论惬意、呆相，竞相展现，一览无余，甚是有趣。

因为夜幕已完全降临，四周黢黑一片，加上大门口的灯罩陈旧且布满厚厚的灰尘，所溢出的光芒黯淡而昏暗，我看不清小鸭子们身上的颜色，但隐约瞥见其中一只的颜色有些特别，似乎是淡淡的金黄，与其余鸭子的颜色迥异，体型也显得格外大而修长。我猜测着应该不是我的视觉出了问题，于是便疑惑问：“姚灿姐姐，这一只小鸭子为什么如此特别。”说着便指了指那只与众不同的鸭子。

姚灿格格娇笑，笑了好半晌才止息，解释道：“那只不是鸭子，是天鹅。”

“啊！？”我恍然大悟，原来这就是传说中的“丑小鸭”。我忽然发现安徒生童话里的丑小鸭，虽然受尽了歧视，历经了磨难，最后终于变成了一只美丽的白天鹅，而它，依然是那么的谦虚，显示出了它那自内而外的美丽。其实丑小鸭在任何时候都不丑，不仅不丑，而且美得出奇，它的茸毛比所有的鸭子都柔软，颜色比所有的鸭子都高贵。它生来如此，一生的命运也就如此。没有被抛弃，没有被欺辱，更没有忍饥挨饿，有的只是无微不至的关怀和鸭子们享受不到的尊崇。

姚灿和蓝彤两个女孩将小鸭子们放回了屋中，然后从屋里拿出了一根布条问我们要不要来玩“瞎子捉老鼠”的游戏。

我摇摇头，道：“我只听说过‘瞎子捉象’的游戏，可没听说过‘瞎子捉老鼠’

的游戏。”

谁知此话刚一出口，姚灿、蓝彤和欣儿不约而同地齐声反驳道：“是‘瞎子摸象’，不是‘瞎子捉象’!”

“反正也是关于‘瞎子’的游戏。”我不以为意地说道。

“那你来不来玩？”姚灿问道。

我摇摇头，道：“我怕黑。”

欣儿不满地说道：“连我都不怕，你还怕什么？”

“那你玩吧，我不玩这个。”我依然推拒着。

“要不这样。”姚灿收起了红领巾，想了想说，“我们来玩套圈的游戏吧，你们在这里等一等。”说着，拉着蓝彤转身跑回靠近大门的杂货间。

我和欣儿哪里能够好好地等待，好奇心一上来便不由自主地跟了过去，想看一看她们在找什么，也顺便看一看那个杂货间是什么样子的。

我们还没迈进木门,一股陈旧的霉味便迎面扑来,我和欣儿被熏得分外难受，不自禁地皱着眉头弯着腰猛咳不停。一面咳一面向后倒退。

退了五六米方才止步，咳嗽渐止，这还得感谢微风的眷顾，否则我们不仅咳嗽不止，甚至还会呕吐。

姚灿和蓝彤手牵手走了出来，我瞧她们面上放光，断定她们一定没有受到这种有害气体的污染，想她们是长期居住在这个地方已然习惯这种环境，即使对身体不好那也无可奈何，想到这里，心里又不禁有一种淡淡的忧伤。

她们拿着几个绿色的软软的塑料长条和一些小小的陈旧的茶杯、茶壶、木偶、布娃娃等一些小玩意儿走了出来，径直走到我们的面前，一股脑将所有的东西抛在了地下。

我仔细一瞧，只见所有的小玩意儿都是残缺不全的，茶杯少了茶把，茶壶的嘴断了，木偶的双手不见了，布娃娃的脑袋没有了，钥匙链也断了半截，草编的小蜻蜓没有了尾巴，布狗没有脚，看起来像一艘船……

这些东西让我看了很失望，想如果要套这些东西还不如套石头好玩呢！至少石头能找一块漂亮的完整的也好过你们这些破败不堪的玩意儿。

心里虽然这样想，但表面上却不能这样说，我怕惹她们伤心难过甚至恨我，所以即使一百个不愿意我也要装出欣喜若狂的样子。

虽然套圈的东西确实不能引起我的兴趣，但是她们手中所拿的绿色的软软的塑料长条却让我颇感兴趣。然后更神奇的事情发生了，她们将这些长条围成了一个小小的圈子，手腕一抖，就发出了绿幽幽的光芒，在黝黑的夜空中显得梦幻而空灵，让我心驰神往，激动不已。

如果用这个发光的圈子去套东西的话，那一定美妙得不可思议吧！这样想着的时候，姚灿已经将一个圈子递到了我的手中，并告诉我这是荧光棒，在晚上会发光，像夜明珠一样的荧光棒。很美的荧光棒！

可惜的是，无论我的手腕如何抖动也无法将其抖亮，就像我的那颗夜明珠，从来也没有看到它发出光亮。

我心里一凛，一种不祥的感觉氤氲在心头：我的夜明珠发不了光是因为它根本就没有发光的功能，而此时拿在我手中的荧光棒发不了光也是因为这个原因吗？我不敢想，只觉得背脊一阵阵发凉。

四个荧光棒所围成的圈子，只有一个是亮的，那就是姚灿手中所握着的那一个圈子，在暗夜中显得格外醒目。

“只有这个是好的，你们拿的都是坏的。”姚灿解释道。

“原来如此。”我心里的疑团被解开，那种不适的感觉一扫而空。

我们就用这样的圈子套着这样的小玩意儿，在破碎的土地上寻找着破碎的欢乐，玩着玩着，我的不忿和不满甚至轻视也渐渐消弭，只觉得是在做着人世间最有趣的游戏，心里没有任何的负担。

第二天，我和欣儿又去找姚灿和蓝彤两位小女孩玩，她们玩的花样很多，而且并不拘泥于女生的游戏。她们还会捡子弹。那些调皮的大一点的孩子们玩玩具枪所射的或圆或尖的塑料子弹。

我虽然没有玩过玩具手枪，但是一瞧见这些花花绿绿的塑料子弹就情不自禁地爱上了它们。而且爱不释手，眼睛一瞧见就难以离开。

我很想找姚灿和蓝彤要一点，因为我既不想去捡又不想东奔西跑，况且妈妈告诉我地面上不干净，有细菌，千万不能用手在地上擦来擦去，否则会生病。我知道生病是一件很痛苦的事，特别是我月月生病身体孱弱。可是我开不了口，觉得这是一件十分难为情的事情。于是我悄悄告诉了欣儿，欣儿答应帮我去要。

姚灿和蓝彤一听欣儿想要子弹，便又折回了那个发着霉味的杂货间中，拖出一个大盒子，打开盒子，我看见了里面密密匝匝装满了各种颜色的子弹，我险些惊呼出声，我实在没有想到她们光靠捡子弹就能收藏如此之甚，实在是让人可佩可叹。

在一大堆圆圆的子弹中我看到了一小撮尖尖的子弹，比圆子弹更加紧致和好看，我一看之下，再也控制不住，便脱口而出："我要尖子弹。"

两姐妹愣了愣，摇摇头。

最终，我没有得到尖子弹，她们只给了我一捧圆子弹。

我心里闷闷不乐，连晚上欣儿叫我出去玩我都不想去。

那天晚上我和欣儿都没有玩得十分愉快，也不知是精神恍惚，还是偶然中的必然，我和欣儿走到一个拐角处的时候，一辆摩托车从暗处驶来，因为光线晦暗加收势不及，欣儿被撞倒在地，不省人事……

旁边有人跑了过来，然后人就越聚越多，我看见了欣儿被爸爸搂在怀里，欣儿的妈妈一边摇着她一边悲声地呼唤她，我不知道此时的欣儿是否醒了过来，听得见她妈妈的哭泣。我看见四周有很多陌生人的脸，有的一边摇头一边在说着什么，有的在不住地叹气，好像十分惋惜……

我完全吓坏了，大脑已经迷迷糊糊，也不知道是怎么回到家的。回家以后，我就赶紧跑进小屋爬上床拉起被子捂着头，又紧紧闭上了眼睛。可黑暗中，眼前全是一幅幅欣儿被撞倒刹那的画面……我不知道自己是睡着了还是醒着的，总之，那天晚上我一直是梦魇连连……

后来，我终于入睡了。在梦中，我又见到了欣儿，这个可爱的女孩，我童年的玩伴。头上一对蝴蝶结活泼地颤动着，稚嫩的小脸上绽放出如花的笑容，正蹦蹦跳跳地向我跑来。在她身后，雾气弥漫中，升起了一道绚丽的彩虹。这彩虹，在天空中闪烁、旋转，不停地变换出各种图形。于是我看见，火红色的骏马腾跃着飞驰，嘶鸣声响彻长空；白天鹅张开双翅优雅地舞蹈，像一片白云，轻盈地拂过，所经之处，大地生机一片，充满了吉祥；山川、树木、花草，一切都是那么和谐，一切都欣欣向荣。

这个美丽的世界！

清晨，当我醒来，第一个念头就是去看望欣儿，我相信她一定会没事的。因为太阳还没有升起，朝歌还没有听见。

（全书完）

2013年9月